文春文庫

清張の迷宮《ラビリンス》

松本清張傑作短編セレクション

有栖川有栖・北村薫編

文藝春秋

清張の迷宮《ラビリンス》◉目次

contents

松本清張傑作短編セレクション

清張の迷宮《ラビリンス》

北村薫
イチ押し!

理外の理

ある商品が売れなくなる原因は、一般論からいって、品質が落ちるか、競争品がふえるか、購買層の趣味が変るか、販売機構に欠点があるか、宣伝に立遅れがあるか、といったところにだれの結論も落ちつく。商業雑誌も――その「文化性」を別にすれば――やはり商品の範疇《はんちゆう》に入るにちがいない。したがってその種の雑誌の売れ行きが思わしくなくなった場合、上記の原則に理由が求められるだろう。

不振の商品売れ行きを挽回《ばんかい》するには、品質の向上を図って競争品を引き離し、購買層の動向を察知して商品のイメージ転換をなすことが先決である。他の販売機構の不備とか矛盾とかは、商品が好評を博するとあとを追って自《おの》ずから改まるものだし、宣伝も生き生きとしてくる。利潤が増大すれば経営者は宣伝費を奮発するようになる。この一般論は営利を目的とする雑誌にも適用されよう。何種類かの雑誌を発行しているR社が、社長の裁断で、そのなかの一誌である娯楽雑誌「J――」の衣裳《いしよう》替えをするようになったことについては、この一般的な法則がぴたりと当てはまった。

R社の他の雑誌はともかくとして、ここ五、六年来「J――」誌の売れ行きは下降するばかりであった。この社は戦後に設立されたのだが、当初は「J——」誌が売れ行きの看板雑誌であった。それがどうして不成績になったかというと、べつに競争誌がふえたわけでもなく、品質を落したのでもなく、購買層たる読者の趣味傾向が変ってきたからである。読者の教養が高くなって、戦後の活字なら何でも読むといった無秩序な一時期から尾を引いた「低級な」通俗小説が次第に読まれなくなったのだった。一般商品でいえば「流行遅れ」になったのである。

社長に嘱望されて別の出版社の腕利きが編集長として入社してきた。新編集長が「J——」誌の内容・体裁にわたって変革を企図したのはいうまでもない。入社前の彼の意見によると、戦前の娯楽雑誌は小学校卒や高等小学校卒が読者の水準だったが、現在は高校卒が基準になっている。いや、高校卒よりも大学卒のほうがふえつつある現状だから、娯楽雑誌もその知的水準に焦点を合せた性格に脱皮しなければいけない、いつまでも総振りガナの活字雑誌のイメージでは自滅の運命にある、というのだった。その証拠に、他の知性や教養のかなり高い小説雑誌はいずれも売れ行きがよいではないか、あれを見よ、あの雑誌の仲間に入るべきだ、競争の激甚《げきじん》はもとより覚悟であるが、内容の質さえよければ十分に勝算がある、と力説した。これは目下の雑誌の赤字難に悩む社長もかねて考えていたことであったから意見は完全に一致し、かつ、彼は編集長として懇望されたのだった。雑誌の変革計画については一切新編集長に任された。

まず執筆者である。新しい革嚢《かわぶくろ》には新しい酒を、の道理で、古い酒と入れかえなければばならない。長い間の交際で編集者としては従来の常連執筆者に対し情誼《じょうぎ》においてまことに忍びないものがあったが、新編集長の厳命で、やむなく部員が各執筆者の間を手分けしてまわり事情を説明して、当分の間は原稿依頼ができないだろうといって陳弁した。執筆者は全部といっていいほど不満顔だったし、なかには、使える間はこき使っておいて、方針が変れば弊履《へいり》のように棄《す》てるのか、とそこまでは露骨には云《い》わないにしても、皮肉はずいぶんと吐かれた。係の部員はただ両手を突くだけである。

しかし、それでも、何とかして新方針の雑誌にも自分の原稿を従前通りに採用してもらえないかと頼みにくる人もないではなかった。寄稿家須貝玄堂《すがいげんどう》もその一人だった。

須貝玄堂は小説家ではない。いわゆる随筆的読物の執筆家だが、それも江戸時代の旧《ふる》い話を随筆に書くのが得意であった。とにかく、江戸期のいろいろな書籍を博《ひろ》く読んでいる。年齢は六十四、玄堂は号で、本名は藤次郎。頭は禿《は》げているが、前から頭の毛はイガ栗《ぐり》に短く刈っていた。もとは遠州浜松にある禅寺の僧侶《そうりょ》だったというが、本人は否定しているので、たしかなことは分らない。だが、漢籍の白文《はくぶん》を流れるように読み、古文書のひねくれた字体も活字のように速読できるということだった。とにかく博覧強記の人である。編集者はかげで、玄堂翁とか玄堂老人とかいっていた。

須貝玄堂はそういう人だから、江戸の考証ものを書く実力は十分にあった。しかし、それでは「J――」誌にはむかない。それで、江戸期の巷説《こうせつ》逸話を同誌むきにこなした読物を書いてもらっていた。三枚ぐらいのときもあれば五枚程度のこともあり、多くても二十枚を出ない。もちろん編集者の注文からだった。当時の玄堂はそのほか二、三の雑誌にも同種の読みものを書き、そういうのを集めた単行本も五、六点出していた。そのころが玄堂の最盛期だったが、そうした雑誌も今は潰《つぶ》れたか、残っていても、やはり時世に合わないためか彼に依頼しなくなっていた。然《しか》るべき雑誌さえあれば、須貝玄堂は特徴ある読物作家になり得るのだが、彼はその舞台にも伯楽《はくらく》にも恵まれなかった。原稿に万年筆を使わず、鉛筆などはもってのほかで、毛筆で楷書《かいしょ》に近い几帳面《きちょうめん》な字を書いてくる。墨字の和紙の罫紙《けいし》は枚数ぶんがきちんと観世縒《かんぜより》でもって右上隅で綴《と》じられてある。誤字、当て字、脱字などはない。一説によると、墨を硯《すずり》に摺《す》るのと観世縒をつくるのは、玄堂の若い女房の役目だということだった。先妻は十年前に死んだ。いまの後妻は三年前から彼のアパートの本棚に囲まれた部屋に坐《すわ》るようになったが、そのとき玄堂は、訪ねてきてびっくりする編集者に、目もとを赧《あか》らめ、てれ臭そうに短く紹介しただけであった。その女房は二十二、三も年下で、もとは派出家政婦をしていたらしいという噂《うわさ》だった。色白で、体格もよく、容貌《ようぼう》も悪くない。難をいうと、口かずが少なく愛嬌《あいきょう》がなかった。それを補うように、玄堂が来客に対して饒舌《じょうぜつ》になっているかたちで、ずいぶんと気を遣っていた。はたの者にも初老の彼が若い女房に目のないことが知れた。

　晩春の或《あ》る日、玄堂がR社に、これまで係だった編集者の細井を訪ねてきた。受付から《し》それを報《し》らされた細井は困った顔をした。細井は係としてのひいき目だけでなく玄堂を買っていた。これまでも須貝玄堂の原稿をずいぶんと雑誌に載せていた。原稿料も細井の計らいで小説の原稿なみに高く払っていた。読物の稿料は小説の半分ぐらいに安いのである。しかし、どのように細井が個人的に玄堂の書くものを評価したところで、新編集長の方針はその採用を断乎《だんこ》として拒絶させた。雑誌の改革は社の方針なのである。

　ところが、玄堂はその後も新しい原稿を書いては細井に見せにくるのである。面白い内容なら必ず採用してくれるという自信が玄堂にあって原稿を書いては持ってくるというよりも、何とかそれを使ってもらって金に代えたい希望だとは目に見えていた。瘠《や》せて、身体《からだ》が小さく、四十キロぐらいしかない玄堂老人は、今度は雑誌の新性格むきに話も文章も高尚に書いたといってその都度細井に原稿を見せにくるのだが、編集長は、江戸の巷説ものは古いといって一顧もしなかった。編集長は話の内容よりも従来の執筆者の名を目次面から抹消《まっしょう》する意図だった。ことに須貝玄堂の名は常連の一人だったから、編集長の拒絶の意志は絶対であった。

　細井は、玄堂から前回に預かったままになっている和紙罫紙に墨字の原稿の入った封筒を握って、階下の応接間に降りた。椅子《いす》に遠慮がちに坐っていた身体の小さい玄堂は、細井が片手に持っている封筒を見るなり、忽《たちま》ち失望の色をそのしょぼしょぼした眼に現わした。玄堂はいつものことだが、原稿によほどの期待をかけていた。これまで長い間、細井のほうが玄堂に執筆をお願いに行く立場だったが、新方針によって一挙にして玄堂は「持込み」をする哀れな立場に転倒していた。実はこれで十一回目の持ちこみであった。

「このお原稿を面白く拝見しました」

細井は、失望に悄気《しょげ》ている玄堂に云い、封筒をテーブルの上に置いた。彼にはその返却原稿が石のように重く感じられた。

「やっぱり駄目ですか。わたしは話の中身は面白いと思うんですがねえ。文章がいけませんかねえ？」

玄堂は嗄《しわが》れ声で呟《つぶや》くように云い、小首をかしげるようにした。文章を気にするのは、もちろん衣替《ころもが》えした雑誌の新方針の「高尚」に彼なりの焦点を置いているのだった。が、その考慮がかえって新しい原稿を漢語まじりの硬い文章にさせていた。玄堂はそういう文体を高級のように思っているらしかった。

細井がその原稿を面白く読んだというのはまんざらのお世辞でもなかった。話の筋はこういうことだった。

――或る藩に何の（姓不詳）弥平太という飲むと酒癖の悪い藩士がいた。あるとき、藩中の剣術の師匠を中心に門人どもが酒盛りをした。剣術の師匠は藩主の師でもあったから一同はとくに師匠に敬意を表していた。それが弟子でない弥平太には不愉快だったのだろう、飲むほどに酔うほどに悪い癖が出て座の者を罵《ののし》り、はては剣術は自分の上に出る者はいず、ここの師匠といえども実力は自分に及ばないなどと暴言を吐くようになった。面憎《つらにく》しと思った門人らが、それなら師匠とこの場で立合ってみよ、というた。弥平太は年三十ばかりの大の男である。師匠は竜鍾《りょうしょう》たる老人の、筋骨こそ太けれ、肉落ちて、背も少しかがみ、声も低い。しかし、剣の技は格別である。剣の奥儀《おうぎ》を極めた師匠であれば一撃のもとに憎い暴言男を叩き伏すと門弟らは思ったから、師匠に立合いをすすめ勝負の結果に溜飲を下げようとした。だが、師匠はひたすらに固辞した。それが門弟どもには師の謙虚な態度として奥床しく思われた。しかるに酔漢は、師匠が臆《おく》したと見たか、いよいよ傲慢《ごうまん》に云い募る。門人どもは師匠に早く彼奴《あやつ》めを懲《こ》らせよと慫慂《しょうよう》する。師も今は辞するに言葉なく、木刀を持って立ち上がった。かくて弥平太と道場の中央で対峙《たいじ》した。勝負は、門弟の見まもるなかで瞬時についた。年寄りの師匠は血気の弥平太の一撃に血を吐いて倒れたのである。師匠は謙遜《けんそん》から試合を拒《こば》んだのではなかった。それを奥床しと勘違いした門人らが師匠を否応《いやおう》ないところに追いこみ、無理に試合に起《た》たせて、殺した結果になった。……

玄堂が書いたこの掌篇《しょうへん》などは、短篇小説として時代ものでも現代ものでも書ける素材になっている。

しかし、老人の須貝玄堂にはそれを換骨奪胎《かんこつだったい》して他の小説に仕立てる才能はなかった。彼はただ江戸期の随筆もの、たとえば「反古《ほうぐ》のうらがき」とか「奇異珍事録」とかいった類《たぐ》いから話を拾って、そのまま小話にするだけであった。といって、この種の原稿を紹介取次ぎしてあげる他の適当な雑誌社の心当りも細井にはなかった。

「まことに残念ですが、これはお返しします」

細井は封筒の端を指先で玄堂のほうへ軽く押した。

五日ほど経って、細井はまた須貝玄堂の第十二回目の原稿をあずかることになった。社に訪ねてきた玄堂の前では、中を読まないうちにその場で原稿を突返す真似はさすがにできなかった。拝見しておきます、といったものの結論ははじめから出ていた。

「これがあなたに云う無心の最後になるだろうと思います」

玄堂はさすがに半ば諦《あきら》めたように、沈痛な顔で細井にいった。

「これで採用にならなかったら、わたしは原稿を持ってくるのをもう断念します。三日後に結果を聞きにきますから、それまでに読んでおいてください」

細井は三日後に玄堂に来られるのが、身を切られるように辛かった。いっそ受付に手紙といっしょに返却原稿を預けて居留守を使おうかと思ったが、玄堂とのこれまでの仕事上のつき合いと、必死にすがりついてくるような老人の様子を見ると、そんな残酷な行為はできなかった。返却という同じ残酷さでも玄堂の顔を見て謝り、老人の気持が和《なご》むようにできるだけつとめ、慰《なぐさ》めてあげたかった。

実際、玄堂が欲しいのは金だった。R社が出す原稿料だけが今の玄堂夫婦の生活を支える当てであった。二十以上も年下の女がなぜに玄堂といっしょになったのかよく分らないが、三年前というと、玄堂もR社のほかにも二、三の雑誌に原稿をよく書いていて、単行本も数点出し、それほど多額ではないが、印税も入ってくるといった彼の最盛期であった。派出家政婦が玄堂の収入と、些少《さしょう》の「名声」にひかれていっしょになったことは想像できる。彼女はいい着物をきて鷹揚《おうよう》に坐り、編集者を何となく見下し顔の「夫人」気どりでいるようにみえた。細井は、雑誌が新方針に変って以来、もう三カ月もそのアパートには行っていないが、そういう後妻に惚《ほ》れて生活を維持しなければならない玄堂はたいへんだろうな、と思った。たぶん今は蔵書でも売って食いつないでいるにちがいなかった。蔵書の中には江戸期の古書や漢籍の珍しいのがあったはずである。

細井は、憂鬱《ゆううつ》な気分で玄堂の十二回目の持込み原稿を机の上でまずぱらぱらと繰ってみた。今度は原稿が二回ぶんあった。これが無心をお願いする最後です、といった玄堂老人の言葉が思い出された。

第一の話の筋はこうである。

——麹町《こうじまち》に屋敷がある某の組内《くみうち》に早瀬藤兵衛という同心がいた。酒を飲むと落し咄《ばなし》などを身振りおかしくすることで組中の人気者であった。春の日の永いころ、組頭《くみがしら》の家で同役の寄合いがあって夕刻から酒宴になったが、約束した藤兵衛が現れない。組頭の家人も藤兵衛の余興を愉《たの》しみにしていたが、待てど暮らせど当人はこなかった。不機嫌になっていたところに藤兵衛がようやくその家の玄関に姿を見せた。ところが彼はひどく急いだ様子で、家来に云うに、実はやむを得ない用向きでご当家の御門前に人を待たせている、それでご一座できないことをお断わりに参ったので、これよりすぐに立ち帰るといった。家来は許さず、まず主人と一座の客人にその旨を通じるからそれまでここにお控えをと止めた。藤兵衛は甚《はなは》だ難渋の体《てい》であったが、やむなくひとまずその通りに従った。かくて家来から主人にそのことを報らせると、何用か知らねど、先刻より一同で待ち侘《わ》びているのに、たとえやむを得ない用事にしてもそれを云わずに去って行く法はないと無理して藤兵衛を座敷に引き上げた。そこで組頭をはじめ皆が藤兵衛に用事の次第を聞いた。藤兵衛が答えるに、それはほかでもない、実は喰違《くいちがい》門内で首を縊《くく》る約束をしたから、ここにぐずぐずしてはいられない、早くお放ちを、と云うなりひたすら中座を請《こ》うた。主人の組頭は頗《すこぶ》る訝《あや》しんで、さてこそこやつは乱心したと見える、こういう際には酒を飲ませるに限ると、大杯につづけさまに七、八杯を無理に藤兵衛に飲ませた。では、これで御免《ごめん》くだされ、と落ちつかなく云う藤兵衛の口に皆してまた七、八杯を注ぎこんだ。主人は、では例の声色《こわいろ》を所望するぞ、というと藤兵衛は一つ二つ声色を落ちつかなく云っただけで、また立ち去ろうとする。それを取り押えてまた酒を飲ませた。そうしてかわるがわる大杯をすすめながら組頭がじっと藤兵衛の様子を見ると、彼は次第に落ちついてきて、ここを出るとは忘れたように云わなくなった。別に乱心とも見えぬ。そのとき、家来が入ってきて、ただ今、喰違御門内に首縊り人があったと組合からいってきた、当家人をさし出したものかどうか、と主人にきいた。

組頭はそれを聞いて膝《ひざ》を打ち、さてさて縊鬼《いき》は藤兵衛がここにいたため殺すことができなかった故《ゆえ》、他の者を代りに殺したとみえる、もはや、縊鬼は藤兵衛から離れたぞ、と大声でいった。そのあと、組頭に様子をたずねられた藤兵衛はぼんやりした顔でこう答えた。夢のようでよくおぼえていませんが、手前が喰違門前にさしかかったのは夕刻前でありましたが、一人の男がいて手前にここで首を縊れと申します。手前は断ることができず、いかにもここで首を縊ろう、しかし今日は組頭の家の寄合いに出る約束をしているので、そこに行ってお断わりをしたのちにそのほうの言う通りになろうと申しました。その人は、それならば、と御門前まで手前について参り、早く断りを言うてこい、と申します。その言葉がいかにも義理ある方の云いつけのような気がして、その人の言葉に背《そむ》いてはならぬように思われました。どうしてあんな気になったのか今となっては、手前にもさっぱり分りません、と藤兵衛は夢からさめたような顔で語った。聞き終った組頭が彼に向かい、では今から首を縊るつもりがあるかと訊《き》くと、藤兵衛は自分で首に輪を捲《ま》く真似をして、ぶるぶる、とんでもありませんと身を慄《ふる》わせた。縊鬼に見こまれたのから脱《のが》れ、一命が助かったのも酒を飲んだお陰であると皆は云い合った。

……

第二の話の筋は短い。

――宝暦年間のことである。江戸に「オデデコ」という見世物の人形が出て、たいそう流行《はや》った。これは男の人形に浅黄《あさぎ》の頭巾《ずきん》をかぶらせ、袖なしの羽織を着せ、人形の胴体をなしている簀《す》の尻に紐《ひも》をつけて人形遣いが持つ。後ろのほうで囃子方《はやしかた》が三味線や太鼓の鳴物入りで「オデデコデン、ステテコテン」と囃す。そのたびにいろいろな品を取り替える。その取替えが早いということで江戸中の人気となり、あっちにもこっちにも「オデデコ」の見世物人形が続出した。しかし、江戸っ子の気は変りやすい。ほかに目さきの変ったもの、目新しい趣向のものが現れると、たちまち人気はそっちのほうに向かい、さしも流行をきわめた「オデデコ」も廃《すた》れてしまった。人形も物置に投げこまれ、埃《ほこり》にまみれたままになった。さて、両国吉川町新道《しんみち》に弥六という見世物師がいた。この者があるとき、にわかに高い熱を出してどっと床に就いた。その様子がただの風邪とは違う。弥六の目つきは異常となり、言葉も狂人のようにあらぬことを口走るようになった。呂律《ろれつ》のまわらぬその言葉を傍《はた》の者がよくよく聞いてみると、弥六はしきりと詫《わ》びているふうで、済まねえ、済まねえ、オデデコが受けて流行っているときはおめえにチヤホヤいってこき使っておきながら、流行《はやり》がすたるとまるで廃物のようにおめえをうっちゃっておいたのは、まったく申し訳がねえ、おめえが憤《おこ》るのは尤《もっと》もだ、おれがあんまり身勝手過ぎた、どうか勘弁してくれ、頼む、この通りだ、勘弁してくれ、と言っているのである。そうして許しを乞《こ》うように物置の方にむかって手を合せたりしている。弥六は使い捨てたオデデコ人形の恨《うら》みの霊にとり憑《つ》かれたのだった。流行るときは調子よくおだてて使う、衰えて利用価値がなくなると、古草履のように捨ててしまう。人情の浅ましさ、人形でさえこの通りである。まして人に於《お》てをやで、人間は一度受けた恩を忘れてはならない。……

細井は、須貝玄堂の二つの小篇を読み、あとの「オデデコ人形の怨《うら》み」に玄堂の痛烈な忿懣《ふんまん》と皮肉とが籠《こ》められているような気がした。そこには江戸時代の見世物人形に託して、使われなくなった寄稿家の雑誌社に対する怨念《おんねん》が伝わっているようであった。

細井は、とにかくこの原稿を編集長に見せた。どうせ掲載しない原稿だが、とにかく最後として編集長の眼に入れたのは、玄堂の憤《いきどお》りを少しでも伝えたかったからである。

編集長は山根という名で他の雑誌社を二度ほどわたり歩いてきたこの道のベテランであった。中背だが、小肥《こぶと》りの体格で顔つきは精悍《せいかん》、皮膚には脂《あぶら》が滲《し》みこんで光っている感じだった。山根は玄堂の原稿を読了すると、さすがに下唇を突き出して苦笑した。

「玄堂老人というのはずいぶん皮肉なことを書いて来たもんだね。オデデコ人形なんて、おれたちとの間のことをそのままに書いているじゃないか。いったい、これは老人の作り話かね、それとも何かの本から見つけてきたのかな？」

玄堂老人は決して創作はしない、みんな史料から引いてくるのだと細井は説明した。

「それにしても、ちょうどいい材料が史料にあったもんだね。なかなか、やるじゃないか。第一話の喰違門で首縊りを命令する鬼の話なんか面白いじゃないか」

「それじゃ、こっちのほうだけでも使いますか？」

「駄目々々。いまさら須貝玄堂でもないよ。目次面にその活字がならんだだけでも、雑誌が元に逆戻りして陳腐にみえる。まあ、これも時代の流れだから、老人には気の毒だが、致しかたがないと諦めてもらうんだな」

山根も、ちょっとしんみりした調子になっていった。

編集部内では玄堂の「縊鬼」の原稿が話題になった。江戸の実話らしいが、こういうことがあるだろうかという現実性の問題である。江戸時代なら迷信の多いときだからあり得るだろうという者がいる。いや、いくら昔でもこんな莫迦《ばか》なことがあるはずはない。実話だというが、多分、世間の噂を書きとめた当時の随筆だろうからアテにはならないという者がいる。結局、玄堂老人の考えを聞いてみたらどうか、ということになった。

原稿を採用するならともかく、いよいよこれきり縁切りとなる玄堂に細井もそんなことはきけなかった。しかし、その話には強い興味もあった。彼は迷った。

約束の三日後、細井が苦にしていた須貝玄堂が彼を訪ねて社に現れた。応接間に降りて行く細井の心も足どりも錘《おもり》を何本もぶら下げたようだった。しかし、その心配も憂鬱も、玄堂にいざ面会してみると、案外にそれほどでもなかった。というのは玄堂は結果を見通していたのか、入ってきた細井の持っているふくれた封筒を一瞥《いちべつ》しても、前のようには顔色を変えなかった。そうして細井が吃《ども》りがちに、しかし断りの口実は従前と同じに、陳謝しながら述べるのを、終りまで聞かずにおとなしく云った。

「もう結構ですよ、細井さん。ぼくも一昨日《おととい》の晩あたりから考えて自分が間違っていたことがわかりました。所詮《しょせん》はこれも時代の流れです。いま流行作家として景気よく売れている人たちも、いつかは時代の波に置き去られるときがくるでしょう。これは自然淘汰《とうた》、人類進化の法則ですから、何人《なにびと》にとってもどうしようもないことです。まして、わたしのような老人がいつまでも執筆に未練や執着を持っていたのは心得違いでした。どうも、あなたには度重ねてご迷惑をおかけして申し訳ありませんでした」

老人は椅子に坐ったまま両膝に手を置き、細井に深々と禿《さ》げた頭を低げた。

「そうおっしゃられると、ぼくも一言もありません。なんとお詫びしてよいか……」

細井も胸が詰まったが、老人が案外に淡々とした調子でいるので彼も救われた。

「そんなに心配してくださらなくても、いいですよ。この原稿のことでしたら、ほかの雑誌社で買ってくれる見込みがつきましたから。もっとも三流の雑誌ですがね」

三流の雑誌であろうが三文雑誌であろうが、原稿の採用先の当てがついたと聞いて細井もほっとした。道理で今日の玄堂は明るい顔で現れたと思った。細井は老人に祝福の言葉を述べ、お世辞でなく、お原稿は拝見して結構に思いました、その雑誌の編集部もよろこぶでしょう、といった。実際、細井もそれをよそに渡すのが惜しい気がした。が、須貝玄堂の名を目次面に出したのでは雑誌そのものが色褪《あ》せて見える、という山根編集長の意見も道理なので、編集長を無理に突き上げることもできなかった。

玄堂の明るい様子に細井は、気楽に「縊鬼」の現実性について質問することができた。

すると、玄堂は真面目な顔でいった。

「この話は化政期の鈴木酔桃子が書いた『反古のうらがき』から取りました。鼠璞《そはく》十種という近世随筆集にも収められています。ところで、今の若い方は万事が合理主義で、こういう話をナンセンスだと一笑に付されるでしょうけど、昔の話だといって、そう莫迦にしたものでもありません。世の中には理屈では解けない、理外の理といったふしぎなことが少なからずあるものです。この『縊鬼』にしても、心理学者の先生方に訊けば、一種の催眠術的な心理現象だとか何とかいわれるかもわかりませんね。けど、そういう理論通りに割り切れない現象もあるんですよ」

そう云ったあと玄堂はふと何かを思いついたように別な目つきになり、

「どうですか、細井さん、ものは試しで、ひとつこの『縊鬼』の条件通りにして実験してみませんか?」と、係だった編集者の顔をのぞきこむようにした。

「それはやってもかまいませんがね」

細井は、老人がそんなことを云い出すまでに心の余裕をとり戻したかと思うと自分も、つい、明るい気持になって、老人に対する詫びのしるしも兼ね、意を迎えるためにも応じることにした。もちろん、それには好奇心が先行していた。

老人が冗談半分に出した「縊鬼」の第一の条件とは、喰違門は現在の千代田区紀尾井町だからそこまで来てもらいたいというのであった。

「喰違門というのは、現在、四谷見附《よつやみつけ》と赤坂見附との間の濠端《ほりばた》に沿って行く途中の喰違見附、紀尾井町にむかって狭い土堤《どて》の道を渡ったところにありました。今でも門の石垣が残っています。そうです、そうです、ホテル・ニューオータニに行くあたりですね。ホテルの建っている辺が井伊《いい》掃部頭《かもんのかみ》の中屋敷、その隣りが紀州家の中屋敷、井伊家の前が尾張家の中屋敷というように三つの中屋敷がならんでいたので、この三家の名前を一字ずつ取って間の坂を紀尾井坂と付けたのです。喰違門といっても実際は城門をつくらず、乾《いぬい》の方位に当るため柵《さく》を設けただけでした。土堤口と門との位置も少しずれていたので喰違門の名が起ったのでしょう。今でもその柵門のあとの石垣が残っていますね」

このへんの考証になると玄堂老人の得意の場であった。さて、玄堂がつづいて云うには、その喰違門跡の石垣の角に明後日の晩十一時半ごろに来てほしい。いまどき、「縊鬼」のような幽鬼は出まいから、わたしが仮にここで「縊鬼」となって、あなたに喰違門内に来て首を縊れと命令した、ことにする。……

「つまり、細井さんが早瀬藤兵衛の役になるのです。どうしてもその時刻に首を縊る約束の義理を果すために、その場所に行かねばならない。いいですか、元の赤坂離宮前から濠を東の紀尾井町のほうに向かって渡った土堤口のところですよ。ホテル・ニューオータニが右手に見えるところです。間違わないでください」

細井さん、あなたが其処《そこ》においでになってもよいし、あなたは早瀬藤兵衛の役だからよんどころない用事が出来たことにして来なくともよい、そのかわり、首縊りの代人として誰かを寄越してください、「縊鬼」の話の条件通りにやってみましょう、その代人がくればその人は自分から首を縊る気持になるでしょう、世の中に「縊鬼」の話のような理外の理があることがわかりますよ、けど、気味が悪ければ、どなたもおいでくださらないでよろしい、とにかくわたしだけは見物のつもりでそこに行っておりますから、といった。

細井はその冗談半分の約束を決めたが、少しばかりうす気味悪くなってきたのはわれながら妙であった。小さな身体の玄堂老人は、歯の欠けた口を開けてげらげらと笑った。

老人が椅子から立ち上がったとき、細井はこれが編集者としては最後の面会だと考えたから、思わず云った。

「奥さんにどうぞよろしく」

玄堂は、どうも、と頭を低《さ》げて応えるかわりに、今度は微笑して、

「いや、あの女はわたしから逃げましたよ」

と、あっさり云った。

「えっ、い、いつですか？」

細井はおどろいた。

「一カ月ぐらい前です。黙ったまま家出しましたよ。やっぱり年の違いすぎる後添《のちぞ》いはいけませんな。これからは何もかも新規蒔《ま》き直しです。幸い、この原稿もよそに売れ口が決まりそうですから」

玄堂老人のむしろ明快な調子だった。


二日経った夜、編集長の山根は指定の喰違見附の土堤口に洋傘をさしてひとりで出向いた。十一時半である。右手のホテルの高い建物も窓のほとんどが明りを消していた。濠端の道路には走る車の灯が多かったが、ここに出入りする車は少なかった。朝から小雨が降ったり熄《や》んだりする天気で、いまも雨が少し降っていた。空は真黒であった。そのせいか、この時刻では人通りも絶えていた。

山根が、早瀬藤兵衛役の細井の代人を買って出たのは、編集部で「縊鬼」の実験が話題になり、それなら俺が行ってみようと云い出したからである。山根は強がりである。好奇心も少なくはない。が、それを実行する気になったのは、一つには自分が編集長になって以来、原稿を突返してきた須貝玄堂に対して後ろめたいものがあり、こういう戯《じょう》談《だん》めいた対面を機に軽く詫びたい心があったのだった。山根は係の細井ばかりを使っていて、自分は玄堂に直接面会したことがなかった。

喰違門があったという土堤口の石垣の角に大きな風呂敷包みを背負った低い人影が、その背の荷物を石垣に凭《もた》せかけるようにして立っていた。寂しい外灯の光や遠いホテルの玄関の灯がその老人の半顔を浮き出していた。石垣の上には松の木が繁《しげ》っていた。

「須貝先生ですか？」

山根は距離を置いて声をかけた。

「はい。あなたは？」

玄堂はこっちを見透かすように見たが、その眼の半分が外灯の加減でぴかりと光った。

「ぼく、J誌の編集長の山根です。……いつも、細井がお世話になりまして」

近づいた山根は洋傘を傾けて頭を深々と下げた。詫びの気持であった。彼は玄堂が若い細君に逃げられたことも細井の口から聞いていた。その原因となったらしい玄堂の収入の道を絶ったことにも責任を感じないではなかった。が、それだからといって公私の混同はできないと思っていた。

「いやどうも。あなたが山根編集長さんですか。わたしこそ長い間御誌にはお世話になりました」

須貝玄堂はうす暗い中で明るい声を出し、ていねいに挨拶《あいさつ》した。その様子には微塵《みじん》も恨みがましい様子も、ひねくれた態度もみえなかった。気遣っていた山根も安心した。実は、玄堂に遇《あ》ったら、どんな悪罵《あくば》を浴びせられるかわからないと半分は覚悟してきたのである。まさか殴られることもなかろう。暴力を振われても相手は年寄りだし、そのほうはタカをくっていた。部員の一人二人がいっしょについて此処《ここ》にくるというのを、それでは約束の「縊鬼」の実験条件に反すると彼は断わってきたのである。一人でも大事はない。事実、いま眼の前にいる玄堂は、体重四十キロそこそこの、背の低い、貧弱な老人であった。

「あなたが、藤兵衛役の細井さんの代りにこられたんですね？」

老人は笑いながら云った。

「縊鬼のために、首を縊らされに来ました」

山根も笑って応じた。

「この石垣の中から喰違門内になります。まあ、石垣の上の土堤に上ってみましょう」

老人は片手に洋傘をさし、大きな風呂敷包みを背負ったまま土堤の上によろよろした脚どりで登った。土堤の高さは下の道から五、六メートルはある。土堤上は幅六、七メートルの遊歩道になっていて、両側は松や桜の並木になっていた。ベンチがいくつか置かれてあったが、雨のためにアベックの影もなかった。外灯には雨が降りそそいでいた。濡《ぬ》れたベンチの前がずっと下に落ちたグラウンドだが、これは濠を埋めたのである。遠くに四谷辺の灯がならんでいた。

「どうですか、自分で首を縊る気が起りそうですか？」

遊歩道を歩きながら、荷物を背負った玄堂がやはり笑いながら横の山根にきいた。小男の彼は山根を見上げるようになる。身体が背中の重味でうしろに引張られている恰好《かっこう》だった。

「いや、まだ起りそうにないですなア」

山根は莫迦々々しいと思いながらも興じたように答えた。

「それじゃ、もう三十分だけここに居ましょうかね」

玄堂が云った。三十分が一時間でも、いや、夜が明けるまでここに残っていても自分から首を縊る気づかいはまったくなかった。催眠術的心理状況になるには、自分の肉体も神経もあまりに健全すぎるのだと山根は思った。

玄堂は相変らず風呂敷包みを背負ったままである。それでよけいによろよろしていた。

「なんですか、その背中の荷物は？」

山根はさっきから気になっている風呂敷包みのことを老人に訊いた。

「わたしの蔵書です」と、玄堂は答えた。「知合いの古書店に晩に持って行ったのですが、値段が折り合わずに持って帰るところです。けど、家に戻って出直すとここにくるのが遅くなりそうなので、仕方なしにこんなものを背負ってまわっているのです」

「書籍なら重いはずです。ぼくがちょっと代ってあげましょう」

山根は見かねて申し出た。

「そうですか。……済みませんねえ。助かりますよ」

本の入った大風呂敷は山根の背中に移った。五、六キロの重さはあった。小肥りの彼は、風呂敷の端を前で結んだが、短めのために結びが固くなり、頸《くび》の上にかかった。片手に傘を持っている彼は片手を結び目のところにかけていた。二人はもとのほうに引返しかけた。

「山根さん、本が一冊落ちそうです。その鉄柵の上にそのままで荷の底を置いてください」

玄堂の声に、山根が遊歩道わきの鉄柵の上に、背負ったまま風呂敷包みを乗せた。高さ一メートル足らずの鉄柵をはさんで玄堂が背後にまわると、もうよい、といった。その声に山根が背を起す。玄堂が傘を捨てた。

後ろの風呂敷包みの上に玄堂が取りついて全身をかぶせた。四十キロの老人の体重が六キロの本の包みの上にかかった。身体の安定を失った山根は、両手を上に挙げて後ろに傾いたが、背中と風呂敷包みとの間に鉄柵が挟《はさ》まり、その柵の上に腰の上あたりを当てはしたものの、上部が浮いて足の先が地から離れた。背後の玄堂は風呂敷包みの上にかけた重量をいっこうに除《の》けぬ。包みの固い結び目が、山根の仰向《あおむ》いた顎《あご》の下に喰いこんだ。声も出ない。身体は背の柵に阻《はば》まれて地に落ちもせず、後ろにのけ反《ぞ》って両脚の先を空《くう》に蹴《け》り、宙吊《ちゅうづ》りになった恰好である。

《重い風呂敷包みを背負っている際に、包みの固い結び目が頸動脈《けいどうみゃく》を圧迫して窒息させた事故死の珍しい例である》

と法医学の本は書いた。

有栖川有栖
イチ押し!

佐渡流人行

一

寺社奉行吟味《ぎんみ》取調役であった横内利右衛門が、この度、佐渡支配組頭を命ぜられた。幕府が重視している佐渡金山《かなやま》奉行の補佐役であった。

この組頭の下に十人の広間役というのがある。金山方、町方、在方、吟味方に別けた役人のことだが、このうち、二人は江戸で任命して赴任させることになっていた。

横内利右衛門は、今度の転役について、かねて己れの気に入りである下役の黒塚喜介を、その広間役にして、佐渡に連れて行くことにした。

「わしも初めてのところだでの、島流しのようで、とんと心細い。どうじゃ、一緒に行ってくれい、おぬしの面倒は、最後まで見るつもりじゃ」

横内は、そういって黒塚喜介に内命を伝えた。

「忝《かたじけ》ないお言葉でございます。横内様となら、たとえ蝦夷《えぞ》の果でもお供いたしとう存じます」

喜介は、浅黒い顔にいつもの才智ある眼を輝かして、手を突きながら答えた。それは満更《まんざら》、世辞ではない。横内は有力な老中筋のひきがあって、佐渡在勤を二、三年も務めたら、江戸に呼び戻されて、優勢な地位に就く見通しがあった。この人に附いて居れば損はない、最後まで面倒をみてやる、というのは先々の出世を請け合ってくれたようなものだと喜介はよろこんだのであった。

「そう云《い》ってくれて有難《ありがた》い。出発は二十日先ごろとなろう。充分に、支度をしておくように」

横内の機嫌はよかった。酒を云いつけて、佐渡の話など雑談をはじめた。

「金山には江戸より送った水替人足《みずかえにんそく》が千人近くも居るそうな。なにせ、入墨者や無宿者ばかりでの。油断のならぬ山犬のような人間共の寄せ集めじゃ。おぬしには、この山方の取締をやって貰《もら》う。気骨は折れようが、まあやってくれ、人足どものこと、聞いておろう？」

「水替えはなかなかの荒仕事と聞いて居ります。人足どもは、この世の地獄とやら申して怖気《おぞけ》をふるって居るそうにござります」

「それじゃ。難儀な仕事ゆえ逃亡する不埒《ふらち》な奴もある。もともと怠《なま》け者の寄り集りじゃ。仕事を嫌う懈怠者《けたいもの》があれば、ぴしぴしやってくれ。水替えを怠ければ坑内に湧水《わきみず》が多く、大切な金を掘ることが出来ぬ。何事もお上のためじゃ」

横内はこんな話をしていて、ふと思いついたように、

「そうじゃ、近々、佐渡の地役人共が江戸に上ってくる。ついては百人ばかり無宿者をかり集め、地役人に宰領させて佐渡に下すつもりじゃ」

と語った。

横内の云うように、佐渡送りの水替人足は必ずしも犯罪者に限らなかった。前科のある者、無宿者なら、たとえ無罪でも捕えて佐渡に送った。金山は地下を掘れば掘るほど水が湧出《わきだ》し、これを地上に汲《く》み出す人足の手は絶えず不足勝ちであった。あまりの重労働に人足の疾病《しっぺい》や死亡率が高く、その補充のためでもあった。

黒塚喜介は横内の話を聞いているうちに、彼の頭の中を不意に走ったものがあった。そのため彼は瞬時に顔付きが変ったくらいであった。話の途中で、重大な想念が閃《ひらめ》いた時に人がよくする凝乎《じっ》とした表情であった。そうした時、相手の話も耳から遠のいた。

横内は、目ざとく喜介のその表情を見つけた。彼は、喜介の眉根《まゆね》に寄せた皺《しわ》から、彼なりの解釈をしたようだった。

「喜介。心配は要《い》らぬ」

横内はいった。

「御内儀は連れて行ってよいことになっているぞ。必ず連れてゆけよ」

「は」

喜介は、我に返ったような返事をした。横内の言葉が、はじめて正気に耳に入った。

横内がそういうのは、喜介の妻のくみを上役の彼が仲人《なこうど》したからである。しかし、彼が今の瞬間、急に一つの思念にとらわれていたのは、或《あ》る別なことであった。

横内利右衛門の役宅を出て、歩き出してからでも、喜介の頭には、その想念が離れなかった。いや、ひとりになって余計に考えごとに熱心となった。

彼の気むずかしげな顔は、何かを迷い惑っているのではなく、一つのことに凝っているひどく陶酔的な思案顔であった。

それは分別が決って、のびのびと眉を開くまで、永いことつづいた。

二

「拙者は、今度、佐渡にお役で行くことになったでな。江戸とも当分お別れだ。あんたにもお世話になったな」

盃をさしながら黒塚喜介は心やすく云った。八丁堀に近い小料理屋の二階で、小女が行燈《あんどん》に灯を入れて行ったばかりである。相手は蒼《あお》い顔をした与力だったが、寺社附の喜介が自分の仕事の都合で、何かと心付けをやって利用してきた男だった。

「これは、どうも」

与力は卑屈に頭を下げた。内証に貰っている心づけが相当なものだったので、喜介には自然とこういう態度に出ていた。別れときいて、彼は丁寧に今までの礼を述べた。

「ところで、世話のなり放しで申訳ないが、まあ餞別《せんべつ》だと思って、あんたに最後の無理を一つ聞いて貰いたいことがある」

喜介は持ち出した。それが今の今まで彼が思案を練り上げた結果のものだった。

「そりゃ、もう、黒塚さんのことだから」

「有難い」

礼を云ってから、喜介は、ああ、と云って相手の盃に酒を何度も充たした。世間話を二つ三つ云うだけの時間をあけて、彼はそれを云い出した。

「ときに、弥十が赦免《しやめん》になって、牢から出て来るってなあ？」

さり気ない調子だった。

「弥十？　ああ、聞きました。あれから一年半になりますかな」

与力は指を繰ってみて、

「いや、二年になっている。早いものですな。たったこの間、送ったと思ったが、今度娑婆《しやば》へ出て来ますかな」

「来るだろう。そういう話だ」

「私はすっかり忘れていた。あなたはよく憶《おぼ》えて居られましたな」

「まあな」

喜介は薄く笑った。どこか苦い顔だった。

「いや、あの時は」

と与力は喜介の顔色を見て、少しあわてて、

「遠島くらいにはもってゆくつもりでしたが、うまく行かなくて、存外軽いことになりました。済まないと思っています」

「いや、そりゃ、もう、済んだ話だ。それよりも、なあ」

「はあ」

「今度、佐渡の水替人足に江戸から百人ばかり無宿者を送ることになっている。どうだろう、弥十が牢から出たら、あんたの手で摑《つかま》えて、佐渡送りの人数の中に入れて欲しいが」

「牢から帰ったばかりを？」

与力は、眼を張って、喜介の顔を見た。

「出牢早々でも、構うことは無い。立派な前科者だ、佐渡送りにしても、どこからも文句の出る尻は無い筈《はず》だ」

喜介の言葉は急に威圧的なものが籠《こも》った。

「そりゃ、ま、そうですが」

与力は弱い顔になった。

「そうだろう。前科者なら、御府内に置いても物騒な人間だ。そういう人間を水替人足にして、佐渡に追いやるのが公儀の御主旨だ。おかしくはない。そうだろう、あんた？」

威嚇《いかく》的に近い強引さが、顔にも言葉にもあった。それに与力は屈伏した。

「分りました」

当り前だという顔で、喜介は降参した与力に盃を出した。

「お互い、気が弱くては勤まらぬ身分ですな」

平気で云って、不意に与力の手を握ってひきよせたかと思うと、その袂《たもと》に重いものを落した。

「や。これは、かえって、どうも」

「お世話になったな。さあ、三味線《いと》を喚《よ》んで、あんたの咽喉《のど》を納めに聞かせて貰いますかな」

喜介が、横内の話を聞いている途中から突然に思い当って、長いこと思案した手順の一つが、これで成就《じょうじゅ》したのである。その安心が彼の眼にあらわれて、言葉つきも鷹揚《おうよう》さをとり返した。

座が騒いで、やがて酔って、いよいよ蒼くなった与力が、何か思い出したように、首を振りながら喜介の方へ向いた。

「黒塚さま、こ、こりゃ他所《よそ》から聞いた話ですが、弥十は、もと、御家人だったそうですなあ？」

「そうか。知らんな」

女に盃をやりながら、喜介は、じろりと眼尻で与力をみた。

「ははは。こっちは商売ですからな。何となく分ります。何でも、黒塚さまの奥方の御実家には以前によく出入りしていたそうで」

酔った声は、はじけるような喜介の笑いに消された。

「酔ったぞ。太鼓は無いか。女ども、太鼓を打って派手に騒げ」

その割れるような騒ぎがはじまると、すぐ黒塚喜介の姿は見えなくなっていた。

「弥十を牢送りにして、今度はすぐ佐渡送りにする。分らぬ」

首を揺《ゆす》りながら、与力がぶつぶつ呟《つぶや》いた。

三

二年前、この与力を使って、弥十を伝馬町《てんまちょう》の牢に送ったのは、黒塚喜介である。賭博《とばく》という微罪にひっかけて捕え、余罪をつくり上げて、弥十を牢送りに持っていったのは、与力の努力であったが、それを陰で指図したのは喜介であった。

それは、決して軽い刑罰ではない。しかし喜介の弥十に対する憎悪を天秤《てんびん》にかけると、まだその刑が重いとはいえなかった。

弥十への憎しみは、いつ頃から始ったか。考えてみると、それは喜介がくみを妻にして、半年足らずからであった。つまり、今から三年前なのである。

喜介は、たった一度、弥十を見たことがある。上役の横内の世話でくみと夫婦になって、はじめて妻の実家に行った。四谷に住む百五十石の小普請《こぶしん》組の妻の実父は、頑固で一徹なところがあった。永い不遇の生活が、その気むずかしい性質に磨《みが》きをかけていた。その親父と喜介が話しているときに、偶然に来合せていた弥十と会ったのである。

その時の弥十は、まだ弥十郎といった百三十俵の御家人の次男であった。眼鼻立ちのはっきりした、色の白い、上背のある青年だった。くみの父親は、これは出入りしている知り合いの者だと彼を喜介に紹介《ひきあわ》せた。

その場では、初めから弥十郎はひどく落付きを失っていた。彼は、喜介とくみが並んで坐《すわ》っている方を、ろくに見もしないで、或《あるい》は見ることを惧《おそ》れるようにしていたが、用事を云い立ててすぐに帰って行った。

「あいつ、今日はあわてているぞ」

くみの父親の笑い声は、今でも喜介の耳に残っている。が、もっと強烈に今でも憶えているのは、その時、喜介がふと見た妻の横顔であった。

くみはうつむいていた。結い上げた髪の鬢《びん》のあたりが微風に慄《ふる》えていた。が、座敷の中に風は無い。慄えているのは、彼女が何か激動を必死に堪《た》えているためだと分った。顔を伏せているためよく見えぬが、唇を破れるように嚙《か》んでいるに違いなかった。喜介のそのときの一瞥《いちべつ》は、彼をいきなり暗黒に突き落したのであった。その瞬時の情景は、蒼白く喜介の頭に灼《や》きついて、妻の横顔に当った光線の陰影まではっきり憶えている。

その夜、喜介は妻を責めた。

「何でもない方です」

くみはそれだけ云って、泪《なみだ》を流した。仰向《あおむ》いたきれいな顔に泪が筋をひいて、うす赤い耳朶《みみたぶ》に雫《しずく》が餔《は》った。嫉妬《しっと》が喜介を狂わせ、それまで美しい妻に自制していた行動を奔《ほん》放《ぽう》にした。しかし何をされても、くみは石のようであった。

「お前は、俺のところに来る女ではなかった」

云い方はいろいろあった。お前は、あの男が好きだったのだろう。あの男も、お前が好きなのだ。なぜ、俺の所にきたのだ。そうだろう、それに違いない。お前は俺をだましたのだ……。

こういう言葉はくみの身体に、たえず激しい打擲《ちょうちゃく》と愛撫《あいぶ》とを伴った。たった一度きりしか見ない弥十郎の顔が、喜介には、十年も見つづけた男のように確かな印象が残って、それがくみの顔に重なるのである。するとその幻影に身体が憤怒《ふんぬ》に燃え上って、彼は狂った。

くみは相変らず石のように反応を示さなかった。どんなことをされても、面のように表情を動かさなかったが、眼だけは、下から夫を冷たく見ていた。ときどきは、憎しみと軽蔑《けいべつ》の色を露骨に出して見据えるときもあるが、ときには訳の分らない泪を流した。

その泪が、決して夫のために流したものでないことを知っていたから、喜介は更《さら》に己れを失う始末になった。

弥十郎が家を出て、市井《しせい》の無頼の仲間に入っているという話を喜介がきいたのは、彼をくみの実家で見てからさほど経っていなかった。たわけた奴、出入りはさせぬ、とその話を聞かせたくみの父親は真赫《まつか》になっていた。

喜介はそれを聞いたとき、己れの想像が寸分も違っていなかったことを知った。弥十郎がはっきりそうした転落の行動に出たことに、喜介は云いようのない憎悪を覚えた。ふしぎなことに、嫉妬が余計に燃え立った。自分の見えぬところで、弥十郎とくみの心が、いよいよ、しっかりと寄り合ってきたようにみえたのである。

喜介の苛立《いらだ》たしい夫婦生活が、それから暫《しばら》く経ったころ、弥十郎が今では、御家人崩れの綽名《あだな》まである何がしの弥十という無頼仲間のいい顔になっていることを知った。

喜介が、くみにそのことを知らせた晩、くみは畳の上に突伏して歔《な》きはじめた。その波打っている肩を見ていると、喜介の心にまた炎のようなものが衝《つ》き上った。

喜介が、はっきり弥十に対して己れの手で死ぬほど苦しめてやろうと決心したのは、この時からである。それは妻の身体を打擲しているときと同じ快感であった。

四

寺社奉行の役人であった喜介は、町方の与力を一人金で誘って手に入れた。頃を見計らって、弥十のことを依頼すると、彼は容易に引きうけてくれた。弥十を二年の入牢《じゆろう》にしたのは、この与力の尽力である。

「おい、弥十は牢に入ったそうだぜ」

喜介は、晩酌をのみながらくみに云って聞かせた。その時、くみは蒼い顔になって棒のように硬直した。その激しい火のような視線を頬にうけながら、喜介は、わざと含み笑いをしながら盃をあけた。ざま見ろ、と心で鬨《とき》の声を上げた。相手は大牢の格子《こうし》の中だった。どうにもなるまいとひとりで嘲笑《あざわら》った。

今度は、くみは泣きはしなかった。それだけ芯《しん》の強い女になったのだと喜介は心が固くなった。

表面の変化は無かった。しかしくみの実体は喜介の手索《てさぐ》りから消えて無かった。身体はあるにはあった。が、心は無かった。その身体も以前よりはもっと石だった。

「弥十め。どうしているかな。可哀想にの」

喜介は時々くみに当てつけて呟いた。その時は、くみの顔が黝《くろ》くみえて、眼が光るように思えた。喜介は、それを愉《たの》しむ。弥十への憎悪が、くみへの愉しみに変る。猫のように陰気な愉しみである。

この女はもう夫の前で泣く姿を見せなかった。必ずひとりで見えぬ所で泣いているに違いない。どういう思いでひとりで泣いているのか、喜介には分りすぎるほど分った。しかし前ほどには憤怒がつき上って来なかった。相手は牢に居る。この安心感が嫉妬を暫く和らげていた。

一年が過ぎ、さらに半年が過ぎると、喜介は弥十郎が近く赦免になって出牢することを、その関係の者から聞いた。弥十のことは絶えず気にかけて、手を廻《まわ》していたのである。喜介はまた少しずつ焦躁《しょうそう》が増してくるようになった。彼の蒼白い炎は、再びちろちろと燃え出した。喜介は、己れが弥十とくみの間に初めから大きく割り込んでいたことを知っていた。くみを娶《めと》ったのは、上役の横内の世話であったが、くみがその縁談を拒《こば》み得なかったのは、父親の意志があったのかも知れない。一徹者の父親を怖れて、育ったような女だった。が、喜介の意思ではないが、結果的には、彼がくみと弥十の仲を割いて邪魔に入ったことになった。それに気づいて喜介は卑屈よりも意地悪く出てやれと居直った。もとよりくみが好きなのだ。この女を今更他人に渡したくなかった。しかし素直にはなれなかった。一度、心を他の男に移したこの女を虐《いじ》めてみたい。その白い膚《はだ》と同じに、彼女の心に存分に爪を立ててやりたいのである。喜介の陰湿な憤怒は、そういう形のあらわれであった。弥十がもう牢から出てくる。喜介が苛立ちはじめたときに、急に佐渡奉行所への転役の内命があったのだ。

横内利右衛門が、その時、金山の水替人足の話をした。喜介にとっては、その話が何か天の声に聞えた。弥十を、それに結び付けて処置の思案に耽《ふけ》り出したのは、その瞬間からであった。

思案は長いことかかったが、まとまった。弥十を佐渡に送ろう。佐渡送りになれば、二度と江戸には帰れぬのである。水替人足は坑内ではこの世とは思えぬ地獄に苦しむ。弥十の苦しみを、喜介は役人として上から見下ろしてやろうと考えついた。いや、単に見物だけでは飽き足らぬ。もっと苛《いじ》めてやれ。苛めるほど愉しいのである。喜介の思案はその工夫に凝ったのだった。

　喜介は頭のいい男だと皆から思われている。そのため上役の横内利右衛門が信用して彼を佐渡の役人にして連れて行こうとしているのだ。くみを女房に世話してくれたのも彼だ。前途は明るい。佐渡の在勤はせいぜい二、三年であろう。その間に、弥十を心ゆくまで弄《なぶ》ったら、島の生活も案外詰《つま》らなくはない。

「これだ」

　と喜介は心で叫んだ。工夫は出来た。面白そうな計画である。両手をこすり合せたいくらいである。

　喜介が、かねて手なずけている与力を呼んで、牢から出て来る筈の弥十を、佐渡送りの人足組の中に追い込むようにさせたのは、その企《たく》らみを実行に移す第一の処置であった。いや、第二の手段にも、それからすぐにかかった。

　横内が云ったように、間もなく佐渡から地役人が出張して来た。彼らは金山から掘り出した金銀を宰領して、はるばる江戸に護送して来たのであった。これは大役であるので、江戸に無事に着いたら、慰労のための休暇があった。

　彼らは、この度、佐渡支配頭の更迭《こうてつ》を聞かされて知っている。のみならず、山方広間役として黒塚喜介が赴任することも心得ていた。無論、喜介を訪れて挨拶《あいさつ》することも忘れなかった。

喜介は、その地役人のなかから目星《めぼし》いのを一人握った。占部《うらべ》三十郎といって眼の鋭い野心のありそうな男である。

「江戸に出て役につく気はないか?」

と水をむけてみると、果して飛びついてきた。喜介は、自分は横内様の信頼があるから、おぬしのことをどのようにでも取り做《な》すことが出来る、と自信ありげに云った。

この一言に、三十郎は、ころりと参った。喜介のためなら、水火の働きをする、とうれし涙をこぼした。

「手前も一生佐渡の地役人で暮すよりも、生れ甲斐《がい》には、一度は江戸表のお役に就きとうござりまする」

と三十郎は心底を述べた。なかなか野望をもった男である。こういう役人を手に入れるには、出世の餌で釣るのが一番よい。

「よい。任せてくれ」

喜介は頼母《たのも》しげに、うなずいて見せた。これからは、この男が俺の云うままになるだろうと、遠くを見るような眼付《めつき》をして、北叟笑《ほくそえ》んだ。

五

江戸から水替人足が送られてゆく次第を書く。

『佐渡年代記』によると、江戸無宿者が佐渡送りになるのは、一回が五、六十人ぐらいであった。彼らはいずれも目籠《めかご》に入れられて、役人に護送され、上州から三国峠《みくにとうげ》を越えて越後に入り、湯沢、五日市、長岡を通って出雲崎《いずもざき》に着く。

その間の警備は厳戒を極めた。それは途中で島送りの同類が待ち伏せて奪回するのに備えたためでもあろう。本来の護送の役人、人足のほか、泊り泊りでは村役人が総出で、助郷《すけごう》を出して警戒の雑務に当った。寺泊では千百数人の人足を出したことがいわれている。

出雲崎は、佐渡に渡る要港で、二十艘《そう》ばかりの舟がかりが出来た。ここで風待ちをする。小木《おぎ》までの海上は十八里というが、南からの潮流が北上して流れも早く、波が高い。長途、鶤鶏籠《とうまるかご》でここまで揺られてきた流人《るにん》は、へとへとになって、病人などは舟中で死ぬものがある。途中、病気にかかれば土地の医者に診《み》せる掟《おきて》になっているが、少々のことでは構ってくれない。食事も、握り飯、香の物、湯茶以外にはやらないことになっている。

ようやく渡海して、小木に着く。これより西海岸を行って河原田村に着く。それから峠道にかかるのだが、峠の頂きに来ると、前面に荒海が林の間に碧《あお》く見えはじめるのである。ここで目籠を地に下ろして休息させるが、役人は、この峠を下りたら、金銀山のある相川であることを流人一同に申し聞かすのであった。江戸を出てから泊り重ねた旅も、いよいよこれで終りだというので、役人は水替人足としての心得を申し渡すのである。

「其方共儀金銀山水替に御遣ひ被成《なされ》るに付、先達而《さきだつて》被遣《つかはされ》候もの共同様——」という書出しの内容は、大体次のようなものであった。

金山では定めた小屋場に寝起きして、一昼夜交替で内に入って水替労働をすること、敷内《しきうち》（註）では、古参のうち働きのよいものを差配人、小屋頭、下世話煎《いり》などの役につけてあるから、諸事差配人の差図をうけて、精出して働くこと。

もし働きに過怠《かたい》がみえたときは厳科に処すこと。敷内出入りの時は番所で改めを乞《こ》い、小屋場の出入りは敷口に通う以外は、たとえ近所でも外出は一切禁止であるから必ず慎んで守ること。

万一、心得違いを起して、脱走などしたときは、ほかに悪事がなくとも必ず死罪となるからよく心得ておくこと。飯米、塩、味噌《みそ》、薪《まき》、野菜代、小遣銭、着類などはお上より下されるから有難く存ずべきこと。

右申し渡した通り、敷内の働き方に怠慢無く、これまでの心底を改めて精出す上は、追々江戸表に申上げて平人《ひらびと》にし、放免にするから、父母妻子のある者は再び面会も出来るであろう。よって御仁恵を冥加《みようが》至極《ごく》と忝く思って、一カ年でも早くここから帰りたいなら、申し渡しの趣意を忘れずに万事格別に働き方に出精せよ。

これを読み了《おわ》ると、流人一同は、今更、遠い他国の地底に働くわが身を想い、どのような悪党でも涙を流すのであった。

それから愈々《いよいよ》金山に到着する。鶤鶏籠からはじめて出され、手錠を解かれて自由に背伸び出来る身体になる。が、その身体はすぐに小屋場に入れられて、小屋頭の光った眼に監督されるのである。小屋は敷内に通うように近いところにあるが、相川の町からは隔《へだた》った山の谷間に散在している。一つの小屋には三百人くらい収容し、それが四つ五つ建っている。小屋の周囲には石垣を築き、柵を構えて、人足共の脱出を防いでいた。

江戸から送られてきた者は、初めて到着した当座こそ、三、四日の休息をくれるが、それからいよいよ水替え作業に坑内に送られるのである。

『慶長見聞集』によると、佐渡島はただ金銀を以てつきたてた山で、一箱十二貫目入れ合せた金銀百箱を五十駄積みの舟につんで、毎年、五艘十艘と佐渡から越後へ着岸した、とあるが、一番の盛時は元和《げんな》、寛永ごろで、一年の出高は七、八千貫あったという。しかし、それを頂点として次第に鉱脈が衰弱してきて、出高が少くなってきた。

それで、はじめは地表を狸掘《たぬきぼ》りのようにして濫掘《らんくつ》していたものを次第に技術がすすんで、地下深く掘り下げてゆくようになった。すると今度は地下水が湧いて、このため掘《くっ》鑿《さく》がむつかしくなった。湧水のために折角の間歩《まぶ》（註）も放棄しなければならなかった。佐渡金山の歴史は湧水との闘いである。

坑内の排水はすべて人力であった。竜樋《りゅうひ》のようなものを使ったことがあるらしいが、大した能率ではなかった。坑内では湧水を人足共が汲んで、受け船という四角い水桶に移す。それを一段高いところに梯子《はしご》をかけて、水桶で汲み上げ、別な受け船にまた移し変える。順次にそういう方法を繰り返して坑外に排水するのである。

水替人足は、鉱石を掘ったあとの空洞に、一本の丸太や丸太を削った梯子をさし渡して、その上に立ちながら車引きや手繰りで水を吸い上げる。ちょっとでも手放すと湧水が溜《たま》るから、一昼夜詰め切って、食事の交替のほかは休みのない労働である。だから「此の水替人足といふは、無期限に使役せられ、その苦役の状は恰《あたか》も生き乍《なが》ら、地獄に陥りたるが如《ごと》し。その使役業体惨酷にして、真に地獄の苛責も斯くならんやと思はせたり」という有様（清陰筆記）であった。

註　○敷《しき》は鋪《しき》とも書いて、坑内の掘鑿《くつさく》区劃《かく》のこと。東西二丈程度に区切って、その頭《かしら》の名をつけた。例えば清吉敷というように。
○間歩《まぶ》というのは金銀坑のことでたいてい発見者の山師の名をつけた。例えば、甚五間歩とか称した。

六

暗い。

弥十は懸命に水を掻《か》い出していた。汲んでも汲んでも、この湧水は地獄から来るように尽きない。桶は鉄の輪のはまった頑丈なものだが、水を汲むとひどく重い。

疲れた、という言葉は、ここでは無かった。少しでも手を休めると、どこからか鞭《むち》がとんできた。

「野郎」

と呶鳴《どな》って、腰を蹴られた。そのまま水溜りの中に顔をまっとうに突込んで仆《たお》される。もがくところを、棒で背中が腫《は》れ上るまで叩かれるのだ。棒を握っているのは、役人ではなかった。同じ人足だが、古顔で敷内の差配人という役目をもらっている矢張《やは》り流人なのである。

が、彼らはたいてい流人の側にはついていなかった。ひらの人足や新参の者を酷く扱うことで、見廻りや見張りの役人に気に入られていた。

彼らの光った眼をうけて寸時も休めなかった。肩の筋肉が麻痺《まひ》して、腕の感覚が無くなっても、鉄箍《てつたが》の桶は離されない。水をかいては水槽に流し込む機械のような動作は止められなかった。

「ひでえもんだ」

隣の人足が、低い声で呟いた。

「おら、江戸の御牢内の方が恋しい。ここからみりゃあ、まるで極楽だったぜ」

背中にいっぱい自雷也《じらいや》の彫りものを背負った若者だった。歪《ゆが》んだ顔一めんにふき出した汗が、釣り台の薄い灯に浮いていた。灯はこの敷内の諸所に岩の裂け目にさし込んで暗く光っている。魚油なので、胸を悪くするような悪臭が籠っていた。この臭いを嗅ぎながら、この敷では二、三十人の水替人足が黒い影になってうごめいていた。

水の音のほかには、穿子《ほりこ》（鉱夫）が岩を割っている音が絶えずひびいた。

「おう、昨日、一人、仏になったぜ」

そんな話はすぐ伝った。一緒に送られてきた人間のことである。此処《ここ》へ来て、もう六十日経った。その間に死人が七人出た。道中で身体が弱っているところへ、いきなりこの重労働だから一耐《ひとたま》りもなかった。

今にこっちの番だ、と誰もが思った。いつ帰されるか皆目見当がつかなかった。古顔の人足に訊《き》いてみると、もう五年此処に居る、という返事の者が珍しくなかった。

神妙に働けば帰してくれると確かに役人の話だったが、というと、俺もはじめはおめえと同じことを考えていたぜ、と古参は答えて新参を落胆させた。眠ることと餌をもらう以外は何のたのしみもない永久に絶望の世界であることが、着いて三日も経ったら分った。

分らぬことといえば、これくらい理不尽なことはなかった。弥十が牢を出て、友だちのところに一晩寝たら、蒼白い顔をした与力が、ぬっと目の前に現れてきた。二年前に、彼を牢に送った同じ男である。

「弥十、気の毒だが、来て貰うぜ」

たったそれだけの言葉で引張られた。何のことか分らず、その場に居合せた友達と顔を見合せたものだ。

それから有無を云わせず、佐渡送りの組に入れられてしまった。抗弁すると、

「おめえのような前科のある悪党は、御府内には置いてはならねえお達しだ。まあ諦《あきら》めるんだな」

と鼻で嗤《わら》って相手にしてくれない。

諦めろ、悪くあがくんじゃねえ、観念しな、と寄って集《たか》って役人共は云った。言葉の責め道具である。その折檻《せっかん》に神経がすり減って本心の抵抗を失ってしまう。どうでもなれ、と自暴《やけ》になるのだ。矢張り、いい度胸だと役人は賞《ほ》めてくれる。「送ってしまう」まで役人は魔術を心得ている。

「俺が、一体、何をしたというのだ？」

ここに入って、みんなははじめて喚《わめ》くのだ。こんな地獄の扱いをうける訳はない。なるほど、前科はある。入墨はある。無籍者だ。しかしその時、悪い事を別にしていた訳ではない。こんな地の底に押しこめられて働かされる訳はない。が、その喚きは声にはならない。今更呼んでも叫んでも、どこにも届かない巨大な暗黒の底を匍いずり廻っているのである。

「おい逃げよう」

と、二、三日前にこっそり弥十に相談をもちかけていた者がいた。信州無宿の男で、一緒にこの金山《やま》に送りこまれた男だった。

「逃げる？　さあ。万一しくじったら首は無《ね》えぜ」

弥十が気弱く云うと、男は、冷たい眼の色を見せて彼の側を離れて行った。逃げられると思っているのか。しかし逃げることを考えている間が、ようやくの救いなのだ。そんなことでも考えて、淡い希望をもたなければ、生きる気力はない。そういえば、弥十の横で水をかいている自雷也の彫り物の無宿者も、桶で運んで水槽にうつしている坊主崩れの男も、丸木の上にのって綱を手繰り上げている四十をすぎた博奕《ばくち》うちも、そのほか影のようにうごめいているみんなが、心の中では逃げられる日を考えているのかも知れなかった。

「交替だぞう」

と差配人が云う。やれやれと云いたいが、咽喉から声も出なかった。自分の身体ではなかった。頭は霞《かす》んで考える力を失っていた。丸太を削った下駄《げた》梯子をよじ登ってゆくのがやっとの精力である。

敷口を匍い出ると、急に夕暮の空があった。色彩が眼に飛び込んでくる。鼻腔《びこう》も口もいっぱいに開いて、飢えた空気をかき込んだ。

小屋頭が人数を点検している。弥十が、ぼんやり立って昏《く》れる空に見惚《みと》れていると、誰やら傍に寄って来た。

「おう、弥十はお前か?」

身装《みなり》で山役人と知れた。顴骨《かんこつ》の出た眉の太い顔である。光った眼で、無遠慮に顔をのぞき込んだ。

へえ、と弥十が返事すると、黙って自分の顔を遠ざけてその男は離れた。

「おめえのことを知っているお役人か？」

と横を歩いている坊主崩れが低声《こごえ》で訊いた。弥十は首を横に鈍《にぶ》く振った。彼には見当がつかなかった。

見当がつかないといえば、何もかも一切が見当がつかない。分っているのは、何か辻《つじ》褄《つま》の合わぬ、非常に不合理なことが、己れの思考に関係なく、回転していることであった。

七

黒塚喜介は着任した。それは地役人が弥十などの江戸水替人足（佐渡ではそう呼んだ）を宰領して渡島したあと、七十日遅れてからである。

喜介はくみを伴《つ》れた。

くみは不服そうな顔もしなければ、うれしそうな顔もしない。何を考えているのか、亭主である喜介が分らぬくらいであった。江戸より三国越えで八十五里、海上十八里の旅も無感動に随《つ》いて来た。出雲崎で風待ち三日、荒波を渡って、うら寂しい佐渡にいよいよ上陸しても、さして心細い様子もしなかった。硬い表情は澄んで美しいのである。

弥十がこの島に居る、と云ってやったらどんな顔をするだろう。喜介は肚《はら》の中で小気味よい気持になって、意地悪な、しかし吸い込まれるような眼付を妻の横顔にそっと当てた。小憎いほど整った顔であった。

弥十のことは最後まで伏せて置こうという決心は早くからついていた。この企らみは、ちょっと愉快であった。くみの目と鼻の先で、弥十を苦しめるのだが、彼女が何もしらないということが二重のよろこびであった。

孤島とは思えぬような山脈《やまなみ》が近づいてきて、船は小木とやらいう港に入った。船着き場には、大勢の出迎えに混って、占部三十郎の顔があった。彼は誰よりも早く、喜介の前に進んで挨拶した。

喜介は用意された駕籠に乗った。くみは後の駕籠に人に扶《たす》けられて乗っている。出迎えの者の眼が、くみの顔に集っていた。土地の連中の眼は単純に驚嘆を表していた。それに喜介は満足である。

三十郎が、耳もとに口を寄せてきて、

「黒塚様。仰せ付けの弥十と申す人足のことは、手抜かりなく致して居ります」

と呟いた。彼の臭い息を我慢すれば、この言葉も満足であった。喜介はうなずいた。

駕籠は、途中で休息しながら進んだ。休む度に地役人の接待は鄭重《ていちょう》である。空は晴れているのに、左手に見える海の沖には絶えず白い波頭が立っていた。

峠の道を上ったところで、駕籠はまた下りた。三十郎が傍に寄って来て、

「黒塚様」

と呼びかけた。

「あれを御覧《ごらん》なさいませ」

と道端の疎林《そりん》の中を指した。そこには丸太で一本の棚が組んであった。棚の上には、風に動く梢《こずえ》の影をうけながら、五つの生首が黝《くろず》んだ色で腐りかけていた。

「ううむ、仕置人か？」

喜介は駕籠の垂れを開けて見入った。

「左様《さよう》。いずれも島抜けを企てた水替人足どもでございます」

憶えておこう、と喜介は思った。すぐにどうという計画は浮ばないが、漠然《ばくぜん》と弥十の首を、その棚の上に晒《さら》す瞬間のことを考えて、ある安らぎを覚えた。

相川の町は、荒い海に向って細長くひろがっていた。北の強い風を押えて屋根には石がならべてある。石屋根は段々の丘陵を後にせり上っていたが、この傾斜を見下ろして金山へ上る中腹には、広大な奉行屋敷と役宅がならんでいた。

喜介の役宅は、もう掃除が行き届いていたし、屋敷も江戸のものにくらべると遥かに広かった。庭に出ると、眼の下には古い寄木をならべたような町の屋根が沈んでいて、岬で区切られた海がその上に、江戸の沖では見られない色でひろがっていた。

「やれやれ、寂しいところだ」

喜介は心の中で舌打ちした。

しかし永いことではない。二、三年の辛抱だ。俺は横内様を握っている。あの仁《ひと》は俺を見捨てはしない。必ず江戸に出世して帰れる。ここでは、せいぜい忠勤を励むことだ。

夜は座敷から暗い海に燃える漁火《いさりび》が見える。風に送られて、海辺から微《かす》かな人の声が聞えたりした。

「どうだ、寂しくはないか？」

思わず、わが心を考えて、くみをふり返ると、行燈《あんどん》の光に顔の半分を仄明《ほのあか》るく浮かせた妻は、相変らず硬い表情をして、

「いいえ」

と乾いた声で返事をした。――

翌日から喜介は忙しい。それは山掛り広間役としての仕事初めであったが、一通りの事務を見ると、占部三十郎に案内されて金山諸所の間歩《まぶ》を見廻った。

奉行所を出ると、そのまま爪先《つまさき》上りの山道にかかった。一方は渓谷になって、川が底を流れている。この山峡が狭まるとはじめての間歩番所があった。番所の詰役は総出で喜介を迎えた。

「あれが」

と三十郎は行くての方を指した。

「青柳間歩でございます」

赤焼けたその山の天頂は鑿《のみ》を打ち込んで抉《えぐ》ったように割れていた。

八

この山岳一帯が金銀山であった。道は起伏した山の襞《ひだ》を這《は》って、縺《もつ》れた糸を置いたように作られている。山には一つ一つ名前があった。「割間歩」「中尾間歩」「青磐間歩」「魚越間歩」「雲鼓間歩」「甚五間歩」。それを三十郎は喜介に丁寧に教えて歩く。

それぞれの間歩には、横穴のような敷口がいくつもあった。杉の丸太で天井を四つ留めに組んだ坑口は人間の出入りがやっと出来るくらいな狭さであった。敷口には番人がいて、喜介と三十郎をみて、あわてて頭を下げた。穿子《ほりこ》、山留大工（支柱夫）、荷方（運搬夫）などが、敷口から釣り灯をさげて出入りしていた。みんな半裸の恰好《かっこう》だが、穿子は臀《しり》に短い茣蓙《ござ》を垂らしている。どれをみても、どす黒い蒼い顔色をしていた。

「あれらは、まっとうな職人でございますが」

と三十郎は説明した。

「水替人足どもは、この敷口より地の下、百尺、二百尺のところで働いております」

「うむ」

喜介は、俄《にわ》かに熱心な顔色になった。

「弥十はどこで働いているかな？」

この問いをうけて、三十郎の顔には、阿《おもね》るような薄い笑いが泛《うか》んだ。

「梟《ふくろう》間歩でございます」

ここからは見えませぬが、と三十郎は山の頂上が複雑に重なり合った方に指をあげた。

「梟間歩は、一番厄介なところでございます。湧水が最も多く、敷がせまく、岩石の落《らく》磐《ばん》も度々ございます」

喜介はじっと三十郎の顔を見た。

「はじめから其処《そこ》だったのか？　いや、弥十のことだ」

「いえ、手前が近ごろその間歩に移しましたので」

三十郎は、顔から笑いを消さずに答えた。

喜介は、それには別に返事をしなかったが、心では、なるほど、こ奴、使えるな、と思った。が、山役人には惜しい機転の利《き》きように、この男が少し薄気味悪くもあった。

「黒塚様」

山道を下りながら、後から従ってきた三十郎が、あたりに誰も居ないのに、それが彼の習性であるのか、はばかるような低い声で呼びかけた。

「何だな？」

「いつぞやのお話、まことでございましょうな？」

「話？」

「それ、手前が江戸へ転役になるお願いでございます」

三十郎の声には、女のような媚《び》態《たい》があった。

そのことか、と喜介は合点がいった。この男、なるほど心利いているだけに、出世欲も旺盛《おうせい》なのだ。前に江戸に出たときに、喜介自身がその餌で釣ったのだから、もしかすると、その旺盛さは、喜介が煽《あお》ったことになったのかも知れなかった。

「無論だ。拙者は請け合ったら忘れぬ男だ」

喜介は気軽に答えた。その言質《げんち》と、弥十のことでこれからもこの男に働かせる意志とが、黙ったまま、取引きになっていることを彼は感じた。

「有難う存じます」

三十郎は、感激したような声で、鄭重に礼を述べた。

「何だか夢のような気がいたします。手前も、このまま、この山の中で一生を終るのかと思って居りましたが、江戸に転役が叶《かな》うとは天にも上る心地でございます。あなた様のお蔭でございます。有難うございます。このご恩のためには、手前、犬馬の労を厭《いと》いませぬ」

三十郎の卑屈な言葉の中身には、取りすがる懸命なものがあった。この男は必死に浮び上ろうとしているのだ。出世の機会を彼は摑んで、振り落されまいとしている。

喜介は、この三十郎が喘えない。彼としても横内利右衛門という出世の蔓《つる》に縋《すが》っているではないか。

「分っている。もうよい」

喜介は、身につまされて、少し邪慳《じやけん》に云った。

恐れ入りました、といって、三十郎は暫く黙っていたが、やはりそれだけでは不安らしく、遠慮がちに礼を重ねて述べた。

喜介は、ふと、足をとめた。それは相当、道を下りたところだったが、向い側の山腹にかなり大きな洞窟を見つけた。洞窟といってもよいほど、その穴の入口は荒れ放題に雑草や木が繁《しげ》っていた。

「あれは、何だな？」

喜介が顎《あご》をしゃくると、三十郎はすぐに答えた。

「は。あれは空敷《からしき》と申しまして、昔掘った古い敷口でございますが、金銀が出ませぬため、今は廃《すた》れて居ります」

「うむ。奥は深くまで掘ってあるのかな？」

「左様。ずんと奥が深うございます。それに五、六間ばかりのところで、急に地下に掘り下げた穴がございますので、知らぬ者がうっかり入ると危《あぶの》うございます」

「その穴に落ちると、死ぬか？」

不用意にその質問が口から出た。

「はい。生命はありませぬ。何しろ、落ちたら最後、二、三十尺ございますし、匍い上る手がかりは無く、古敷のこと故《ゆえ》、籠った砒霜《ひそう》の毒気に当てられて、餓え死にする前に、気絶して果てることは必定でございます」

「そうか。危いな」

喜介は、軽くうなずいたが、眼はじっとその廃坑の穴に注がれていた。

九

横内利右衛門直利《ただとし》が、新任支配頭として佐渡に着いたのは、喜介より十日遅れていた。無論、小木までの出迎えは喜介のときよりも盛大で、喜介自身も先頭で迎えた。

「おお、ご苦労であった。ご内儀も無事に着かれたかな？」

と横内は喜介をいたわり、愛想よく、自分が仲人したくみのことまで気にかけてくれた。

「忝う存じまする。つつがなく着きましてございます」

よかった、といって、横内は鷹揚に微笑してあたりを眺め廻した。喜介は、それをみて、自分の横に低頭して控えている三十郎を紹介することを忘れなかった。

「横内様。これは占部三十郎と申し、旧《ふる》くから大間番所役を勤め居るものにござります」

それにも横内は、うなずき返した。四十を出たばかりの働きざかりで、でっぷり肥《ふと》って貫禄もあった。ご苦労、ご苦労、と出迎えの皆にいう鷹揚な愛嬌《あいきょう》もいたについていた。佐渡支配頭という新しい役は、この人の出世の道順の一つで、いずれは江戸にかえって西丸御目付か番頭、ゆくゆくは勘定奉行になる器量人だとは、一般の噂《うわさ》である。

喜介が横内に縋りついている理由もそこにあった。この人について居れば己れの累進も間違いない。おれはこの人に目をかけられている。女房の仲人もしてくれた。普通の間柄ではない。第一の腹心を自分で志している。

それで、横内が着任して、五、六日たってから、ひそかに喜介が呼ばれて、横内からこんな話があったときは、喜介は内心よろこんだのであった。

「当地はやはり田舎じゃな。江戸を出るときから覚悟はしていたが、これほどとは思わなんだ。何せ、金銀宰領や役人の交替、そのほかのことで江戸表とは頻繁《ひんぱん》に人の往来がある土地なので、もっと開けていると思ったが、わたしの思い違いであった」

という話のはじまりは何のことかと惑って、喜介は、

「まことに――」

とあいまいな相槌《あいづち》を打って、あとの言葉を待った。

「いや、女中どものことじゃ」

と横内は、肥った頸《くび》のくびれを襟《えり》からのぞかせて云った。

「土地の役人共が、女中を置いてくれたのはよいがの。どうもがさつでいかぬ。鄙《ひな》びているのは野趣があって当座はよいがな。一カ月とは辛抱が出来ぬ。もっと行儀が欲しい」

「ご尤《もっと》もでございます」

喜介ははじめて納得した。横内は、この度の赴任に妻を連れて来ていなかった。もと

から病身だし、夫婦仲もあまりよくないらしいという風聞も一部にあった。ひとりで赴任してきた横内には、始終目のあたりに動いている女中共が、がさつで無作法なら、なるほど、やり切れないであろう。

「それで、どうであろう。ご内儀のくみどのを、しばらく女中共の行儀躾《しつ》けの指南として、わが屋敷に来て貰えぬかな？　無論、昼間だけのことじゃ」

横内は、やさしい眼付をして、喜介をのぞき込んだ。

「不束者《ふつつか》のくみに、仰せのことが出来ましょうか？」

と喜介は一応云ったが、もとより言葉の上の挨拶で、喜介は横内がそう云ってくれたことに満足だった。

「くみどのなら、わたしが貴公にお世話したのだから、わたしの方がよく知っている。申し分がない。立派なものだ。では、承知してくれるか？」

「は。横内様さえ、よろしければ」

「忝い。では、お頼み申すぞ。よろしくな。いつもわがままを云って済まぬ」

横内は、にこにこ笑って、上々の機嫌であった。

喜介もよろこんだ。これで一層横内の信任を得るであろう。出世の上に、上役との私的な接近がどのように強いかを、喜介は役人生活で知っていた。

くみを暫く横内の屋敷に通わせよう。その間に、こっちは弥十のことにかかろう。そうだ、それがよい。

喜介は帰って、くみに横内の話を云ってきかせた。どんなに彼女が不機嫌でも、これだけは承知させねばならぬ。

くみは、しかし、瞳《ひとみ》を沈めて、かすかに夫の意に従うことを表示した。

「そうか。行ってくれるか。それは有難い。わしのためになる。わしの出世になることだ。よくつとめてくれ」

喜介は、くみが承諾したことで、正直に有頂天であった。そのため彼は仔細にくみの複雑な表情に気がつくことが出来なかった。

十

ぱらぱらと小石が水の上に刎《は》ねるように落ちた。

水を汲んでいる弥十は、はっとした。彼だけではない。横にいる上総《かずさ》無宿の喜八も、川越無宿の音五郎も、そのほかの水替人足も、一斉に水桶を動かす手を止めた。それだけの無気味さを、最初の小石の落下は意味していた。

皆が不安そうな顔を見合せた。顔を見合せるといっても、相手の表情までさだかに分る訳ではない。岩の皺《ひび》にさしこんだ吊《つ》りあかしの魚油の灯が手もとだけ明るくしている。敷は狭く、背伸びも出来ぬくらいである。

つづいて、大きな石が飛沫《しぶき》をあげて落ちてきた。腹にこたえるような唸《うな》りが暗い敷の奥に聞えたのは、弥十たちが桶を投げると同時だった。

「来た！」

と誰かが喚いた。その間にも、石が水に霰《あられ》のように降ってきた。留め木の折れる音が豆でも煎《い》っているように聞えた。

みんな、競《せ》め合って逃げた。叫んでいる者がある。梯子をどう登ったか分らない。大きな音響が後から追いかけてきた。暗くなったのは、次々に灯が石の下に叩き落されていったからであろう。夢中で手と足とを搔いて、弥十は匍った。虫が必死に這っているのと同じだった。梯子をまた登った。後から後から人間がその梯子を奪った。重なり過ぎて、人間を抱かせたまま、梯子は空洞を滑って、下層へ転落した。悲鳴が上っている。その絶叫が岩石の落下の音に呑《の》まれた。

うすい明りが前方に射してきた。

「助かった」

はじめて意識らしいものが働いた。弥十はそれへ匍い続けた。敷口からは人影がばらばら近づいて来ていた。手を誰かに摑まえられて引張られた。胴体が地をずるずる摺《す》った。

「二十一だ」

という声がきこえた。二十一人目に敷口へ辿《たど》りついたのが自分だなと思った。

「二十二だ」

と同じ声がまたした。それを聞きながら、気が遠くなった。

弥十が気がついた最初は、ばかに蒼い空が見えたことだった。光があふれて眼が開けられなかった。顔を横にすると、血だらけの人間がいくつも寝ていた。唸っていた。坐っている人間もいた。立っている人間もいた。皆、身体に塗ったように血をつけていた。

そのとき黒い人間が来た。二、三人だった。彼らだけ元気に歩いていた。

「これだけか？　まだ坑内《なか》には何人残っているのだ？」

黒い人間は横柄《おうへい》に訊いていた。黒い人間と思ったのは山役人だった。裸と異《ちが》って、着物をちゃんと着ていた。ぼそぼそと何か誰か云っていた。

「野郎、甘えるな？」

突然、役人の棒が宙に動いて光った。

「その云い草は何だ。ふざけるな」

鈍い音が聞えた。ひいひいと泣き声が上った。

「お上のなさることだ。手めえらの口を出す分じゃねえ。いい声だ。もっと歌え」

音が高くなると、悲鳴も高くなった。寝ていて眼を瞑《つむ》っていた者までが半身を起してその光景をのぞいた。

「野郎。生命《いのち》拾いをしたくせにご託をならべやがって。利いた風なことを吐《ぬ》かすと承知しねえぞ。やい、やい。手めえら、仲間が敷内で死にかかっているのに、知らぬが仏か。

「不人情者め。動け。ええい、動け」

　しかし彼らだけではどうにもならぬことをさすがに山役人も覚《さと》ったらしかった。ぼそぼそ云い合った二、三人の黒い影は、奉行所に助勢を頼みに行くのか、山下に急に降りて行った。

「なにを！　甘えるなと。てやがるんでえ」

　呶鳴ったのは、今、棒叩きにされて仰山《ぎょうさん》な悲鳴をあげたばかりの男であった。甲州無宿の入墨者で、雲切小僧というあだ名を持つことを自慢していて伝吉といった。

「この間歩が初めから危ねえことは分ってらあ。大工せえ怖《おっか》ながって敷内《なか》にへえらねえのだ。穿子だって遁《に》げ腰だあな。いつ落磐《しけ》を喰うか分らねえと念仏唱えて穿《ほ》ってるぜ。お「俺たちあ、何も好きこのんでここに来た訳じゃねえ。生命まで捨てる義理はねえ。おう、う、みんな。下役人じゃ分らねえ、こんな間歩はご免だとお奉行に訴えようじゃねえか」

　そうだ、そうだと皆がその声に囃《はや》し立てた。おらあ女房子がある。無事な顔を見るまでは生きていてえ、という者がいる。こんなところで死んでは、死んでも死に切れねえ、という者が居る。もうこの間歩に入るのは、二度とご免だという者がいる。

「ようし」

　と立ち上ったのを見ると、背中の滝夜《たきや》叉姫《しゃひめ》の皮が破れて血を出している川越無宿の音五郎であった。

「お奉行に訴えよう。それが無理なら支配頭さままで訴えよう。ここに居る者がみんなで頼むのだ。やい、弥十、どうだ」
弥十は、さっきから、何故《なぜ》、自分がほかの間歩からこの危険な梟間歩に廻されたか、を考えているところだった。急な命令が出て、ここへ移されたのは、彼ひとりだった。理由は何も分らなかった。

ただ、そのことを命令したのが、いつか彼の顔をのぞいた眼の鋭い役人だったことだけである。

それに、分っているのは、その役人が大そう自分を憎んでいるらしいことだ。これもそう感じるだけで、何故彼から憎しみを受けねばならぬか理由は少しも分らなかった。ひょっとすると、今の落磐も、そのことを予期して、自分を殺すために、この間歩に移したのではないか——という疑惑がふと浮んだので、そのことを考えていた矢先、音五郎に呼びかけられたので、

「い、いいとも！」

と吃《ども》りながら返事した。

十一

「なに、強訴《ごうそ》する？」

三十郎の報告を聞いて、黒塚喜介は、思わず強い眼を彼に戻した。

「流人どもがか」

「左様。山犬どもが騒いでいるそうにござります」

三十郎の答えに、黒塚喜介はむつかしい顔付きをした。

「ご心配は要りませぬ。こういう時の掟がございます。奴らを敷内追い込みにいたさせます」

「どういうのだ、それは」

「されば、二十日、五十日と罪により日数を定めまして、その間、一歩も外へは上げず、敷内に押し籠めまして水替させるのでございます。たいていの山犬もこれには困窮いたし、顔色は青葉のように変り、水に溺《おぼ》れた鼠《ねずみ》の如く相成ります。米は一日三合二勺《しゃく》に減らし、塩少々を与えるのみで、昼夜こき使いますから、とんと餓鬼《がき》同然、いかなる拷問《ごうもん》にも勝り、これほどの仕置はございませぬ」

喜介の顔色が動いたのを見て、三十郎は口を寄せて臭い息を吐いた。

「黒塚様。弥十は落盤《しけ》で死んだ三十四人の中には入って居りませぬぞ」

何、と喜介は眼をむいた。

「奴めは運よく逃れて居ります。しかし、強訴の組でございますから、無論、敷内追い込みの折檻に致します。はははは、今度は、身体の弱い奴は、これまでの例からみて、相当死んで居りますからな」

うむ、と生返事をしたものの、喜介は三十郎が少し気味悪くなってきた。人の心を読み取ることの速さ、先々と先廻りして手を打つことの抜け目なさ、それを冷酷に、興がってやっているようにみえる。

「うむ、死ぬか」

喜介は、意味なく呟いた。

「死にますな」

三十郎の答えは快活にすぐ響いてきた。

「芋虫の如く、青ぶくれして死にます。なに、獄門台に晒し首になるよりは成仏出来ます」

眉も動かさずに云って、この座敷から見える外の景色へ眼を向けた。海は荒れていて左手に出ばった春日岬に白波が上っていた。

「今日もしけて居りますな」

と三十郎は海のことを云った。

「このような荒れでも、奴らは舟を出しますでな。油断がなりませぬ」

やはり流人の話だった。

「逃げたい一心でございますからな。いえ、遁げても無駄でございます。すぐ捕まります。いつぞやは水替人足五人が松ヶ崎村と申す所より、漁船を奪い、真更川《まさらがわ》沖に漕《こ》ぎ出ましたが、地役人どもが船で追駈《おいか》けて捕えました。また、この内海を横ぎりまして沢崎村へ上り、宿根木《しゆくねぎ》と申す岩穴に隠れている奴もございましたが、難なく捕えて死罪にいたしました。運よく舟を出しましても風の具合で能登に流れ着き、そこで捕われて送り返された者もございます。所詮《しょせん》は無益な悪あがきでございます。逃げ了わせるものではございませぬ。とどのつまりは、打ち首にされるだけでございますからな」

それから、御免《ごめん》といって、腰から莨《たばこ》を抜き取り、黒ずんだ銀の煙管《きせる》を手にもって、鼻から煙を吐いた。

彼はあたりを見廻すようにしていたが、急に話題をまた変えた。

「それはそうと、いつぞやお迎えの時にお眼にかかった奥様に、とんとご挨拶いたしませぬが」

いや、それはよいのだ、と喜介は遮った。実は、横内様のご所望で、お屋敷へ女中共の行儀を躾けに上らせている、と答えると、

「横内様に」

三十郎の眼が熱心なものになった。

「左様でございますか。とんと存じませなんだが、横内様のお屋敷でございますか。お行儀をお教えとは尤もでございますな。何しろ土地の女どもは、島の磯育ちばかりで――」

と云ったが、その瞳は言葉とは離れて、何か別なことを考えるような色になっていた。

三十郎が帰ったあと、喜介は縁に出て、ひとりで海を見ていた。今日は非番で身体が暇になっている。が、何か心に荒《すさ》むものが揺れていた。裏の方で下僕の声がしたが、そ

れも聞えなくなった。

　くみの姿は無論無い。毎晩、かなり遅いのであった。横内利右衛門が、いつか喜介に礼を云った。女中どものお行儀がお蔭でずんとよくなったと満足気だった。いつまでも御内儀に世話かけて済まぬとも詫《わ》びた。

　喜介にとっても、そのことは欣《うれ》しい。横内の心証をよくすることは、先々の出世のためである。よくやってくれる、とくみを賞めてやりたいくらいである。

　が、何となく侘《わび》しい。くみの居ない故だと自分でも分っていた。心の荒みはそのためであろうか。もう横内様にお願いして、くみに暇を頂かせようか、とも思うことが多くなった。

　それに、何かと気を使うのであろう、くみはひどく疲れて帰る。普通の夫婦のように、本心を打ちあけて云わぬ女だから、何を思っているか分らぬが、喜介には、いつまでも落ちつかぬ苛立ちである。

　すると、喜介の胸には、くみをこのような性格にした弥十への嫉妬が燃えてくるのだった。

「いっそ殺すか」

　三十郎の話して行った言葉を思い出し、自分で呟いてみて、その効果を考えはじめた。

十二

「今日で、二十日を過ぎました」

占部三十郎が喜介に報告した。

「敷内追い込みは、あいつらも矢張り参っているようですな。とんと意気地がありませぬ。江戸で暴れた入墨者も、此処ではぐうの音も出ませぬ。犬のように舌を出して息を吐いて居ります。一度、敷内に入ってご覧なさいますか？」

喜介が、いずれそのうちに、と答えると、三十郎は是非《ぜひ》見るがよい、と勧めた。

「そうそう、弥十ですが」

と彼は云った。

「あれは、見かけによりませぬな。あまり弱っていないのです。案外でした。以前はどんな素姓の男ですかな？　武術でも稽古《けいこ》して鍛えた身体のようですが」

「知らんな」

喜介は眼をわきに逸《そら》した。三十郎はそれを探るような眼で見ていたが、

「なに、いずれそのうちに参ってきます。どんな男でも、此処では例外がありませぬでな」

と唇の端でうすく笑った。

それから別れるときに、彼はまた口を寄せて低く云った。

「手前の妹が今度、横内さまのお屋敷に奉公に上りました。十日前からですが、奥様には種々とお世話様になっていることと存じます。よろしく仰せ下さいますよう」

それだけ云って一礼すると、右肩を上げた背中を見せて離れて行った。

喜介は息を呑んだ。三十郎の油断の無さが彼の五体を敲《たた》いた。空恐ろしいくらいである。

喜介の妻が横内の屋敷に居ると聞くと、忽《たちま》ち自分の妹を横内の屋敷へ奉公に出した。喜介を通り越して横内に取り入ることが近道だと考えたのかも知れない。

どんな隙間《すきま》でも入り込んで出世の蔓を摑もうとする三十郎の気魄《きはく》のすさまじさには、喜介もたじろいだ。出世の執念にかたまった男である。

その夜、帰ったたくみに喜介は云った。

「三十郎という男が妹を横内様のお屋敷に出したそうな。お前によろしくと申していたぞ」

ふだんなら、細く通った鼻筋を真横に見せて、冷淡な顔のくみが、それを聞いて珍しく表情があった。

「その方、組の方でございますか？」

思いなしか瞳がきらりと光った。

「うむ。わしの配下になっている。目はしの利く奴だ。その妹だ」

そうですか、と返事があったが、それきりのことだった。また面のような顔にかえって、冷たく座を立って行った。——

そんなことがあって、十日も過ぎた頃である。

喜介は蒲団《ふとん》の中で、うとうとしかけると、不意に戸を叩く者があった。仲間《ちゅうげん》が起きて何やら聞いていたが、直接に玄関から呼び立てたのは占部三十郎だった。

「黒塚様、黒塚様」

慌《あわただ》しい声である。

「大事でございます。水替人足が遁走《とんそう》いたしました。すぐにお出合い下されませ」

おお、と答え喜介は支度にかかった。くみはと見ると、まだ姿が無い。今晩の帰宅は随分と遅いな、と心で舌打ちした。その時、ふと喜介の心には、脱走した水替人足の中に、弥十が居るような気がした。

くみの居ない不満が弥十への憎悪に移ったのはこの一瞬であった。弥十がここで水替人足をしていようなどとはくみは夢にも知るまい。まして彼を此処で殺しても、くみには分らぬことだ。えも知れぬ快感が血の中に逆流した。

「待たした」

と玄関を出ると、三十郎は身装《みごしら》えして提灯《ちょうちん》を持って待っていた。ご苦労に存じます、と彼は挨拶して、

「遁げたのは、敷内追い込みの連中でございます。番所役人の油断を狙って出たようで

す。只今《ただいま》、高瀬村の方へ追って居ります」

「弥十は、その中に居るであろうな?」

「まず、十中八、九、加わっていると存じます」

山を越えると、暗い海がひろがってきた。海からは人の叫びが聞え、赤い火が四つ五つ浮いて動いていた。足もとは断崖《だんがい》で、黒い海は真下で音をたてていた。

銃声が海の上に起った。

「ははあ、やりましたな。こちらから撃ったのです。火のある舟が追手で、流人どもの舟は暗くて見えませぬな」

三十郎は指でさしていた。が、指先は暗くて分らない。

「ほう、どうやら追い付いたようですな。二つの舟で挟んで居ります」

なるほど赤い火は二手に分れて進んでいたが、次第に接近するかたちに動いてくる。潮を含んだ風は、人の騒ぐ声を頻《しき》りと耳に運んできた。

また、銃声が暗い中から起った。

「なかなか、やりますな」

三十郎は、うれしがっていた。右手に持った提灯を高く突き出して、海の方に振った。いかにも愉しくてならぬという様子を示していた。

松明《たいまつ》の燃えている舟は、両方からいよいよ近づいた。罵《ののし》っている声が強くなった。火は遂《つい》に一点に合った。その隙間の、わずかに黒い部分を残しているのが、逃亡者の舟であろう。物を打ち合う音が聞えた。

「捕えました」

三十郎が、勝ち誇ったように云った。

喜介は、その舟に乗っている弥十が追手から取り押えられている様子を想像していた。それはすぐに、いつか見た峠の上の仕置場に晒してあった腐った首につながった。いつかあの台の上に弥十の首を据える時がある、と思った日が、案外近かったな、と考えていた。

その時、三十郎の提灯を目当てに探してきたらしい、敷口番人が走り寄った。

「占部さまですか?」

「そうだ。逃げた人間の名前は分ったか?」

「へえ」

番人は三十郎の傍に近づいて話していたが、海からの風が声を裂いた。

三十郎は聞き終ると、喜介の方に向って、大きな声を出した。

「黒塚様。弥十は逃げては居りませぬ。敷内追い込みの期限が昨日で明けたので、水替小屋にいるそうです。逃げたのは、別の連中でした」

十三

黒塚喜介は、ひとりで水替小屋場に行った。谷のような場所に、日陰を選ったように建てられてある。ぐるりに石垣を囲んで、矢来が立っていた。夜目にも牢という感じだった。

まだ起きていた番所の者に云いつけて、弥十を連れてくるように命じた。喜介は其処で待っていた。

今夜は、どうしても弥十を始末つけねばならぬ逼迫《ひっぱく》したものに、彼の気持は奔《はし》っていた。

思慮が無くなって、一途《いちず》に何かに燃えさかっている本能的なものと同じだった。ぎりぎりのところに、今、来ていると感じた。自分でも今夜をのがしたら、二度とこんな感情になるかどうかわからぬくらい激しいものを覚えていた。この決心をつけさせたのは、逃亡者のなかに弥十が居ないと聞いた時からだった。

山が迫って、星の薄い空は狭い部分に区切られていた。見えないところに、遅い月が上ったらしく、空はあかるかった。

戸が開く音が遠くでして、やがて黒い影が二つこちらに歩いてきた。

「旦那、連れて参りました」

うむ、と答えて、その後の弥十の影を見詰めた。番人には、この男に用事がある、と断って、ついて来いと身振りした。

弥十は黙ってついて来た。喜介は山道を歩いた。行く先は、もう決っていた。いつぞや三十郎から案内のときに見せてもらった古敷（廃坑）である。その奥に連れ込み、二度と生きては上れぬという数丈の竪穴《たてあな》に相手を突き落すのが喜介の企らみであり、弥十を待っていた運命であった。喜介は歩きながら、自分の身体に小さな慄えが起っているのを感じた。

弥十は黙って柔順についてきた。どのような危険が前途にあるのか少しも疑わぬようであった。

番人から、役人が用事があると云わせて名前を聞かせてなかった。夜では、顔も分るまい。分っても、弥十の方が憶えているかどうか。こちらは忘れてはいないのだ、三年前、くみの父親の家で見た顔だ。いや、くみを憎悪する時も、愛撫するときも、この三年間、きまって喜介の眼に泛んでくる顔だ。

月が上ったらしく、山のかたちを影で描いた。向うの高い山には明るい月光が当り、二人の居る部分は暗い陰につぶれていた。

「弥十だな？」

見覚えの廃《すた》れた敷口の前まで歩いてきて、喜介は弥十にはじめて云った。

「へえ」

と弥十は応えた。

「お前に話がある。この中に入ってくれ」

これにも、弥十は、ただ、

「へえ」

と答えただけだったが、初めて疑問を起したらしく、臆病《おくびょう》に退った。その言葉も動作も、御家人の伜《せがれ》だったという名残りは少しもない。これに喜介は改めて腹が立った。くみへの嫉妬と同じ腹立ちだった。ぐいと弥十の腕を摑んで、敷口の内に引張った。

天井も高く、大きな穴だが、湿気と土の臭いが陰気に鼻を襲った。が、喜介の足は其処で急に停った。

この穴の奥に人の声がしたのである。それも最初の一声が女のそれだった。喜介には毎日聞いている忘れられぬ女の声であった。

喜介は弥十を抑えて、壁に身をつけた。得体の知れぬ恐怖と疑惑に、身体が大きく震え出した。

「わしをこんなところに、ひきずり込んでどうするのだ?」

喜介の耳は、奥から聞えるその声にまた動顚《どうてん》した。それも毎日、役所で聞いている権威のある声だった。支配頭の横内利右衛門のものに紛れもなかった。

「あなたの最後の決心をお聞きしましょう。この上、もう耐えられません。ここで、きっぱり私の決りをつけます」

くみの声だった。喜介が三年の間、知る限りでは、決して聞いたこともないくみの上ずった声だった。

「わしの気持は決っていると何度申したらよいのか。いつまでも、お互いにこんな関係をつづけているのはよいことではない。別れてくれ、他人になろう」

喜介は、あたりがにわかに真空のようになって、耳鳴りがしてきた。

「卑怯《ひきよう》です。あなたは、三年前、私を嬲《なぶ》っておきながら喜介に嫁がせました。それも奥様には内密、私の父にも内密に取りつくろい、私が手に負えなくなりそうなので、喜介にくっつけました。自分で仲人したほどの恥知らずの人です。それで済まず、こちらに渡ると、また私の身体が欲しくなって屋敷に呼びました。人非人です」

「分った。もう、よい。何度も聞かせてもらった話だ」

「いいえ、横内様。あなたは、わたしの心を知りすぎるほどご存じなのです。わたしは、あなたの云う通りになります。どんなことでも守ります。ね、捨てないで下さい。こんな口をきくのも、あなたから離れたくないからですのよ。ね、後生です」

それは、喜介が知っている冷たいくみとは別人ののぼせた声だった。

「もうよい。これが諦めどきだ。わしもそなたとのことが役所に分ると何かと、不味《まず》い。そなたも、喜介に知れたら、どうするのだ?」

「今さら、何を云うのです。もう一度、お願いします。捨てないで下さい。ね、捨てないで。会うなと仰言《おつしや》れば、いつまでも辛抱します。ですから、捨てないで」

「もう、止めろ、きれいに諦めろ」

「横内様」

「う、何だ?」

「あなたは、やっぱり占部の妹に気を移しましたね?」

「何を云う」

「いえ、かくしても知っています。あなたの眼を始終見ているのです。わたしをごまかせると思っているのですか。私にとっては、あなたは初めから夫と同じでした」

横内が鼻を鳴らして嗤う声が聞えた。

「何を云うのだ。そなたには、わしより以前に、御家人とかの伜があった筈だ」

「あの人とは何もありませんでした。途中で私を奪ったのは、あなたです。あなたが私を女にしました」

「その男が好きだったと、昔、そなたから聞いたな」

「他愛ない話をして、ごまかさないで下さい。今から考えれば、子供のようなことです。女は、はじめの男から離れられないものです。あなたの云う通りに、死にたいような恥を忍んで喜介のところへとついだのも、そのとき、あなたから怒られたくなかったからです」

「それなら、これきりだ。もう、そなたには無理を云うこともない」

「どうしても気持を変えて下さいませぬか」

「別れよう、な」

「どうしても！」

「な、何をするのだ、わしを押して」

身体がぶっつかって、足が乱れる音がした。

「もう一度、お願いします。す、捨てないと云って！」

「くどいな」

「横内様。この古い穴は、私が山役人の或る人から聞いて、前に確かめに来たことがあるのです。奥の竪穴に落ちると生きては戻れません。死にましょう」

「なに、あ、何をする！」

女が必死に自分の身体を押しつけたらしかった。喜介の耳には雷鳴よりも大きな音響だったが、棒のように動くことが出来なかった。この間際まで彼が飛び出すことを縛っていたものは、上役という権威に対する本能的な哀しい懼《おそ》れであった。身体は萎縮《いしゅく》していた。

「死にましょう」

最後の、くみの声が男の喚きを押えて、もっと奥の、ずっと下の方へ、音たてて消えた。夥《おびただ》しい石や土が落ちる響がすぐに起った。しばらくは、その音が地の底に引き摺るように続いた。

喜介はその場に、しゃがみ込んで、いつまでも動けなかった。気づくと、弥十は疾《と》うに逃げてしまって姿がなかった。喜介は顔に両手を掩《おお》って泣き出した。
月光は、いつのまにか、この廃坑の入口まで歩いてきているのだった。

北村薫 イチ押し！

月

一

伊豆亨《とおる》の恩師は谷岡冀山《きざん》である。谷岡冀山は、専門の上代史のほかに考古学、人類学、仏教美術、地誌学、民俗学などにも一見識を持っていた。いかにも明治の学者らしい、開拓的な視野の広さであった。

谷岡は、元勲《げんくん》といわれる権力や財閥に結びついていた。官学の大御所であった。彼の門下からは多くの逸材が出ている。昭和初頭出版の『冀山谷岡梅二郎先生伝』には弟子たちが回想文を寄せているが、東京帝国大学総長、博物館長、宮内省御用掛《ごようがかり》、東大史料編纂《へんさん》所長といったほかに帝大教授や、私大の学長の名がならんでいる。

これらの門下生はいずれもそれぞれの分野で一家をなしていた。かれらは史学はもとより、谷岡の精力的だが趣味的な研究の一部ずつをもらい、そのほうで権威になっていた。明治の啓蒙的な彼の学問は、これらの弟子たちによって近代的研究となり、細分化され、精緻《せいち》になり、科学的となったが、その基盤となった谷岡の大きさが分る。同時に、これらの門下生を学界の要所要所に配分した彼のボスぶりも知れるというものである。『冀山谷岡梅二郎先生伝』の巻末にならんだ弟子たちの回想文の筆頭から三番目に伊豆亭の名前がある。だが、これはイロハ順である。もし、評価通りの序列にしたら、伊豆亭はおそらく末尾近くに活字を得たにすぎないであろう。

伊豆亭のその回想文は、不敏不才の自分を捨てず、最後まで門下生の中に入れてくれた恩師の寛大さに感謝している。これは他の門下生も揃《そろ》って書いていることで、弟子の礼をとった平凡な文章のようである。しかし、事情の分っている者には、伊豆のこの感想はまさに正直で、いささかの謙遜《けんそん》もないと考えられるのであった。

伊豆亭は谷岡冀山の中期の弟子であった。彼を女子大の教師に世話したのは谷岡だった。伊豆は十年後に文学博士になった。論文は「東国条里制の研究」だったが、審査委員会で難点が出なかったのは、谷岡の威光があったからだという人が多い。だが、とにかく、そのころの伊豆亭はその論文のテーマの場所で自己を構築するかにみえた。

だが、伊豆亭はそこで停滞した。彼は注目されるような研究もせず、論文も書かなかった。冀山の息のかかった学術専門雑誌に、たしか二、三回は出したことはあるが、短いもので、真面目ではあるが、注意を惹《ひ》くようなものではなかった。真面目な故《ゆえ》に彼の才能の乏しさを露呈したようなものだった。冀山の門下で、伊豆の先輩や同輩が力のこもった論文を次々と発表し、学界に認められてゆくのに、彼だけはとり残された。後輩も彼を追い抜いて行った。伊豆は女子大の平凡な教師が最もふさわしいようであり、当人もそれを自覚して少しもあせってはいないように見えた。

才能ある弟子は、どれが本体だか分らない複合火山のような冀山の雑多な対象を分ち合い、それぞれを単一に専門化して研究していった。啓蒙的で粗笨《そほん》な冀山の学問は、こうして弟子たちによって精緻になり、資料の新発見も手伝って前進した。学問の対象は細分化しようと思えばどのようにでも微生物的になしうる。門下生はその傾向と分《ぶん》に応じて研究科目を冀山からもらったのだが、彼ら同士は激しい競争心を秘めて、せり合った。その研究が近接していればいるほど、彼らの敵意は強かった。冀山はそれを切磋《せっさ》琢磨《たくま》だと明治風な笑いで評していたが、彼にすれば、弟子たちに傑出した学者が多く出れば出るほど彼の存在は偉大なものになる。その計算は、彼がここぞと思う重要な地位に弟子たちを配置する政策となった。官学系の教授に来てもらいたがっている私大にも彼の息のかかった弟子が配された。冀山の学界管理方式はこうしてやすやすと出来上った。

彼の門下生たちは、論文活動や論争を通じてそれぞれ成果をあげ、師から継承した学問の大成にわき目もふらなかった。それは彼ら自身の功利心からだが、それには師恩に報じるという感動的な装飾があった。そうした人間ほど世俗に疎《うと》いことを装《よそお》い、その方面の無知に顔を赧《あか》らめた。明治や大正のころのように、世間知らずを演技的な奇行で表わす古さを心得ていたのである。

晩年の冀山が名誉職だけなのに贅沢《ぜいたく》な生活を送っている秘密が、某財閥の買入れる美術品の顧問としての報酬の高いことや、骨董屋から多額のリベートをもらっていることや、時には、美術品の斡旋《あっせん》を積極的に行って骨董屋仲間が顔を見合せるほど大胆なピンハネをしていることなどにあると分っていても、門下生たちは何も知らないふりをしていた。

谷岡冀山の邸《やしき》には、三月《みつき》に一回くらい門下生たちが集った。門下生といっても各大学の学部長クラスが数人もいた。文学博士はざらだった。ただ師と雑談するというだけでここに集るのは、いつも三十人ばかりだったが、老いた冀山の近くに坐《すわ》るのは彼の比較的早期の、現在は出世している直弟子だった。従って晩期の弟子は、二十畳の部屋からはみ出して、滝水の落ちる泉水近い縁側に畏《かしこま》らなければならなかった。

伊豆亭も最初はこの会合によく顔を出したが、そのうち次第に足が遠のいて行った。その会合には、冀山の直弟子の主な者が間近に席を占めていた。席順もいつとはなく、冀山の右隣は誰、左隣は誰、その次は誰というふうに自然と定まった。もし、そのうち誰かが遅れて来ても、そこだけは予約してあるように空《あ》けられてあった。当然のことに、現在羽振りのいい弟子が上位を占めた。伊豆は、その入門順からすると三番目か四番目ぐらいには座を占めなければならなかったが、そこは他の人で埋まっていた。遅れて出る伊豆は自分の坐り場にうろたえなければならなかった。

彼がそこに顔を出すと、何となく席の座談がはずまなかった。冀山は饒舌家《じょうぜつか》で、とめどもなくしゃべるほうだし、弟子たちも同席の者に自分の実力を見せようとして冀山に活潑《かっぱつ》な質問をするのだが、伊豆がそこに居ると、座が何となく白け渡った。また、途中で彼が顔を出すと、それまでは賑《にぎ》やかな談笑だったのが急に静かになってしまう。伊豆君がくるとどうもいかんね、座が陰気になってくるね、と冀山が人に云《い》った言葉が、あとで伊豆の耳に回って来たりした。伊豆は、その席に出るのを遠慮するようになった。彼自身も、自分が居るときと居ないときの座の空気が違うことに気がついていた。それでもあまり行かないのも悪いと思い、義理をつとめることがあるが、広間に顔を出した途端、冀山の席近くの者が明らかにいやな顔をした。伊豆はお世辞が云えなかった。何か云えば、それが逆な効果を相手に与えそうなので、つい、沈黙してしまう。冀山もなるべく伊豆には話しかけないようにした。話題がほうぼうに飛ぶ冀山の得意の多弁も伊豆が同席すると、ふしぎに生彩を欠くのだった。

しかし、伊豆は、それでも、ときどき出席した。彼の顔を知らない新しい後輩が次第に多くなった。彼らは、どこの人間が入って来たかと云いたげに伊豆の顔を一瞥《いちべつ》しただけで無視し、しきりと冀山に質問しては活潑に議論するのだった。それもみんな冀山に認めてもらいたいからである。

伊豆が冀山との間に影のような隙間《すきま》をつくったのには、一つの原因があった。伊豆が弟子としてまだ若いころである。彼は『太宰管内志《だざいかんないし》』を読み、その中で江戸時代の或《あ》る藩儒《はんじゅ》が領内から出た古代中国の印章について述べているのに突き当り、疑問を起した。

印章は純金製で領内の百姓が偶然に耕作中に発見し、これを藩に届けたようになっている。その藩儒は考古学に知識があったので、届出の印章について詳細な覚え書を記している。この一個の印章は、現在、ある大名華族家に伝わり、漢と倭国《わこく》との交渉を裏づける唯一《ゆいいつ》の物的証拠になっている。

そのころ学界では、この印章について密《ひそ》かに偽物説が行われていた。学界の多数意見は、それを真物として認めていたのだが、伊豆は、その藩儒の書き方がいかにも彼一流の好みによって記述されてあるのに注目した。伊豆は、その男、元来考古好みだった藩儒が中国文献に合せて印章を密かにつくらせ、領内の百姓に発見させたことにして藩主に献じたのではないかと推測した。発見の場所と状態を考えると、ますます不審が起ってくる。また、印章の文字も体裁も文献と違っている。たとえば、印章の上部にある鈕《ちゆう》の様式も当時の制度と合わない。

この印章以外には当時のものがほかになかった。従って現物の比較のしようがないので、肯定的な学者はもっぱら文献を根拠にしている。しかし、ほかに比較例のないことは真物説にも偽物説にも都合のいいことである。たしかに文献には中国から倭国の王に金印を与えたとあるが、当時の金は、あるいは銅のことではないかと伊豆は考えてみたのだ。当時の金製の工芸品としては薄金《はっきん》、鍍金《ときん》技術は進んでいるし、その遺物も発掘品の中にある。しかし、この印章のように、鋳型《いがた》に熔《と》かした金を流して作った金塊は地上のどこからも発見されていない。むろん中国にも例がない。伊豆は、この点にも疑問を持った。

伊豆は、考古学にはそれほどの興味はなかったが、その専攻とする地誌学の上から『太宰管内志』を読み、この金印の疑問に至った。そして彼は不用意にもそれを文章にして或る学術雑誌に発表したのである。

その雑誌が出てひと月近く経ったころ、伊豆は冀山に呼ばれて叱責《しっせき》された。金印は疑うべくもない真物である。あれを偽物だというのは取るに足らぬ俗説に迷わされたのだ、なぜ、君はあの文章を発表前に自分に見せなかったのか、君は馴《な》れないことをやるよりも自分の性に合ったものだけに進みたまえ、と云った。冀山のその長い叱責の言葉の中では、

——君は将来、性に合った歴史地理以外には手を出さぬことだな。

という一語が伊豆の耳底に残っている。それは先生から課せられた禁制であった。師の言葉がそれからの伊豆の性格をつくった。

あとで伊豆は他人から、冀山がそのパトロンの侯爵から伊豆の書いた金印偽物説のことで不興を受けたと聞いた。侯爵は美術好きで、印章の所有主である華族との親密な関係から金印が偽だと云われるのを喜ばなかったのである。冀山が単なる史学者にとどまらず、古美術に造詣《ぞうけい》が深かったのも、侯爵の援助により、高価な古絵画や工芸品を蒐《あつ》め得たからである。

この小さな事件は、冀山と伊豆の間だけで終らず、冀山の弟子たちが知っていて、公

然の秘密となっている。伊豆が冀山の会合に弟子たちから冷たい眼で見られたのも、そのためだった。

谷岡冀山は大正の終りに八十歳で死んだ。

二

女子大の教師になった伊豆は、学界で無視された。彼のほうでも好んでそこに頭をもたげようとはしなかった。先輩や同僚はもとより、後輩も新進学徒として続々名前をあげた。殊《こと》に冀山の死後は、伊豆の先輩——といってもほんの少ししか年齢の違いはないのだが、かれらはその師のあとをうけて主流を占めた。同僚もそれにつづき学界の主要な地位のほとんどを漸次《ぜんじ》に占有した。かれらは学界が挙げて注目するような華々しい論戦を行ったりした。

歴史地理とは地味で目立たない学問である。それでも伊豆は学術雑誌にいくつかの論文を発表している。「武蔵国名義考」「北条氏康の武蔵紀行について」「武蔵国古代地理論攷《こう》」「少彦名命《すくなびこなのみこと》と古代常陸国《ひたち》」「房総半島の歴史的考察」「秩父《ちちぶ》地方における奈良朝時代の人口」「甲斐《かい》国志雑考」などがその主なものだった。

しかし、そうした論文を書くのを伊豆亭は三年ぐらいで止めてしまった。誰からも注目されず、反響もなかった。そのころの史学界は、歴史上のもっと大きな問題、基本的な問題、いいかえれば、派手な主題をめぐって華々しい論戦が展開されていたから、伊豆の書くような地方史的な仕事には誰も一顧もしなかった。

伊豆はその女子大でも、曾《かつ》ての冀山の面会日に行っていたような環境に置かれた。彼は、覇気のある他の教授たちから片隅に追いやられた。彼は自分の性格を知っていたので、かえって、その小さな幸福に満足した。もっとも、実力のある教授間には反目があって、その相剋《そうこく》を横から見ているぶんにはそれなりに愉《たの》しいものだった。それも曾て冀山の弟子たちの間に起っていた暗黙の闘争と通じるものがあった。彼は女子大では最も目立たない教授として影のように立っていた。他人が彼を冀山の弟子だと知ると、おどろいたくらいである。それほど冀山の高弟はいま学界の脚光を浴びていた。冀山の死後、その弟子と称する者がふえて二千人にも達していた。

伊豆は三十歳で妻を娶《めと》ったが、子供は出来なかった。本だけは買ったが、それもほとんど地誌関係である。曾て冀山から叱《しか》られたときの一言が、本能的な臆病《おくびょう》にまで至らせ、彼をその領域から出させなかった。地誌研究はそれほど発展のない学問である。曾て明治の学者で『大日本地名辞書』の大著を出した人があるが、それでもその人は他の歴史の分野に有力な発言をしている。伊豆の場合は地誌だけだった。あれはせいぜい郷土史だよと、彼を評する者は片づけた。

伊豆を『新釈武蔵地誌稿』に赴《おもむ》かせたのは、女子大の学生だった青山綾子である。伊豆が知ったころの綾子は二年生で、字の上手な学生だった。そのころの伊豆は、主に地誌の資料を全国的に蒐めていたが、それをいちいち筆写するのが大儀だった。一つは、恰度《ちょうど》病気をして体力がなかったせいでもある。あるとき、伊豆は学生の答案の中から見事な筆蹟《ひっせき》を見出した。それが青山綾子だった。

伊豆が青山をよんで訊《き》くと、彼女は小さいときから習字が好きで、今でも書道の先生について稽古《けいこ》をつづけていると云った。伊豆は六十二歳になっていた。

伊豆は彼女に頼んで、自分の書いたものの清書や、資料の引写しをしてもらった。綾子は九州から来ていたので寄宿舎生活だった。

伊豆は彼女に資料の写し方から教えた。たとえば、資料の文章に文意不明の箇所があってもそれは訂正しないで、横に小さくママと書くこと、誤字は横に正しいと思われる字を添えておくこと、脱字があるところは括弧《かっこ》して脱と入れることなど。また、変体仮名や、古文書の中から出てくる連字仮名にも慣れるように教えた。

綾子はそれほど美人ではなかったが、眼の大きい、浅黒い顔で、肉づきのいい身体をしていた。彼女は、はじめ休みのたびに伊豆のところに来ては清書をしていたが、のちには寄宿舎に持って帰り、三日おきか一週間おきに出来ただけを届けに来た。

彼女の清書した中に「月」の字がいつも斜めになっているのが伊豆には気になった。あるとき、それを訊くと、それは習字の癖で、書道では月の字をこんなふうに斜めに書くのですと云った。しかし、伊豆は、その月の字を見るたびに妙に不安定を感じる。それで、ペン書きの場合は普通にしてくれと云うと、彼女は当座は真直《まっす》ぐな月の字を書いてきたが、やがてまた少し斜めになった。伊豆は、それ以上云わなかった。が、彼女の書く斜めの月の字を見ていると、いつも心に落ちつかない不安を感じた。不安定な自分の位置が、その字に表われているような気がするのである。彼は古本屋に行ったとき、密かに書道の本をのぞいてみた。なるほど、どの手本にもたいてい月の字は傾いていた。

一年ばかりすると青山綾子が、先生は地誌をずっとおつづけになるんですか、と訊いた。そのつもりだと伊豆が云うと、彼女は、それは全国的な体系としてまとめられるのですか、とたずねた。まだはっきりと決っていないと伊豆は曖昧《あいまい》な気持で答えた。実際、そのときは彼の前に『大日本地名辞書』が屹然《きつぜん》と聳《そび》えていたのである。

しばらくして来た青山綾子は遠慮しながら伊豆に云った。先生のお手伝いをしてだんだん分ってきましたが、全国的な体系よりも一地方に限られたほうが先生のお仕事としてユニークなものが出来そうに思えます、それには武蔵一国に限られたらいかがですか、これは私のつまらない感想ですが、と羞《はずか》しそうに微笑した。

伊豆は、当座は素人の知恵だと思って聞き捨てたが、あとで考えてみると、それが自分に一ばん適応しているように思えてきた。全国的に地誌体系をつくるのは初めから無理である。そんなことは彼も思っていなかった。ただ、小さなものがいくらかでもまとまれば満足だと考えていた。彼はそれほどの高望みはしていなかった。が、青山綾子がふと云った言葉は彼に一つの天啓と感じられた。なるほど、武蔵一国に限定すれば、それなりに充実したものが出来そうである。また武蔵は東京の周辺だし、古代からの変遷《へんせん》をたずねれば、それなりに意義はあると思えてきた。彼は『大日本地名辞書』がなし得なかった細部をそこで完成しようと思った。そう考えると、今まで荒涼とした彼の生涯の先に初めて一群の青い色が映じてきた。

すでに彼の先輩の幾人かは大家の名をほしいままにして死んだ。彼の同輩はそのあとを継ぎ、今やそれぞれ学界の頂上に立っている。伊豆亭に野心はなかったが、せめて『新釈武蔵地誌稿』だけでも自分の名を遺《のこ》したかった。恰度、冀山の回想録に弟子としての彼の名が遺されているように。

伊豆は女子大の閑《ひま》をみては図書館に通い、また史料保存所にも通った。史料保存所には彼の少し下の後輩が所長をしていた。その後輩はすでに刊行中の『史料集成』を編纂している。これは国家的な事業といってもよく、伊豆の志している『新釈武蔵地誌稿』などもとより比較にもならなかった。そのせいか、その男は伊豆の申し出をこころよく容《い》れて、保存の古文書の閲覧を承諾した。その男の艶《つや》のいい顔の微笑には、そんなつまらない仕事をせめてもの拠《よ》りどころにしている先輩の伊豆への憐憫《れんびん》と軽侮があらわれていた。

史料保存所には関係古文書が豊富に所蔵されている。伊豆は青山綾子を伴《つ》れて行き、所長にも頼み、所員にも紹介した。そのころ彼女は三年生になっていたので、かなりの時間的余裕があった。古文書に興味を覚えてきた彼女は熱心にそこに通った。殊に古文書の古い字体に接すると、書道に趣味をもつ彼女の眼が生き生きとした。

そのうち、伊豆は妙な噂《うわさ》が史料保存所の連中から立てられているのを知った。所員が青山綾子に、伊豆と特別な関係があるような口ぶりでいろいろ訊くというのである。綾子からそれを聞いて伊豆は初めて思い当るところがあった。彼は一週間に一度、古文書の選択に彼女と一緒に史料保存所に行くのだが、所員のふしぎな視線に突き当ることがしばしばだった。伊豆と青山綾子とは四十歳余りの開きがあった。まさかと思ったが、やはり他人の好奇心は際限のないものだと思った。

しかし、やがて、それは他人だけでなく、妻にもその様子が見えてきた。伊豆は休みの日には郊外の古い寺の所蔵文書を漁《あさ》りに回るが、青山綾子を伴れて行くことが多かった。二人で出かけるのを妻は好まなかった。のみならず、妻は伊豆に皮肉を云うようになった。

三

伊豆の仕事をどこで聞いたのか、歴史ものを主に出版している隆文社が彼のもとに問合せに来た。仕事の内容や、全体の巻数などを編集長が自分で来て訊いた。伊豆は出来た分の原稿をとり出して見せた。編集長はまず文字のきれいなのをほめた。このとき茶をくんで来た妻が横でそれを聞いていやな顔をした。

一週間後、ふたたび編集長は来て、ぜひ自分のほうでこれを刊行させてほしいと云った。全体の巻数が、大体、五百ページ一冊として十五、六巻くらいになる見込みだったが、大へん結構ですと出版社側は云った。それから、原稿が出来次第一巻ずつ出して行きたいから、なるべく仕事を進捗《しんちょく》させてほしいと頼んだ。伊豆は救われた。出版の運びになったのは嬉しかったが、資料蒐めの費用に困窮していたのである。

伊豆は、それまで青山綾子には小遣い程度のものしか渡してなかった。彼はそれが気になってならなかった。彼女のほうでは伊豆に心から協力し、経済的な面では要求したことはなかった。これがまた妻の邪推を買う一因となった。今どき報酬を考えないで面倒な仕事をする女は居ないというのである。伊豆は妻と諍《いさか》いをし、不愉快な日を送るようになった。

それでも彼は青山綾子を手放すことが出来なかった。今では掛替《かけが》えのない助手である。隆文社との契約が出来てから、伊豆は綾子に適当な額の支払いが出来るようになった。それは今までの倍額近くだったが、妻は彼女に与えるには多すぎると云って不機嫌になった。伊豆はその適切な理由を云うのが面倒臭くなったが、実は妻の昂奮《こうふん》をおそれたのである。このとき妻は五十六歳だった。

青山綾子には彼の妻の思惑が分っていた。彼女の足は彼の家から遠のきはじめた。伊豆は仕方なしに、史料保存所で綾子と落合い、そこで打合せをしなければならなかった。が、彼女が家にくることが少くなっても、彼女の清書した原稿を見れば仕事の進行は妻にも分るのである。妻はそのことで伊豆を責めた。外で逢引《あいびき》しているような言い方であった。

そのころになると、出版社でも伊豆に若い社員を助手として一人つけてくれた。しかし、この男はあまり役に立たなかった。青山綾子は、先生がお気の毒だから、出版社の男が馴れるまで附いていてあげたいと云った。奥さまに誤解されても仕方がありませんと低い声で云った。大きな眼を伏せた彼女の横顔は水のように寂しいものが流れていた。伊豆は、女房も年甲斐がなくて済まないと詫《わ》びた。年甲斐がないと云ったとき、伊豆の心には綾子と四十の年齢の開きが大きな音を立てた。いつの間にかそれを忘れていたのだった。彼は綾子を愛しているとは思わなかった。しかし、自分の心に彼女がどのような位置を占めているのかよく分らなかった。

そのうち、隆文社から附けてくれた男は兵隊にとられて中国に渡った。日華事変は二年目に入っていた。出版社では代りを伊豆に送ってくれなかった。

それは、社員から出征する者が多いので人手不足という理由だったが、戦争が大きくなるにつれて出版の傾向も変ってきていた。武蔵国の地名をたずね、神社や寺の由来を記し、領主の祈願状や高札の文句を写すような彼の仕事は閑文字《かんもじ》でしかなかった。伊豆には出版社が不熱心になってゆく理由がよく分った。その後は、仕事の進行に出版社からの問合せすら絶えた。原稿は溜《たま》っていくのに、出版の希望は失われた。

そんなとき、伊豆を支えたのは青山綾子だった。女子大を卒業してからも半年は助手として東京に残ってくれた。伊豆は陽の目を見る当てもない原稿を虚《むな》しい気持で書いていったのだが、彼女のきれいな清書の文字を見るといくらか心が引き立てられた。

「文書八通　香月浦磯辺にての猟、不《（可脱か）》有相違、或沖中へ舟を出、或他郷へ就漕行者、如法度可為領主之罪科者也、仍如件、戊辰八月十日（戊辰ハ永禄十一年北条氏虎印）笠原藤左衛門奉」

　無味乾燥な文句も、彼女の文字になると生命をふき返したように伊豆には見える。しかし、その鑑賞の中でも斜めにかたむいた「月」の字は相変らず伊豆の気持を不安定にした。

　青山綾子が九州に帰ったのは、その年の秋だった。伊豆は最後の別れに彼女と平林寺《へいりんじ》に行った。これまで近郊を歩いた寺の中でここがいちばん彼の気持に叶《かな》っていた。本堂から裏に回ると松平家の墓地がある。背後は雑木林に蔽《おお》われ、その中に径《こみち》がついていた。

　綾子はほかにあの仕事をする人はいないから、それを先生のライフワークにしてほしいと歩きながら云った。彼女は、資料の置場所や所在をこまごまと云いおいた。伊豆は、その半日の平林寺を、落葉の下をくぐって滲《にじ》み出ている湧水《わきみず》の模様までおぼえている。林の中に百舌鳥《もず》が鳴いていた。

　その年の秋の終りになって、伊豆は九州の彼女から簡単な結婚通知をもらった。相手の名前も職業も何も書いてなかった。伊豆は青山綾子が自分の気持を知っていたと思った。彼は平林寺の落葉の上を歩く女の足音をその簡単な文面のなかに聴いた。綾子の浅黒い、肉づきのいい身体が知らない男に蹂躪《じゅうりん》されていると思うと寝つかれなかった。

次の手紙は半月経ってからだった。結婚生活にはふれずに、伊豆の仕事が無事に進むように祈っているとあった。戦争は大きくなる一方であった。暮には太平洋戦争になった。

伊豆は、ほとんど惰性《だせい》的に原稿を書いていった。もうとっくに投げ出してもいいような仕事をどうしてつづけているのか自分でも分らないときがあった。

戦争が進むにつれ、生徒にも軍事教練まがいのことが課せられるようになった。校庭で防空演習とか救護演習とかが毎日行われた。学者の中にも戦時色を反映して学説を歪《ゆが》める者が出てくる。そうした風潮に伊豆は反撥《はんぱつ》を覚えないわけではなかったが、その抵抗として今の仕事をつづけているのでもなかった。云えることは、戦争には関わりのないことをやっているという僅《わず》かな気安さくらいだった。だが、それが彼の忍耐をつづけさせる大きな要素とも思えなかった。彼は師の冀山の、君はこういう方面に進みたまえという制限的な言葉と、青山綾子のつつましい激励とが、この退屈で無意味な仕事をつづけさせていると思っていた。

妻が病死した。このとき、伊豆は六十五歳であった。

学校の若い教師が戦争に出て行き、残っているのは年寄りだけになった。伊豆は単調な教壇生活を送ったが、一方、『新釈武蔵地誌稿』の仕事は緩慢《かんまん》ながらつづけた。そのころになると隆文社から、現在の事情では出版が不可能になったので、当分見合せてほしいという正式な通知があった。もとより覚悟していたことなので、伊豆はそれほどの衝撃も受けなかったが、やはり道を失って荒野に立ち尽したような心地にはなった。学界の一部には、伊豆がその仕事をしていることが分っていた。しかし、どの雑誌の消息欄にも彼のことは一行も紹介されなかった。とり上げる価値が無かったのだ。たとえ、戦時下でなくとも、やはり無視されたに違いなかった。

書き溜めた原稿は、それでも相当な量になった。伊豆は、前のほうをときどき出して眺めた。ふしぎなもので、気分が乗っているときは字体も息づいているが、絶望を感じたときの文字は荒れていた。最近のはほとんど荒涼とした字体だった。伊豆は、前の部分を繰って青山綾子の写した原稿を見た。美しい字には彼女の誠意と思い出がこもっていた。彼は、綾子の文字に元気づけられて、途中で投げ出したくなる原稿をまたつづけるのであった。

翌年になると敵機の空襲があった。伊豆は、やはりこれまで書き溜めてきた草稿を火から護《まも》りたかった。借出してきた資料や、自分で買った資料も相当なものになっている。学者の中には早くから蔵書の疎開《そかい》をしている者があったが、伊豆にはそれだけの経済的な余裕がなく、また田舎には知合いもなかった。彼は九州の田舎に居る青山綾子のことを考えたが、もとより依頼する筋合いではなかった。彼は、ときどき、彼女の夫が戦争に行きその留守を守っている彼女を想像しないでもなかったが、便りは一本もこなかった。

空襲が激しくなった。死んだ妻の生家は秩父にあったが、疎開のことでは何も頼みたくなかった。彼は、この家のものはいっさい焼けても惜しくないと思ったが、下町が空襲で焼かれると、自分の仕事が灰になるのを防ぎたくなってきた。
そんなときに思いがけなく九州から青山綾子の手紙が来た。私の住んでいる所はひどく田舎で、近くに軍需工場も無いし、ここまで空襲が行われるとは思われない。東京は大変だと聞いているが、心配になるのは先生の資料と原稿のことである。私は二年前に夫と離婚したから、先生さえよろしかったら、私の家に疎開してこられてはどうか。僅かながら畠《はたけ》を持っているので、先生がお食べになるくらいのことは何でもない、云い忘れたが、夫と別れてからの私は書道を子供に教えています。半分百姓をし、半分そんな生活で暮してきたが、先生もお年のことだし、のんびりした田舎で長生きして下さい、と書いてあった。四年ぶりに見る綾子の筆蹟であった。伊豆の妻が死んだことは知っているらしかった。

四

東京の街が焼かれはじめたころ、伊豆は九州に向けてまず資料と原稿とを発送した。家財道具は一切灰にすることにした。土地と家とは安く他人に売った。彼は混雑する列車に乗り、長いことかかって九州北部の淋《さび》しい駅に着いた。電報を打っていたので、駅には青山綾子がモンペ姿で迎えに来ていた。彼女は四年前の顔と少しも変っていなかった。伊豆は綾子のうしろをのぞいたが、誰も居なかった。子供は出来ていなかったのである。その身体つきにも結婚生活の痕《あと》はとどめていなかった。

その町は平野の端にあった。彼女の家は町はずれで、小さな川の流れている傍だった。この町だけは戦争からはずされたように、昔のままの穏やかさを保っていた。

伊豆は、その日から彼女の家の離れに入った。荷物は彼女の手ですでにほどかれて、資料と原稿とが整理されていた。

綾子は結婚のことについてはふれなかった。ただ、それは数カ月の生活にすぎなかったこと、もう再婚の意志の無いことだけを云った。伊豆は、それとなく別れた夫の職業を訊いてみたが、彼女は笑って答えなかった。ただ、この町にはすでに居ない人だからと、伊豆を安心させるように付け加えた。伊豆の妻が死んだのをどうして知ったのかと綾子に訊くと、何となく風の便りで分ったのだと云い、悔みを述べた。それはぎごちない言葉だった。妻の嫉妬《しっと》を彼女はおぼえているからで、聞く伊豆も辛かった。伊豆は東京に居る同級生からの便りで彼女が妻の死を知ったのだろうと想像した。

綾子は伊豆を畠に案内した。それは家から二キロぐらい離れた所にあった。一望見渡す限りの田圃《たんぼ》がひろがっていた。畔道《あぜみち》には黄櫨《はぜ》の立木がならんでいた。古い堀がいたる所にあって、水の中に雷魚がいた。

彼女の田と畠は二反くらいだった。彼女はそこに毎日出て働いているが、こんな狭い耕作地でも供出米の割当てが重いと云った。肥料も足りなく、女ひとりだから手も回らないと云ったが、畠の青い野菜は伊豆の眼を生き返らせた。その晩は、伊豆が長いこと口にしなかった純米の飯を炊《た》いてくれた。

伊豆はここに移る前に女子大を辞めてきたので無収入となっていた。だが、それまでの貯金や、東京の土地を売ったので、いくらかの金はあった。綾子は、この町に居れば、べつにお金を使うこともないから安心して下さい、と云った。米も野菜も自給だし、魚は僅かな米でいくらでも引替えてもらえるとも云った。先生はちっともご心配はいりません、あのお仕事をぜひつづけて下さい、戦争が終れば世の中も落ちつき、出版社のほうでもまた頼みにくるでしょう、と励ました。そのとき、原稿は一冊五百ページくらいで三巻ぶんくらいは出来ていた。彼女は、その後に伊豆が書きつづけた原稿を読んだり、自分が前に書いた草稿をなつかしそうに見たりしていた。

二人の生活がそれからはじまった。近所の眼に自分たちはどのように見られているだろうかと伊豆は気にした。綾子は、そんなことは大丈夫です、わたしの先生ですからと云ってありますよ、と笑ったが、事実、誤解をとくためか、彼女の言葉は人前でよけいに丁寧になった。綾子が先生と呼ぶので、伊豆は近所の人たちからも先生の名で云われた。四十も年齢の差があるので、綾子の云う通り、妙な眼で見られることはないと思ったが、二人で歩いているときなど彼のほうで気兼ねをしなければならなかった。事実、曾て史料保存所で受けた同じ視線にここでも出遇《であ》わなければならなかった。

この町は元来素麵《そうめん》の製造地だということが分った。しかし、麦もなく、塩も統制になっているので、素麺が干してあるのはたまにしか見られなかった。戦災の脅威こそ無かったが、若い者はほとんど見えず、年寄りと子供だけの荒廃した土地であった。東京から来たときに受けたみずみずしい印象は、知らぬ土地を見た眼の錯覚だった。

伊豆の頭は真白になっていたが、綾子が畠に行けば自分も手伝いをした。鍬《くわ》を握ることも初めてだったが、それでも彼女と畠の土の上に立っているほうがよかった。知らない人の眼には、舅《しゅうと》と嫁とが畠を守っているように映ったかもしれぬ。

伊豆は、はじめのうちは離れに横たわっていても寝苦しかった。綾子は、ひと間おいた次の間にいつも床を敷いた。伊豆はいつまでも眼が冴《さ》えた。あたりは静かなもので、時折り空襲警報のサイレンが鳴る以外、前の通りには足音も起らなかった。伊豆は、夜中に眼が醒《さ》めると、しばらく配給の煙草《たばこ》を喫《す》ったのち足音を忍ばせて便所に行った。はじめは、この足音が綾子の耳に入って彼女の神経を尖《とが》らせはしないかと思ったものだ。それが彼の老いた胸を妙にはずませた。彼は夜中に資料を広げたが、綾子の寝息を聞いていると次第に心が静まるのだった。その寝息は伊豆の身体が男でなくなっているのを知っているようだった。伊豆は綾子が僅かでも結婚生活をしていることを考え、二十六歳という年齢を思い合せ、ひそかに彼女の様子を観察したこともあるが、まだ何の悩みもないようだった。

伊豆は、そうした夜、寝ながらこのような土地に余生を埋めようとは思わなかったことを考え、改めて古い家の造作など眺め回すのだった。彼は、曾ての同輩や後輩の学者がどうしているだろうかと思ったりした。戦争のため学界も鳴りを静めていた。学術雑誌も痩《や》せ細っているか中絶になっているかしている。論争も熄《や》み、曾ての華々しい論文の発表も無かった。伊豆は、この戦争がまだまだつづけばいいと思った。戦争が終らない限り、彼はこの平和な静寂にひたれるのである。もちろん、『新釈武蔵地誌稿』は永久に印刷されない。だが、ここで綾子と二人で続稿を書きつづけているだけでも満足だった。いつかは誰かがこの生原稿を発見して世に紹介してくれるかもしれない。そのとき、紹介者は、一体、自分と綾子の関係をどう考証づけるだろうか、などという空想にまで走った。

綾子は、午後から近所の子供を集めて習字を教えた。戦争の初めごろは若い男女も来ていて賑やかだったが、今では子供だけになっていた。

伊豆は、子供たちの習っている字に月の字を見てなつかしかった。綾子の書いた通りに子供の「月」の字も傾いていた。

綾子の清書の中にも「月」はあったが、そのほうはあまり傾斜していなかった。綾子に云うと、東京に居るころ先生に云われたことが気になっています、と云った。

ある晩、けたたましいサイレンが鳴って、伊豆は綾子と表に出た。畠の彼方にある山の向うが真赤に焼けていた。炎の色は低く垂れた雲の上をゆらぎながら、いつまでも映えた。ここから三十キロばかり離れている軍需工場の町が敵機で焼かれているということだったが、その壮大な紅の色は伊豆に奇妙な昂奮をおぼえさせた。彼はもう少しで手を傍にいる綾子の肩に当てるところであった。

この自制は日ごろの伊豆にいつも強《し》いられているものだった。綾子が日常世話をしてくれると、視線を避けようと思っても、やはり彼女の「女」がどこかにのぞいていた。家の中ではもとよりだったが、彼女と畠に立っていると、その浅黒い手足がふしぎな野性で彼の眼に映るのである。誰も居ない、広漠とした田の面《つら》には、胸の白い朝鮮鴉《がらす》が奇体な声をあげて飛んでいるだけだった。

そうしたとき、綾子のほうでも何かを感じるのか、さりげなく彼からはなれて向うの土に鍬を入れるのだった。そのしゃがんだ背中の上に層々と積み重なった灰色の雲が載っている。

伊豆は、綾子がいつまで自分の傍に居てくれるだろうかと考えないわけにはゆかなかった。二人で町を歩くときや周囲に人が居るときはそれほどにも感じなかったが、こうして田の中にたった二人で居ると、その不安が頭をもたげてくるのだった。

綾子は彼が死ぬまで面倒をみるつもりでいるらしい。すでに自分も六十七だと伊豆は思うと、この先それほど長く生きられるとは思えない。だが、二十六歳の彼女が、これから伊豆の生涯の何年先までついていてくれるのか。伊豆には、この涯《はて》の見えない野面《のづら》と同じように、寒々とした余生の中に一人で立たせられる心細さを覚えた。

昼間、それを考えると、必ず夜なかに眼が醒めて睡《ねむ》れなかった。その晩も寝床に腹匍《はらば》ったまま煙草の残りを喫った。綾子が寝返りを打ったが、おそらく熟睡のなかで身体を楽にしただけであろう。あとはひっそりとなった。伊豆には重苦しい静寂であった。

伊豆は起きて足音を忍ばせ、便所に行った。月夜だった。用をたしたあと、そこに立ったままはなれなかった。便所の桟《さん》を越して蒼白《あおじろ》い光が斜めに流れている。桟の縞《しま》と、向うの植込みの枝の端とがふしぎな模様をつくっていた。

伊豆は、小さなころを思い出した。夏、盥《たらい》で行水をさせられたが、傍に立てかけた板に湯をかけると、板に雫《しずく》が流れて面白い模様をつくる。偶然に出来たその模様からさまざまなかたちを空想して、何度も盥の湯を板にかけたものだった。

いま、月の光がつくった便所の窓の桟と枝との模様を見て、伊豆はそれを思い出し、年寄りになると子供と同じになるというのは本当だと思った。

翌《あく》る朝、綾子にそれを話すと、そんなに面白いものですか、それならわたしも今晩みましょう、と云い、先生はよほど月にセンスがありますね、と笑った。彼女の書く「月」の傾いた字体のことだった。

五

戦争が終ると、この廃《すた》れたような田舎町にも活気が流れてきた。兵隊から戻った男がふえ、野良《のら》も活潑になった。この辺は米作地帯だったので、米を手に入れたいヤミ商人や、都会の女たちが古い着物を持って毎日のように入りこんだ。農家は裕福になり、似合わない派手な着物をきる女がふえた。しばらくすると、それまで小さかった新聞がもとのかたちに戻った。それにはぼつぼつ本の広告も出はじめた。綾子は、出版も前の状態に戻りそうですね。先生もう少し頑張りましょう、と伊豆に云った。が、出版の多くは伊豆の仕事とは縁の遠い種類のものばかりだった。

伊豆が綾子の家に来て、いつの間にか三年経った。ここで彼は、自分が奇妙な存在だったのをもう一度知らなければならなかった。この辺の土地の人間ではないということが、絶えず彼を差別的な眼の中に立たせた。この土地の人間もかなり排他的だった。食うに困って、わずかな縁故をたよりに来た横着な流れ者としか彼らは見なかった。いわば伊豆は土地の余計者扱いだった。

その上、綾子の家に同居しているという奇体な位置が土地の者にはやはり目障《めざわ》りであった。彼らがどのような陰口をしているか伊豆には分っていた。彼が歩いていると、女たちがふり返って見送るのである。その顔にはたいてい薄ら笑いが浮んでいた。復員した土地の男たちが立ちどまって女たちから無遠慮に彼の素性を聞いている。

この時世と、この土地の空気では大学教師の肩書など何の値打もなかった。鍬ひとつ満足に握れない彼はヨソ者の異分子だった。そして、彼が教え子の若い女の家に入りこんでいることは土地の人間の理解を超えていた。彼らはそれを卑猥《ひわい》な臆測で埋めた。事実、村でも舅が出征中の息子の嫁と通じている噂が少くなかったのだった。綾子があの若さで再婚できないのは、あの年寄りを背負いこんでいるからだということになり、綾子は同情され、伊豆は悪《にく》まれた。

伊豆の耳にもその噂が入らないではなかった。近所に朝鮮から引揚げてきた老人がいて、それとなく、彼に伝えるのである。伊豆は、自分のために綾子が再婚できないでいるという話がいちばんこたえた。彼は恐怖をかくして綾子の意志を訊いた。綾子は再婚の気持は全くないと云い切った。前の短い結婚生活のことは相変らず云いたがらなかったが、もうどこにも嫁《ゆ》きたくないという返事はまんざら伊豆に対する遠慮だけでもなさそうだった。第一、その相手が居ないじゃありませんか、と綾子は伊豆に云って眼もとを笑わせた。この土地ではその通りだったので伊豆もうなずくほかはなかった。男はいやです、と綾子は云った。短い間に持った亭主のことだろうと伊豆は想像したが、それは夫婦間の夜の生活のことをさしているようにも思えた。もうすぐ三十に手の届く女ざかりの綾子に身体の欲望のようなものが見られないのは、そのときの男の獣性が彼女に衝撃を与えているようにも考えられた。伊豆は自分のその考えを幼稚な推測と思わないではなかったが、少くとも短い夫婦生活が彼女の上に淡い経験を通過させただけで、その身体を依然として閉じさせるのだと考えた。そう想像すると彼女に再婚の意のないことも本当のような気がし、そのほかいろいろ思い当ることが多かった。伊豆は安堵《あんど》した。このままいつまでも彼女といっしょに居られると思った。

伊豆は自分に男としての能力が残っていたら、綾子にその身体を開かせることもできるだろう、そういう機会は毎日のようにある、もし、そんな結果になれば綾子との遠慮な距離も除《と》れてしまう、師弟の愛情が男女の愛情に変る、いつ彼女と離れるか分らない不安も消えるだろうと、ときどき思うことがあった。だが、それは結局は詮《せん》ない空想であった。彼はこの男女のままごとのような生活の永続きを願うほかはなかった。その永続のくさびになるのが綾子が手伝ってくれている地誌稿の仕事だと思った。も早、地誌の編纂は彼の学問的な意義は消えて、綾子との同棲《どうせい》が永つづきするための目的になっていた。

単調で多少の危機を孕《はら》む生活が、それからも一年つづいた。他人の屈辱的な眼つきに囲まれた中での小さな平和な生活だった。この平和はいつバランスが破れるか分らないうすい安定の上に立っていた。土地の者から受ける差別的な待遇、土着でない旅人のはかなさ、そして綾子に凭《よ》りかかっている奇体な共同生活、どれを取っても伊豆には針の先からでも破れそうな均衡だった。彼は、それをつないでいるのは地誌の仕事だけだと思い、それに精を出すほかはなかった。

世の中がようやく落ちつきを見せたころ、意外なことに東京の隆文社から『新釈武蔵地誌稿』の問合せがあった。戦争中、やむなく企画を中断したが、今回、ぜひ、あれを続行したいというのである。

ほら、世間が落ちつけば必ず先生のお仕事が世に出ると信じていましたけれど、私の云う通りになったでしょう、と綾子がその手紙を見て息をはずませて伊豆に云った。

伊豆は、皺《しわ》だらけの顔に笑いを浮べて綾子の言葉を心に噛《か》みしめた。長い間の苦労がようやく実りかけたという気持よりも、これで経済的に救われて彼女との生活がもっと長くつづけられると思った。綾子は近所から小豆を分けてもらい、赤飯を炊いた。

隆文社との間に何度かの手紙の往復があり、原稿の一部を東京に送った。一カ月ぐらいすると、担当者がそちらに伺うという連絡が来た。その報《し》らせの時間に綾子が駅へ出迎えに行った。伊豆は、その間そわそわして待った。

綾子に案内されて入って来たのは、三十くらいの、色の黒い、背の高い青年だった。彼は宮川という名だったが、戦争で長い間ジャワに居て、つい最近復員したばかりだ、と云った。そのため出版の事情もよく分らず困っています、と話した。先生のお原稿を到着分だけ社で拝見したが、たいへんに心を惹かれた、そういう意義のあるお仕事の係となったのはありがたい、と云った。伊豆は残りの原稿を見せたが、綾子が白米を炊き、米と交換した酒を出した。これだけでもこちらに伺った甲斐がありました、と宮川はつい本音を吐いた。

伊豆は、隆文社が歴史ものを出している老舗《しにせ》なので学界の消息を訊いた。それは彼がひと時も忘れてない関心事だったが、宮川はそれほどよくは知ってなかった。それでも伊豆の同輩や後輩で有名な学者の動静を宮川は耳にした程度で話した。その話からのおぼろげな想像だけでも学界にも新しい機運《き》が起っているようだった。それは戦前とはまるきり反対の学説で、唯物史観《ゆいぶっしかん》が幅を利かせて、旧《ふる》い学者のほとんどが窒息状態のようと、名を聞いたことのない若手の学者によって批判されているらしかった。

伊豆は、彼らをそれほど不幸とは思わなかったし、自分をそれほど幸運だったとも思わない。世の中がどう変ろうと、自分の仕事はやはり世間の注目を浴びることはないように思われた。

宮川は、その晩、家に泊った。綾子は東京からわざわざやって来たこの戦地帰りの編集者をもてなしたが、伊豆は自分のために編集者を大切にする綾子に感謝した。

翌日、宮川が帰るとき、ここはまるで極楽のようです、東京では満足に米の配給がなく、団子《だんご》と菜葉汁をすすっています、と云った。しかし、先生のお仕事は息の長いことだし、紙の配給が順調になったころに第一巻を出したいものですと云った。現在、伊豆の手もとには六巻分の草稿が出来上っていた。

伊豆に充実した気持の生活がつづいた。もう、これで不安はないと思った。が、どこかにこれが本ものでないような危惧《きぐ》はつきまとった。彼は、それを不安定でいた今までの気持の名残りと強《し》いて思った。

三カ月経って宮川が再び東京から原稿を取りに来た。伊豆は出版社の熱心を喜んだ。綾子はもちろん宮川を歓待した。宮川の話だと、紙の統制も次第にゆるめられてきたから、まもなく上質の紙で印刷できるようになります、それで、最初の一巻分はすでに印刷所に入れて組んでいますということだった。いずれ校正刷が出来たらお送りしますが、部数はこの節だからまず三千部ぐらいにし、印税はこれだけ、支払はいつと、なかなか具体的な話であった。伊豆は、まるきり捨てていたものがようやく世に出るかと思うとまだ夢の中にいるようだったが、それでも胸がふくらんできた。

その晩、宮川を交えて三人は本の装幀《そうてい》のことを打合せた。宮川は、この前と同じように、伊豆の寝ている隣の部屋に大きな身体を横たえた。

宮川が帰るとき、綾子は米を彼のトランクに詰めて土産《みやげ》にさせた。彼女はいそいそと宮川を駅に送った。

その宮川は二カ月して、また東京からやってきた。彼は始発から岡山まで立ち通しだったと云ったが、元気そうな顔であった。この前から二カ月では伊豆の仕事もそれほど捗《はかど》ってはいなかった。

宮川は今度は原稿を頂きに来たのではなく、第一回の校正刷が出たのでお目にかけに参りました、と云って鞄《かばん》の中からうすい紙綴《かみと》じをとり出したが、それはわずか十二ページぶんの組みだった。印刷屋の機能が正常に復してないので、これだけ組ませるのもたいそう難儀だったと宮川は説明した。普通なら郵便でお送りするところだが、先生に早く喜んでいただきたいと思ってお邪魔しました、それにこのごろの郵便は着くか着かないか分りませんので、と彼は云った。

伊豆は宮川の熱心に感心した。同時に、そこまで世話をしてくれる隆文社の好意をありがたく思った。伊豆は宮川の持ってきた校正刷の活字を見ているうちに不覚にも涙が出た。

宮川はその晩、町の宿に泊るといって配給米二合を入れた袋を見せた。綾子は、こちらにおいでになってからそんなご心配は無用ですと云ったが、宮川はやはり遠慮した。伊豆は、いい青年だと思い、綾子にこっちの米を持たせて宿まで送らせた。

綾子はすぐに帰ってきたが、宿の食物はひどいからうちのものを届けてあげたいと云って新しい野菜や、漁村から米と引換えに売りにきた魚などの料理をつくった。こんな手間をかけるのだったら、宮川さんもいっそ家に泊っていただけばよかったと云って笑った。

それらを詰めた重箱の風呂敷包を提げて出て行く綾子の姿はどこか浮き浮きとしていた。二度目に宿に行った綾子の戻りは遅かった。

それから三カ月経った秋の末、綾子は親戚の家に二晩泊ってくると伊豆に云い置いて出て行ったまま四日経っても戻らなかった。電報が来たので綾子からの連絡かと思って伊豆が開くと、東京の隆文社からで、そちらに宮川が行っていないかという問合せだった。

月の晩、伊豆は便所の窓の桟に綾子の腰紐《こしひも》をかけ、中腰で縊《くび》れた。

有栖川有栖 イチ押し!

白い闇

一

信子の夫の精一は、昭和三十×年六月、仕事で北海道に出張すると家を出たまま失踪《しっそう》した。——

精一は、石炭商をしていた。それで商売の用件でたびたび東北の常磐《じょうばん》地方や北海道に行く。だいたいの予定を立てていくが、用事しだいでは長びくことがあった。それはしじゅうのことだから、信子は慣れていた。

その時も、予定より一週間ばかり過ぎたころは平気であった。夫は、間では決して電報やはがきなどよこさない人であった。

いつか信子がその不満を云《い》うと、

「いいじゃないか。おれは商売で歩いているんだもの。予定があって無いようなものだ。いちいちおまえに知らしちゃいられないよ。不意に帰ってくるのも愉《たの》しみなものだろう」

　夫は、そういう云い方をした。信子は、そんなことってないわ、やっぱり、ちゃんと知らせてくださったほうが安心よ、と二、三度はさからってみたが夫は取りあわなかった。実際、夫は予報なしに帰ってきた夜から二、三日などは、信子を極度に愛した。それが夫の言葉を裏づけたようなものだった。——信子の心がその実証をうけとった、といってもいい。こうして彼女は、夫の出張の仕方に慣れてしまった。

　しかし、いつもは遅れてもたいてい四、五日であった。七日以上という例はなかった。精一は晩に帰るか、朝早くかだった。それは列車の都合なのだ。信子は、それから夜と朝、玄関に近づいてくる夫の勢いのよい靴音を数日待った。上野に着く東北からの列車の時刻を考えながら。

　信子が、不安に耐えられなくなって、俊吉に相談したのは、夫が帰りそうな日より十日も経っていた。

　俊吉は精一の従弟《いとこ》で、ある商事会社に勤めていた。精一が粗野な性格なのに、俊吉は内気な性質であった。従兄弟なのに、身体つきまで異《ちが》う。精一は十八貫もある体格だが、俊吉は痩《や》せて十三貫ちょっとしかなかった。

「まるで女なみだね」

　それを聞いて精一がわらったことがある。彼は二つ下のこの従弟を日ごろから多少こばかにしていた。といって、決して悪意をもっているわけではない。いわば俊吉の柔順さを愛しながら、いくらか軽蔑《けいべつ》していた。

俊吉のほうは、精一を兄貴のように見ているのか、多少遠慮そうにしていた。ひけめというほどでもないが、二人の性格の相違の傾斜だった。精一は酒を飲むが、俊吉は全く飲めなかった。

「あいつ映画や小説が好きなんだって」

それも女の子のようだと精一は従弟をわらいたそうだった。精一は本も映画も嫌いであった。

信子は夫を愛していたが、夫の部屋にこれという本が一冊もないことを寂しく思うことがたびたびあった。夫に満足しても、そこだけが密着がなく空気のように隙《すき》をあけていた。

俊吉がどんな小説を読むのか、信子はわからなかったが、それなりに彼女は彼が嫌いでなかった。夫は無教養ではなかったが、繊細さがまるで存在しなかった。弱いが、俊吉には、ともかく夫にないものがあった。信子はそれにぼんやりした好意をもっていた。

「俊吉の奴、おまえが好きなのじゃないかな?」

ある夜、俊吉が遊びにきて帰ったあと、夫は酒に酔ってそんなことを云った。

「ばか云ってるのね。そんなことがあるもんですか」

信子は笑っていたが、心ではかなりあわてた。

「そうかな、どうもそんな気がするがな」

夫はからかうように云った。

信子が狼狽《ろうばい》したのは、彼女にその心当りがあったからだ。俊吉はたしかに信子に好意をもっている。どうといって俊吉にその表現があるわけではなかった。しかしそれは女の勘のようなものでわかるのだ。——むすめのころ、何人かの男から受けとった同じような経験であった。

精一が粗放でありながら、どこにそんな細かい眼をもっていたか、信子はちょっとそのときおどろいた。男にも勘のようなものがあるのだろうか。

「いやよ、そんなこと云っちゃ」

信子は精一の胸にぶっつかった。夫は信子を受けとめて、大声あげて笑った。従弟など、もう歯牙《しが》にもかけない笑いであった。

信子は、精一と三年前に結婚して、はじめて俊吉を知ったのだった。彼は櫛《くし》の目の立った髪をし、一本でも額に乱れると、しなやかな指で搔《か》きあげた。無口で、話せば小さい声を出した。精一にからかわれると、云いかえすことができずに、もの静かに笑ってばかりいた。そんなとき、信子は俊吉に同情した。

しかし、信子が俊吉に好意をもっていたというのは、愛情ではない。それは、彼女に云いきれる。夫のほうがずっと好きであった。ただ、この義理の従弟が持っている夫にない部分に微笑を感じていた。

が、俊吉の信子への柔らかい空気のような感情が、彼女に薄ら陽のように淡く反射して、その微笑を引きだしたとは云えそうだった。そのことは彼女にも意識のどこかに迷っていた。——

精一が予定よりも十日以上も帰ってこないとなると、信子は、これを俊吉に相談したいと思った。彼よりほかに打ちあける者はいないのが理由だが、それ以上の気持もあった。つまり、大げさにいえば、彼に救いを求めたかった。

信子は、俊吉の会社に電話をかけた。

二

俊吉はすぐ電話に出た。

「信子さんですか。この前は、どうも」

一カ月も前に俊吉は遊びにきた。その礼を彼は云った。

「俊さん、ちょっと心配なことがあるのよ」

店の者をはばかり、わざと外に出て公衆電話をつかったのだが、それでも信子は送話口を手でかこって、低い声で云った。

「心配なこと？　なんですか？」

俊吉の声が少し変った。

「精一が北海道に出張して、もう十七、八日も帰らないのよ。いつもは一週間ばかりで帰ってくるのだけど」

「なんにも云ってこないのですか?」

「いつも出たきりよ。でも、たいてい予定より遅れても、三、四日ぐらいで帰ってくるの。十日以上ってことなかったわ」

俊吉は黙った。信子は電話が聞えなくなったのかと思って、もし、もしと云った。あとで考えて、俊吉のこの数秒の沈黙に意味があったのである。

「もう少し待ってみたらどうですか?」

俊吉がやっと云った。

「ええ」

信子が浮かぬ返事をすると、

「北海道や福島県の炭鉱に電報を打ってみましたか?」

と彼はきいた。

「いえ、それはまだですが」

「それじゃ、問いあわせの電報を打ったらいいと思います。その返事を聞かせてください。それで、明日の晩も帰ってこなかったら、ぼくがお宅に行きます。まあ、心配することはないでしょう、今晩あたりひょっこり帰ってくるかもわかりませんよ」

俊吉は力づけるような声で云った。

信子は、電話を切ると、すぐに俊吉の助言に従って、心あたりの炭鉱会社に電報を打った。なるほどこういう処置もあるのだ、俊吉にもっと早くきけばよかったと思った。しかし、五、六枚の同文の電文を書いていると心細さが胸にせまった。

その晩、おそくまで信子は待ったが、やはり精一は帰ってこなかった。電報の返事はあくる日に順々に来た。東北地方の四つの炭鉱からは、精一は来たが二週間前に帰ったことを知らせてきた。が、北海道の二つの会社からは、彼が今回一度も来なかったことを応《こた》えてきた。

信子は不安で、じっとしていられなかった。悪いことばかりが想像された。新聞には、外交員がよそで金を奪われて殺害された記事がよく出ているときだった。想像はそのほうに不吉に結びついた。

もう一日帰らなかったら、と俊吉は云ったが信子には辛抱ができなかった。彼女は雨の中を赤い公衆電話まで出かけた。電話の置いてある店さきの軒から、雨滴《あまだれ》がぽたぽた落ちて肩にかかるのが、よけいに気を滅入《めい》らせた。

「まだ帰らないんですか？」

と、俊吉の声は、はじめから気づかわしそうであった。

「まだですわ、電報の返事は来たわ」

こうなると、信子は俊吉が頼りだった。

「どうでした」

「東北の会社のほうは、二週間前にかえったんですって。北海道のほうは、まだ一度も来ないと返事してきたわ」

「精一さんは、いつも東北の会社をまわって北海道に行くんですか？」

「そう。いつもは、そうですの」

俊吉はここでも黙った。五、六秒ぐらいの間があった。

「もしもし」

「あ」

と彼は声を出した。

「それではね、とにかく今晩そちらに行ってみます。行ってから話します」

「そう、すみません。じゃ、お待ちしています」

電話を切ってから、信子は不審に気がついた。俊吉は、行ってから話します、と云った。変な云い方であった。行ってから話す、とはなんだろう。そういえば俊吉の声には妙に決心めいた響きがあった。

俊吉が来たのは、暮れてからだった。会社の帰りらしく、折鞄《おりかばん》を提げていた。

「よく降りますね」

彼は店の者の手前、そんなことを云いながら奥に通った。

信子は店から離れた奥の座敷に、俊吉のために食事を用意していた。彼は、その前にすわるなり、

「まだ何も連絡はありませんか？」

と云った。やはり髪をきれいに分け、真白いハンカチで額の汗を押えていた。

「ありませんわ。どうしたのでしょう？　心配だわ」

信子は向い側にすわって云った。

「金はどのくらい持って出たのですか？」

彼もやっぱり同じことを思っているのだと思うと、信子は動悸《どうき》が打ちはじめた。

「そうね、四、五万は持って出たと思うわ」

「そう」

俊吉はそれっきり黙った。両肘《ひじ》を卓の上にのせ、指を組みあわせて考えこんでしまった。彼は顔を伏せ、姿勢を固定したまま、少しも動かなかった。

その様子を見ると、信子はまた不安になった。俊吉が、不吉な、いやなことを考えているように思えてならなかった。

「ねえ、どうしたのでしょう？」

信子が我慢できなくなって云ったとき、俊吉が、その言葉にひきずられたように顔を上げた。

「信子さん」

と彼は云い、両膝《ひざ》をそろえて不意に頭を下げた。彼女はびっくりした。

「すまないことをしました。今まで、あなたに匿《かく》していました」

呆《あき》れた眼をしている信子に、俊吉は白状しはじめた。それが、夫の精一に隠れた女がいるという事実だった。

三

信子は、俊吉の云うことが、はじめよくわからなかった。夫に女があるといっても、すぐ実感が来なかった。

「一年ぐらい前かららしいのです。相手は青森の女です。バーの女給だそうですがね。そら、精一さんは北海道に渡るでしょう。連絡船の待ちあわせ時間か何かで、そこに飲みにいったのが、女と遇《あ》う機会だったらしいのです」

俊吉の話を聞いているうちに、信子にもようやく様子がのみこめてきた。彼女は、自分でも顔色が白くなっていくのを覚えた。

「信じられないわ」

信子は唇を慄《ふる》わして云った。

「そうでしょう。なんにもそんな心あたりはありませんでしたか?」

「ちっとも」

信子は半泣きになっていた。何もないのだ。彼女は瞬間に精一のあらゆる記憶をさぐった。それは夫婦だけしか知らない微細な部分まで走っていた。どこにも発見はなかった。

が、急にはっとした。それが彼女をおびやかした。夫は必ずといっていいほど、予定より日数を遅らせて帰ってきた。三日か四日、いつもずれていた。それに、以前からではあったが、行った先から決して便りを出さない人であった。

彼女は身体が震えてきた。

「ぼくが悪かったのです」

俊吉は身を縮めるようにして云った。

「精一さんから口止めされていたんです。悪い悪いと思いながら、つい云えなかった」

「じゃ、あなたは早くから知ってたのね？」

「じつは、知っていたというだけじゃない。女から精一さんあての手紙が、ぼくのところに来るのです。つまり、ぼくが精一さんに頼まれて、受取人になっていました。もちろん、宛名はぼくの同居人としての彼の名前ですから、中身を見たことはありません。電話で知らせると、精一さんが取りにくることになっていました」

信子は俊吉に眼を据えた。ああ、彼も共謀者だったのだ。

「許してください。ぼくが悪かったのです。精一さんが戻らぬというあなたの電話を聞いた時、はっと思いました」

ああ、それで俊吉は電話口でちょっと黙っていた時があったのだ。

信子の眼に射すくめられたように、俊吉はうなだれた。

「精一さんに頼まれると、いやとは云えなかったのです。何度も、あなたに告白しようと思ったがだめでした」

それはわかるのだ。俊吉の性格からすれば、精一に抵抗することができなかったのであろう。精一にはそんな押しの強いところがあった。俊吉のほうは、精一に揶揄《やゆ》されて、静かに苦笑しているだけの男である。

信子は、夫に女がいるという現実が、ようやく胸をゆすぶってきた。世間話としてはよく耳にすることだが、遠くに聞いていたその嵐が、わが身を包もうとは思わなかった。彼女は暴風に息がつまって倒れそうな自分を意識した。

泣いてはいけない。ここで泣いては俊吉にはずかしいと信子は必死にこらえた。

俊吉は熱病にかかったようにあかくなっている信子の顔を見ないようにして、おずおずと鞄をあけて、一通の手紙を取りだして卓の上に置いた。

「これです」

と彼は細い声で云った。

「女から来た最後の手紙です。精一さんが出かけるのと入れ違いにきたものですから、これだけが残りました」

信子はこわいものを覗《のぞ》くように、手にとらずにそれを見た。薄い色のついた小型の封筒で、俊吉の住所の横に、夫の名が書いてあった。へたくそな字だったし、色のついた封筒もうすぎたなかった。

「つらいでしょうが、なかを読んでください」

と俊吉は低く云った。

「精一さんが帰らないのと関係があるかもわからないのです。ぼくは今度のことは、どうもこの女にかかわりがあるような気がするのですが」

肩を押されるように、信子ははじめてそれに手を触れた。青森局のスタンプの字が読めた。彼女に忌《いま》わしい遠い距離感が切実にきた。

震えそうな指で、なかの一枚の紙を取りだした。安手な便箋《びんせん》で、字もまずく、誤字があったが、文章はそれほどひどくはなかった。

——こちらへおいでになるのが近いそうですが、一日も早くいらっしゃるのを、たのしみに待っています。ぜひ、相談したいことがあるのです。前々からおっしゃっていたことは嘘ではないでしょうね。いまになって捨てたら、一生うらみますよ。あなたといっしょになることで胸がいっぱいです。もう、たまらないのです。何もかも捨ててください。わたしは捨て身になっています。奥さんは、かわいそうですが、こうなれば、しかたがありません。せけんから悪口いわれてもがまんします。わたしが働いて、あなたを養います。それが、しんぼうできないなら、いっしょに死んでください。あなたとなら、よろこんで死にます。わたしには、ほかに希望がないのですから。

常子

信子は、ぼんやりした。恐ろしい文句だった。あまりの畏怖《いふ》に、実感までの距離に、真空があった。封筒の裏には〝青森市××町サロン芙蓉《ふよう》内　田所常子〟と記してあった。信子はその文字が眼につくと、不意にその女がこの家の中にはいってきたように思えた。その顔まで浮んだ。

俊吉も、そっと手紙をとって読んだ。彼は信子を恐れるように黙っていた。

「俊さん。精一はこの女のひとのところにいるのでしょうか?」

声が自分のものと変って耳に聞えた。

俊吉は頭を抱えて何も云えないでいた。

「わたし、青森に行くわ」

人間にはそんな心理があるのか、思わず口からほとばしり出た言葉で、その決心になった。

俊吉が苦しそうな顔をあげた。

信子が思いきり涙を流して泣きくずれたのは、彼が逃げるように帰った後であった。

四

信子は、翌日の夕方に、列車で青森に発《た》った。

列車の内《なか》では一睡もすることができなかった。こんな思いで一夜の旅を独りでつづけるとは、なんという不幸であろう。蒸し暑いので、窓はあけられていた。窓の外には何も見えぬ夜が絶えず速度をもって流れていた。闇の底を東北の荒涼たる光景が魔のように駆けているように思われた。暗い風が冬のように寒かった。列車は人気のない駅にときどき停《とま》った。なかには、名前だけ知っている駅名があった。遠いところへ来た心細さで、息が苦しくなった。

前の座席の若い夫婦が、信子に、東北弁でどこまで行くかときいた。その夫婦は倚《よ》りあって健康そうに眠った。夜が明けてまもなく着いた駅に二人は降りた。駅名を見ると、浅虫であった。ホームを大股で歩いていく二人の姿を信子はあとまで忘れることはできなかった。

青森は寂しい街であった。陰鬱《いんうつ》な重い空が、屋根と道路の上に詰っていた。信子は××町をきき、〝サロン芙蓉〟をたずねていった。そこは酒場だの喫茶店などが多い一郭であった。朝早いので、どの店も戸を閉じていた。〝サロン芙蓉〟は、構えは大きいが、荒《すさ》んだ姿で眠っていた。信子は眼に収めて去った。

店は三時ごろでなければ開かぬであろう。それは覚悟だったから、信子は青森の街にさまよい出た。空虚な見物人であった。何を見ても無色にしかうつらなかった。

ただ、港に来たとき、青函《せいかん》連絡船の黄色い煙突が、彼女にはじめて色らしいものを点じた。夫は、この船に乗って本土と北海道を往復していたのだ。そう思うとなつかしかった。彼女は二時間近くも船を眺めていた。海には、半島の低い山が匍《は》うように突き出て見えた。

それから三時が来るまでの五、六時間、信子は見知らない街の彷徨者《ほうこうしゃ》であった。しかし、街を歩く人群れのなかに、ふと夫に会えそうな気がして胸が鳴ったりした。そんなことを思う自分が哀れであった。

腕時計が三時を過ぎたころ、信子は朝きてみた場所に戻った。

〝サロン芙蓉〟はドアをあけていた。信子はその前で足がすくんだ。動悸だけが、高く搏《う》っている。田所常子という女に対決するのが耐えられない気がした。ああ、俊吉を連れてくれればよかった。なぜ、彼に頼まなかったのであろう。後悔が波のように起きた。

その店の前を六、七度も往復して、信子は、眼をつむって突進するような気持で、入口にすんだ。――

その時の、陰湿な粘液に浸されたような記憶を、信子はいつまでも忘れることができない。

田所常子は、小太りの女であった。眼のふちがくろずみ小さな皺《しわ》がよっていた。唇は赤いが、信子よりはたしかに二つか三つ年上にみえた。

田所常子のほうが、信子より敵意を露《あら》わにむきだした。

「いつも、主人がお世話になっています」

信子が云うと、

「奥さん。皮肉をおっしゃりたいのですか」

と、常子は顔を歪《ゆが》めて云った。

「精一さんはわたしのほうを愛しているのですよ。あの人から奥さんのことをいろいろ伺っています。奥さんは、あの人をそれほど愛していないそうじゃありませんか。あの人は、わたしでなければならないのです」

信子は仰天《ぎょうてん》した。この女からそんなことを云われる道理はなかった。自分が精一を愛していないという独断を、この女はどうして創りだしているのか。あの人、あの人と赤い唇から間断なく出るのがたまらなかった。白ばくれるかもしれないと、あの手紙を用意して持ってきたのだが、それを出す必要は少しもなかった。

「わたしの気持も精一さんに全部行っているのです。もう死んでもいいくらいです。あの人もそう云っています。奥さん、わたしがここまでくるのにずいぶん苦しみましたけれども、もう決心をつけました。ここで、すみませんと奥さんにあやまっても、ゆるしてもらえないでしょうし、わたしもそんなそらぞらしいことはしたくありません。申しわけないですが、奥さん、どうかあの人のことは諦《あきら》めてください」

彼女は宣言するように云った。信子は眼の先がくらくなった。相手の派手な色のドレスの裾《すそ》がぼやけて遠のいてみえた。

「主人は、どこにいるのでしょうか?」

信子が涙を出して云うと、

「ぞんじません。いま、わたしのところに来ていないことはたしかです」

と、常子は薄い笑いを漂わしながら云った。

「ほんとうを云ってください。ちょっとでいいから主人に会わせてください」

それを聞くと、田所常子は顎《あご》を反らし、声を出して笑った。

「奥さんはわたしを疑っているのですね。はるばる東京から捜《さが》しにいらして無理もないことですが、ほんとうに知らないのですよ。でも疑われても仕方がありませんわ」

「いいえ、あなたはご存じのはずです。そこまでおっしゃったんですもの。お願いですから教えてください」

信子の声は、嗚咽《おえつ》の上を滑った。常子は、それを冷たく見据えた。

「いいかげんにしてください、奥さん」

彼女は落ちついて突き放した。

「はたで友だちが何かと思って視《み》ていますわ。これ以上、お疑いなら、わたしのアパートでもなんでも家捜ししてください。何度云っても、おわかりにならないのですから、そうしていただくより仕方がありませんね」

五

信子は病人のようになって東京に帰った。身体に重心がなかった。意識が鈍《にぶ》り、思考力が遠のいていた。

それでも、一番に俊吉のところへ電話した。

「やあ、帰りましたか?」

俊吉の声は、急《せ》きこんでいた。

「どうでした、結果は?」

「今日、来てくださいな。お話ししますわ」

信子はそれだけで電話を切ったが、俊吉の声を聞いたので少しは元気が出た。

夕方早く、俊吉はいそいで来てくれた。信子は俊吉の顔を見ると、急に心がゆるんで、いきなり泣きだしてしまった。

「どうしたんです、だめでしたか?」

俊吉は、しょんぼりと云った。

信子は早く泣きやまねばならないと思いながら、自制ができなかった。むせび声がとめどもなく咽喉《のど》からこみあがった。俊吉はその間、黙りつづけていた。

「すみません。こんなにとり乱して」

信子は涙を拭《ふ》いて顔をあげた。瞳《め》がしびれていた。

「いえ」

俊吉は眩《まぶ》しそうに眼を伏せた。

「向うの女のひとに会ってきましたわ」

信子は、やっとどうにか話しだした。半分は自然に俊吉にうったえる気持になっていた。

話が終ると、俊吉は考えるように腕をくんでいたが、

「どうも、その女は嘘をついてますね」

と云った。

「やっぱりそうでしょうか？　わたしもそんな気がしますが」

信子はあかくなった眼で俊吉を見つめた。

「精一さんは、その女のところにいますね。間違いないと思います。いっそ、あなたが女のアパートに行けばよかったのに」

「そこまでは決心がつきませんでしたわ」

信子は、うつむいて云った。そうだ、そうすればよかった。田所常子は、かくしているから虚勢を張っていたのであろう。自分が弱かった。あのとき、もっと捨て身に出て、女のアパートに行けば、夫に会えたかもしれない。少くとも、その痕跡《こんせき》は見つけたに違いなかった。彼女は自分の怯懦《きょうだ》に鞭《むち》を当てたくなった。

「わたし、あの時、俊さんにご一緒していただけばよかったと後悔しましたわ」

え、というように俊吉は眼をあげた。その瞳には、思いなしかある光が点じていた。

信子はそれを敏感にうけとって少し狼狽した。

「わたしだけではだめなの。やっぱり男の方がいないと」

わざわざ理由をはっきりするように云った。

「そいじゃ、ぼくが改めて青森に行ってみましょうか？」

俊吉は勢いこむように云った。

「え？」

信子は眼をみはった。

「本当ですの、俊さん？」

一つの光明を信子は感じた。自分はできなかったが、俊吉は男である。成功するかもしれなかった。いや、しそうだった。彼女は、俊吉に連れられて、てれ臭そうに帰ってくる夫の顔が瞬間に眼の前に見えた。

「お願いしますわ。ぜひ、お願いしますわ。そう云ってくださるの、どんなにありがたいかわかりませんのよ」

信子は手を合せんばかりだった。

「いやあ、従兄ですからね。しようがありませんよ。こんな時は」

俊吉は、長い指で髪を掻きあげ、てれたようにそう云って立ちあがった。その後ろ姿を家の前まで見送って、彼の善良さを信子はしみじみ感じた。

しかし、その結果は三日経ってわかった。

俊吉は、元気のない姿で信子のところへやってきた。信子は、その恰好《かっこう》を見たときすでに失望を知った。

「やっぱりだめでした。田所常子というのは、大変な女ですね」

俊吉は悄然《しょうぜん》と云った。

「とても、ぼくの手にはあいませんよ。精一さんとの仲は、じつにはっきり肯定するのですからね。それもこちらに口を出させないくらい、えらい勢いでひとりでのろけをしゃべるんです。女もああ厚かましくなるもんですかね」

彼はすっかり感嘆していた。信子は田所常子の太った身体と、隈《くま》のかかった眼と、赤い唇からほとばしり出る早口を思いだした。俊吉では無理だった。彼女には、常子の前にうろうろしている俊吉の姿が眼に見えるようであった。すぐにも彼が夫を連れて帰ることを空想した甘さを思い知らされた。

「ともかく、女のアパートまでは見にいきましたよ」

俊吉は話をつづけた。

「六畳と台所のあるきたない部屋です。さあ、一眼でわかるからこれで納得したろう、と女は威張るんです。なるほど精一さんはいませんでした。洋服も、男物の着物もかかっていません。まさか押入れまであけるわけにはいかないから、仕方なく引きさがりました」

信子は絶望してそれを聞いた。俊吉の柔和な性格からそこまでしてくれた努力はよくわかった。

「では、精一はあの女のひとのところにいないのかしら。俊さん、どう思う?」

じっと俊吉は彼女を眺めた。

「ぼくの気のせいでは、精一さんはあの女と一緒にいるように思いますね。あのアパートにいなくても、どこか部屋を借りているのじゃないかな」

「そう思う？」

信子は、狭い薄暗い部屋に女と一緒にごろごろしている精一を想像して情けなくなった。

「あの女の強気は、その後ろめたさをかくしているのですよ。何しろ死んでもいいと云うくらいに惚《ほ》れているのですから、知らないはずはありません。さすがの精一さんも、完全にまるめこまれていると思います。大変な女ですよ。そうだ、こうなれば警察に頼みましょう」

「警察に？」

信子はどきりとした。

「家出人捜索願というやつを出すのです。そうでもしなければ、処置がつかないと思いますね。われわれでは」

六

こうして精一のことは、警察署に捜索を頼んだ。信子は俊吉と一緒にその手続きに行った。

この場合、青森というはっきりした心あたりがあるから簡単であろうと信子は思っていたが、結果は空《むな》しかった。二週間ばかりして警察署から呼出しの通知があったので、信子が行ってみると、

「青森署の方から報告がありましたがね、ご主人は向うにはいらっしゃらないということですよ。田所常子という女について調べた、とあります」

係官は書類を見ながら云った。信子は、あかくなった。このような家庭の秘密が警察の手であばかれていることが恥かしかった。捜索願など出さねばよかったと思った。

「何か犯罪というようなものが関係しているおそれはありませんか？」

係官はそうきいた。信子は、はっとした。彼女が最初に感じた不安と同じ意味のことを係官は尋ねているのである。しかし、その想像はもうないのだ。夫の行方は田所常子が絡んでいる情事であることは間違いなかった。常子が夫をどこかに匿しているのだ。

信子は、そんな気づかいはない、と係官に云い、礼を云って帰った。ああ、これで夫との間は永久に絶たれたのだと思うと、無限のかなしさがこみあげ、部屋のなかで長いこと泣いた。身体から力が抜けて、自分の身が紙のように薄くなったように感じられた。

その夕方、俊吉が来て、信子からその話を聞くと、

「いよいよ大変な女ですね、田所常子というのは。警察までごまかしたとみえますね」

と云った。それから首を傾けて、

「警察は一般人から出した捜索願などというもので、本気にやってくれているのでしょ

うかね。ほかに仕事がいっぱいあるのでしょう。どうも、ぼくは、いいかげんな調べ方としか思えませんね。それも、これはよくある恋愛事件ですからね」

と感想を云った。

俊吉が何気なしに云った、〝よくある恋愛事件〟という言葉が、信子に改めて衝撃《ショック》を与えた。それは彼が帰ったあとまで尾をひき、心に爪を立てた。世間的には平凡な事件である。今まで彼女が本で読んだり聞いたりして、その瞬間に忘れ流してしまった同じ出来事であった。しかし、現実に自分の身にふりかかってくると、それがどんなに一生の重大事であるか初めてわかった。今まで平気で見過してきた他人の不幸が、一時に襲いかかって仕返しにきたように思えた。

それから長い日時が流れたが、精一はついに帰ってこなかった。夫が、ばつの悪そうな顔をしてひょっこり帰ってくる、そんな期待を毎日もちつづけた信子だったが、日の経過はそれを水のように薄め、ついに心が固定してしまった。

それは生活のせいかもしれない。夫がいなくなったあとは、信子が勢い店の商売をみなければならなかった。店には永く勤めている慣れた雇い人がいたから、さして、すぐに困るということはない。それでも彼女は商売を夫のいた時よりは半分に縮めたが、やはり気苦労があった。彼女は何もかも忘れようと、自分の心をみんな店の経営の努力にふりむけた。いつかは夫が帰ってくる、帰ってきたらほめてもらおう、そのようなはかない望みが意識のなかに流れていた。

しかし、昼の仕事が終ってしまうと空虚が起ってきた。心はそれほど簡単ではなかった。独りになると冷たい空気が身体を流れ抜けるようであった。いや、昼間忙しいときでも、ときどき、不意に真空を感じた。

信子は、自然に俊吉をたよりにするようになった。もはや、彼女の周囲には俊吉ひとりしかいなかった。彼女がそれほど力にするだけの態度を俊吉はもっていた。

俊吉は信子をいたわってくれた。彼の誠意がよけいに信子をたよらせた。太い線の夫の精一の前では、弱々しくおとなしいとばかり彼女が思っていた俊吉は、じつはしっかりした内部をもっていた。それはちょっと意外で、彼女は今までの観察の錯誤を知った。平凡だが、やっぱり男だという感想を新しく抱いた。彼女の俊吉へのしだいに増した傾斜は、その理由もあった。

俊吉は信子の種々な相談にのってくれた。彼の意見は、信子の心の支えになった。適切だし、なんでも真剣になってくれた。

俊吉は、ひとりでいる信子を意識して、夕方来ても夜は更《ふ》けないうちに帰っていった。晩飯はどんなにすすめても途中ですませてきた。信子と二人きりで食事をするのを彼は避けているらしかった。その細かい心づかいが、いかにも彼らしく彼女は微笑を感じた。

俊吉が五、六日来なかったことがある。会社に電話すると、病気の届けがあって休んでいる、ということだった。信子はよほど彼のアパートに尋ねていこうと思った。が、それを思いとまらせる心の咎《とが》めがあった。俊吉が独身でいるということもだが、彼が自分に注いでいるあの意識の反射がその行動をためらわせたのだ。それにたいへんな危険を予感した。俊吉はおまえが好きなんだよ、といつか酔って云った夫の声が心に聞えてきた。

俊吉が久しぶりにひどくやつれた顔をして来たとき、信子は実際にうれしかった。

「ご病気だったんですって？」

信子は心配そうに見上げた。

「ええ、胃が悪くなりましてね。まいりました。持病なんです」

俊吉はまだ蒼《あお》い顔をして云った。

「いけませんでしたわ。わたし、よっぽどお見舞に上ろうかと思ったんですけど」

「そうですか」

俊吉はじっと信子を見た。その眼には、病後のせいか、熱っぽい光がたまっていた。信子は不意なものに出あったように狼狽して顔をそむけた。——

ところが精一に関係のありそうな消息が、思いがけない事件のかたちで信子に来たのは、それから二カ月ばかりの後であった。

七

ある日、俊吉から信子に電話がかかってきた。

「ちょっと妙な話で仙台から人がぼくを訪ねてきているのです。精一さんに関係したことです」

「え？」

信子は心臓が鳴った。

「妙な話って？」

「そっちに行って話します。もう昼休みですから、ちょっと社を抜けて、その人と一緒に行きます」

電話が切れて、俊吉が来るまで信子は胸を押えたいぐらい動悸がうった。夫にいいことではない、悪いほうに想像が働いた。

三十分もすると、俊吉はタクシーで一人の人物を連れてきた。三十四、五ぐらいの、色の浅黒い、まるい顔の男であった。きちんとダブルの洋服を着こなして、どこかの会社の上級社員にみえたが、出された名刺は白木淳三とあり、仙台の〝旅館・藤若荘主〟と横に小さな活字が刷ってあった。

白木淳三はまるい膝をそろえて、信子に初対面の挨拶《あいさつ》をし、とつぜん来訪した詫《わ》びを云った。いかにも旅館の主人らしく、ていねいな口のききかたをした。

「じつは、私は田所常子の兄でございます」

彼がこう云いだしたとき、信子は、はっとした。白い細い眼を静かに伏せていた。

「姓が違うのは事情があって母方のものでございますが、私の実際の妹でございます。

私が東京に来ましたのは、お宅にお伺いするつもりは毛頭なかったのですが、こちらの高瀬さんに――」

と、白木は横にすわっている俊吉の方をちょっと見た。

「高瀬さんをお訪ねして、お話をうかがい、お宅に上る順序になったのでございます。妹のことではたいへんお宅さまにご迷惑をかけているそうで、高瀬さんにうかがって、初めてびっくりしたようなしだいです。奥さんには、まことに申しわけがありません。深くお詫びを申しあげます」

白木は両手を突いた。わざとらしいところは少しもみられない。誠実のこもった態度だった。それは信子にわかるのだ。彼女は、これが田所常子の兄とは思えないくらい好感をもった。

「信子さん」

と、黙っていた俊吉が横で云った。

「田所常子さんは亡くなったそうですよ」

信子はびっくりして眼を大きく開いた。あの田所常子が死んだ。――が、彼女は、たちまち田所常子の太った幻影の後ろにある夫を感じておびえた。

「妹は、青森県十和田《とわだ》湖に近い奥入瀬《おいらせ》の林の中で死んでいました」

白木はもとのおだやかな口調で云った。

「死んでいた、というのは死体で発見されたのでございます。ご承知かどうか知りませんが、奥入瀬一帯は太古からのブナの原生林です。慣れた者でも、いったん、迷いこんだら容易に出られない密林でございます。妹は渓流の奥にある滝に行く途中の径《こみち》のはずれで死んでいました。発見したのは土地の人です。二カ月近く経った白骨死体でした。ハンドバッグの中にある持ち物で妹ということが知れたのでございます。傍に転がっていたアドルムの空瓶で自殺だということがわかり、警察でもそう認定されました」

信子は息を詰めた。田所常子の「精一さんとなら死ねます。どうにもならなくなったら一緒に死にます」という声がよみがえって聞えていた。信子はブナの原生林の中のどこかに横たわっているもう一つの死体を恐怖して描いた。

「妹は不幸な奴で、若いとき家庭の事情で家をとびだし、なんとなく身をもちくずしてしまい、東京に行ったままではわかっていましたが、音信も長い間不通でした」

白木は相変らず静かに話をつづけた。

「それが半年ほど前に、とつぜんに簡単なはがきをよこしました。それが青森の〝サロン芙蓉〟からでございます。なんだ、まだこんなところにうろうろ働いているのかと思い、文句を読んでみますと、私も近いうち幸福が摑《つか》めそうだ、と書いてありました。それならまあいい、しようのない奴だったが仕合せになれるならよかった、と私は安心しました。そのとき、すぐ青森にとんでいってみればよかったのですが、私も商売のほうが忙しいものだから、返事のはがきを出しただけで、つい気にかかりながら放っておきましたところ、とうとうこんなことになりました。その私のはがきが常子の部屋にあったものだから、連絡が私の方にあって、死体を引きとりに行ったしだいでございます」

白木はそこまで話すと、ポケットから一枚封筒を出した。

「私が妹の部屋を捜しますと、これが出てまいりました。書き損じのまま、机の引出しの中に放りこんであったのでございます」

信子は一眼それを見て、見覚えの田所常子の字であることがわかった。封筒の表には、「東京都――。高瀬俊吉様方、小」まで書いてあって、次の「関」という字を間違えたのか消してあった。小関は精一の姓なのである。信子はそれを恐ろしいもののように眺めた。

八

「妹の死の原因は何かさっぱりわかりません。長いこと音信がないのですから、事情がわからないのは当然でございます。それで、もしやその心あたりはないかとぞんじましてこの封筒を頼りに高瀬さんをお訪ねして上京したわけでございます。お恥かしいような妹ですが、死んでみるとかわいそうですので。高瀬さんにお会いして、はじめてこちらのご主人さまのことを承ったようなしだいで、まったくおどろきました。いや、申しわけのないことでございます。こうしてとつぜんにお伺いしたのは、そのお詫びを申しあげに参ったのでございます」

白木は、そう話しおわると、改めて信子に頭を下げた。

「白木さんは恐縮されて、ぼくにもあやまられました。しかし、もし常子さんの自殺が精一さんに関係したことだったら、ぼくにもなんだかその一端の責任があるようです。二人の手紙の仲介をしていたのを早く信子さんに云えばよかったのです」

俊吉はしょげて云った。

今さら何を云われてもはじまらない。それよりも信子がこわいのは夫のことである。田所常子が死んだとすれば、夫もどこかで死んでいるのではないか。彼女は田所常子のあの手紙を出して白木に見せた。

「たしかに妹の手跡です」

と、白木はそれを読みおわって云った。

「これでみると、妹がご主人に対して積極的だったようです。妹は、もとからそんな性格がありました。いったん、思いつくと、前後の理非もなく、かっとなるほうでした。妹が家出して身を過《あやま》ったのは、その性質のためでございます。大変なことをしてくれました」

白木の云い方は、妹をあわれむようでもあり、信子にあやまるようでもあった。俊吉はこのとき、会社の時間が気になるから、と云って先に中座して帰った。

信子は、しだいに不安になった。それは今日まで持ちつづけた夫への気づかいとは別な、もっと暗い恐怖に近いものだった。

――もしかすると、夫は常子と情死するつもりで、自分だけ生き残り、どこかに遁《に》げているのではなかろうか。

この想像は真実らしく思われた。東北の見知らぬ土地を憔悴《しょうすい》して彷徨している夫の秘密めいた姿が宙に浮んだ。その不安な表情が出たのであろう、白木が信子の顔を視ていたが、彼女の心を察したように云った。

「常子がそこで死んで以来、私はその辺の土地一帯を歩きました。つまり、刑事がするような聞き込みです。何か妹の自殺に関係した証跡が残ってはいないかと思ったからです」

白木は、証跡という言葉を使ったが、それが精一の秘密にふれるように信子は思った。彼女は耳に神経を集めた。

「私は、妹の写真を持ち歩き、現場の奥入瀬を中心として、酸ヶ湯《すゆ》、蔦《つた》などの八甲田山《はっこうださん》麓《ろく》の温泉場や焼山《やけやま》の部落、それから十和田湖の湖畔《こはん》にある旅館まで一軒一軒訪ね歩きました。こういう女を見かけなかったか、というわけでございます」

白木はつづけた。

「むだでした。誰も知らないと云いました。もっとも、夏で観光客の多い季節ですから、宿で見覚えがないのは当りまえかもしれません。ただ酸ヶ湯では、宿の女中さんが常子の写真をみて、見たような顔だと云いましたが、これもぼんやりしたもので当てになりません。私は、十和田湖のそばの休屋《やすみや》という旅館町にある、巡査駐在所まで行きました。

この駐在所は、十和田湖を管轄《かんかつ》しているので、何か手がかりはないかと思ったのでございます」

信子は白木の熱心なのに少しおどろいた。

「やっぱりだめでした。若い駐在巡査の話では、情死や自殺はかなり多いということでした。しかし常子に関係のありそうなことは何も聞きだせませんでした」

信子は、そっと息をついた。白木の云い方は、暗に精一が自殺した形跡がないということを含んでいた。

「ひまだったとみえ、巡査と私は少しの間、むだ話をしました。このあたりはたいした犯罪は起らない、客の持ち物をぬすんで逃げるコソ泥か、たまに宿料の踏み倒しがあるくらいなものだと云いました。そうそう、宿料の踏み倒しでは面白いことを聞きました。今年の梅雨《つゆ》ごろでしたか、旅館に泊っていた男客が二人、朝早くボートに乗って湖上を渡り、対岸に漕《こ》ぎ着いて逃走したというのですね。所が違うと変ったことがあります。私は旅館を商売にしているだけに、普通の方と違って、こんな話に興味がありました。まあ、お客の警戒に参考になるわけでございます」

白木は、長い話の最後に、信子の気を楽にさせるためか、そんなことを云ったりした。

思わず長い間お邪魔をしたと白木は詫びた。そしてこのような苦痛を妹が奥さんに与えて申しわけないと何度もていねいに云った。

彼は、帰りがけに、ふと思いついたように信子に云った。

「こんなことを申しあげて失礼かもしれませんが、高瀬さんはご主人とお従兄弟《いとこ》さんだそうでございますね」

信子が、そうだ、と云うと、白木はちょっとためらうようにしていたが、

「奥さん、もし高瀬さんと東北の方にいらっしゃることがありましたら、ぜひ仙台にお寄りくださって、私の家にお泊りください。決して立派な旅館ではありませんが、閑静なだけがとりえでございます。松島あたりでも、ご案内しとうぞんじます」

と云った。

信子は、不意を突かれてあわてた。思わず顔があかくなった。匿している悪いところを急に見抜かれた時の狼狽に似ていた。

信子は、白木の細い眼に、初めて畏怖を感じた。

九

その年が暮れても、精一は帰ってこなかった。生きているのか、死んでいるのか見当がつかなかった。春になった。やはり夫の消息はなかった。やがて失踪して一年になろうとしていた。

その間、信子は店の商売をつづけていた。そして相変らず俊吉は彼女の静かな相談相手としてやってきた。変化は起らなかった。

しかし、変化がないというのは、表面のことだった。俊吉の接近がしだいに信子の心を平静でなくさせていた。が、その動揺は、決して苦痛ではなかった。むしろ、愉《たの》しみをひそませていた。

女の心理とは、どういうのだろう、と信子は思った。夫のことは心にありながら、俊吉を迎えようとする意識が動いている。自分が非常に悪徳な女に思えてこわいことがあった。女というものは、みんなこんな気持があるものなのか。自分だけが弱いのだろうか。いや、そうではない、と彼女は首を振った。精一が悪いのだ。夫が早く帰らないのが悪いのだ。あなた、早く帰ってください、あなたが早く帰らないと大変なことが起りそうなのよ、と信子はあえぐように夫を呼んでいた。

仙台の白木淳三からは、月に一度ぐらいは時候見舞のような短い便りがあった。時折りは向うの名産品など送ってきたりした。それが彼の信子に対する妹の謝罪であろう。そして便りにはご主人の消息はわからないか、と必ず書いてあった。

白木といえば、信子は彼の細い眼の強《きつ》さを想いだした。丁重だが、人の心を射抜くような眼であった。こわい。こわいが、彼のまるい顔には常識的な安定があった。信子は白木に安心したものを感じていた。それが信頼感というものなのだろう。

晩春というよりも、初夏の光が強くなったころ、ある日、信子は、また白木淳三から便りを受けとった。それは、いつものはがきではなく、たいそう重い封書であった。

信子は、その手紙を長い時間かけてひとりで読んで、それ以上の時間で考えた。それから一週間ばかり経って、またはがきが来た。今度は文面は簡単で、新緑のころで松島がいいから、気晴らしに松島を見にこないか、その時よかったら俊吉も一緒に誘ってこないか、というのだった。

信子は、そのあと俊吉が来たときに、そのはがきを見せた。

「ねえ、仙台の白木さんからこう云ってきたのよ。行ってみようかしら」

と云った。俊吉は、それを読んで、

「そうですね。あなたも去年から大変だったから、気分転換に行ってきたらどうですか。商売のほうは店の人がいるから、留守してもいいでしょう」

と云った。

「ええ。ねえ、俊さん」

信子は、少し恥かしそうに俊吉の顔に微笑した。

「あなたも、ご一緒に行ってくださらない？　白木さんにこう云って勧めていただいてるのだから。会社のご都合は悪いかしら」

眼に媚《こ》びが出ていた。

「会社のほうの都合はどうにでもなりますが」

俊吉は眩しそうな顔をしていたが、顔は灯がついたように明るくなっていた。

「ぼくが一緒に行ってもいいでしょうか？」

俊吉は上気したように云った。

「いやだわ、俊さん。平気よ。ね、行きましょうよ」

信子は少しはしゃいだ。

「じゃ、そうしますか。ぼくは社から休暇を取りましょう、一週間ぐらい」

そういう俊吉の唇には、自然にうれしそうな笑いがこぼれていた。

「いつにします」

「来月がいいわ、なかごろぐらい」

「来月ですか」

俊吉は、ちょっと顔をしかめた。

「来月は六月だから雨が多いかもわかりませんよ。もっと早くなりませんか?」

「店が少し忙しいのよ。来月のそのころでないとだめなの。ね、いいでしょう?」

「そうですか、じゃ、仕方がありませんね」

彼は諦めたように云った。

「それでは、会社のほうは今から休暇願いを出しておきましょう。他の奴に先をこされて行けなくなると困るから」

信子は、俊吉の愉しそうに帰っていく後ろ姿を見送った。いつもの眼とは違っていた。

約束の旅行が実行されたのは、これも約束どおり六月の中旬であった。俊吉の心配した雨は当分降りそうになかった。

上野を朝の十時に出る急行〝みちのく〟に乗ると、仙台には夕方の五時近いころに着く。およそ七時間の列車中では、日ごろ落ちついて、いくらか取りすましている感じの俊吉も、信子と座席がならんで、うれしそうに少々饒舌《じょうぜつ》になっていた。彼は沿線の風景で、ときどき、名所のようなところがあると、窓から指さして信子に教えた。

「俊さんは、よくごぞんじなのね。この線、よくお通りになったの？」

信子は、きいた。

「去年、一度ここを通ったきりです。それで、あまり詳しいわけではありませんよ」

愉しそうな旅であった。よそ目には夫婦か、愛人同士のように見えた。

電報を打っておいたので、仙台駅には白木淳三が歩廊《ホーム》まで迎えに出てきてくれていた。

「よく、いらっしゃいました。お久しぶりでございます」

白木は、まるい顔に、細い眼をいっそう細くして、相変らずていねいに挨拶した。

十

白木淳三は駅前に待たせた自動車に、信子と俊吉を乗せて走った。市内の広い道路には夕方の陽が当っていた。

〝藤若荘〟は信子が想像したより大きな旅館だった。別館を建てたからといって、まだ木の香りがしそうな新築の離れに通した。なるほど、白木が閑静だと云っただけに、近所からはなんの物音も聞えなかった。

夕飯は、白木と、そのいかにも旅館の女主人といった感じの朗らかな細君もまじって、四人で卓を囲んだ。その席では、精一のことも田所常子のことも、誰も避けて触れなかった。

「明日は、松島をご案内しましょう。なに、半日もいれば見あきます。それから、どうなさいますか？」

酒は弱いらしく、ほろりと酔った白木が二人を見比べて云った。

信子も、俊吉も、まだ、その予定をはっきり相談していなかった。

「わたし、青森から秋田に抜けて日本海岸を通って帰りたいと思いますわ。途中で、十和田湖を見て」

信子は云った。すると俊吉は渋い顔をした。

「日本海岸に出るのなら、そんなに遠くを回らなくてもいいですよ。ここから山形を抜けて鶴岡に出てもいいし、コースを変えて裏磐梯《うらばんだい》に行ってもいいと思います。裏磐梯もいいですよ」

彼はそう反対した。

「そうかしら。でも、十和田湖の今はいいんじゃないかしら」

「十和田湖のいいのは紅葉のある秋ですよ」

白木は、二人の小さな争いを、にこにこして聞いていたが、

「いや、十和田湖は今ごろもいいのですよ。新緑が濃くなってね。なあ、おい」

と横の細君に云いかけた。

「そうなんですよ、奥さま。十和田湖の水の色の濃さというものは凄《すご》いくらいでございますよ。まるで紺屋の藍瓶《あいがめ》をそのままうつしたみたい。新緑なら、それが映えて一段と冴《さ》えてきれいでございましょう」

細君は笑うと、のびのびと明るい愛嬌《あいきょう》のある人だった。

「それじゃ十和田湖にきめましょう、ね。俊さん」

信子は云ったが、俊吉は、

「そうですね」

と煮えきらなかった。

「俊さん、前にいらしたことがあるの？　そいじゃ、あなたにはつまらないでしょうけれど」

「いや、ないです。まだ行ったことがありませんが」

「それでは、十和田湖はともかくとして、青森から秋田へ回る、という予定にしてはいかがですか？」

白木が笑いながら折衷《せっちゅう》案を出したので、ええ、そうしましょうと俊吉は同意した。

飯がすみ、お茶になって、白木夫妻はしばらく雑談していたが、お疲れでしょうから、と早目にひきあげた。女中が風呂を云ってきた。

「俊さん。あなた、先に行ってらっしゃいよ」

信子が云うと、俊吉は、ええ、とうなずいて素直に支度をはじめた。彼女は、女中が去ると、俊吉の傍に立っていき、その耳もとに小さい声で云った。

「俊さん。旅行中、泊る部屋は別にしましょうね」

俊吉は、はっとなったようだった。彼はあきらかにショックをうけたようだった。

「わかってくださるでしょう。まだ限界があるのよ」

彼女はできるだけやさしく、子供でもなだめるように云った。まだというのは含みのある言葉だ。俊吉はその意味を敏感に受けとったに違いなかった。彼は失望したが、勇気を出したようだった。首のうなずきかたがそれを表わした。

信子は、しゃれた広い部屋で独りで眠った。俊吉は遠い部屋で寝ているに違いない。夜中に雨の音を聞いたが、これは、朝起きてみると宿の裏を流れる川の音であった。

信子が庭を歩いていると、俊吉が浴衣《ゆかたぎ》着のまま、庭にはいってきた。

「朝の街を散歩してたんです」

と彼は云った。その眼は少し赤くなっていたので、信子は、彼があまり熟睡していないことを知った。

朝飯を一緒に食べおわると、白木がまるい顔を微笑させてはいってきた。

「お早うございます。では、松島までご案内いたしましょう」

自動車は待っていた。白木の細君と女中とが玄関に見送った。

松島では、海岸よりも、途中の高い展望所のような所から見る景色がよかった。光を含んだ海に、松をのせた小さい島が、少々わずらわしいくらい間隔をおいてならんでいた。白木は瑞巌寺《ずいがん》や塩釜《しおがま》なども案内した。

それが、白木の精いっぱいのサービスなのであろう。夕方近くまで車を乗りまわし、昼飯や休憩のときなど、こまごまと心を使った。妹の謝罪を彼は心からしているようであった。しかし、精一のことも常子のことも、彼は信子と俊吉の一緒にいる前では、口に出すのをやはり避けていた。

二人は最後の夕食をご馳走《ちそう》になって、深夜の青森行に乗った。ホームには白木夫妻が見送ってくれた。

「ほんとにお世話さまになりました。ご親切にしていただいてありがとうございました」

信子は発車まぎわまで礼を云った。

「いえ、どうも。せっかくお呼びしたのに行き届きませんで。また、どうぞお越しください」

白木はそう云い、列車が動きだしても、いつまでも立って、まるい顔を笑わせ、手を振っていた。

二等車は混んでいて、信子と俊吉とは離れてやっと席をとった。

信子はひとりで窓を見詰めていた。去年と同じ暗い景色が走っていた。彼女は涙を流した。白木のある低い声が耳から離れない。

十一

青森には朝早く着いた。

「ここは信子さんにとっては、悪い思い出の土地ですね」

俊吉が云った。

「ええ。あんまり愉快じゃないわ」

信子はうなずいた。駅前の広場には、朝の美しい光が当っていた。後ろには八甲田山が見えた。

「これから、どうします？　秋田に行くのだったら、弘前《ひろさき》か大鰐《おおわに》温泉あたりで降りて、疲れを休めていきましょうか？」

俊吉は、信子を覗きこむように云った。

「ねえ、俊さん。わたし、やっぱり十和田湖に行ってみたいわ。せっかく、ここまで来たんですもの。その景色、見たいわ。頑固のようだけど」

信子は俊吉の顔を見まもって云った。声は媚びている。

「そんなに十和田湖が見たいなら、参りましょう」

俊吉は快く同意してくれた。

「わるいわね、俊さん」

信子は気の毒そうに詫びた。

二人は十和田湖行のバスに乗った。それも愉しい旅行者に見えた。

バスは絶えず勾配《こうばい》の道をのぼった。カーブを曲るたびに青森市が遠ざかり沈んでいった。津軽半島と下北半島の山々が見え、陸奥《むつ》湾が大きな水溜《たま》りのように鈍く光っていた。

萱野《かやの》高原でバスはちょっと停った。公園のように美しかった。芝生のような草原には野菊が咲き、濶葉樹《かつようじゅ》は新緑を噴いていた。ここはもう海抜五百メートル以上ということであった。

「きれいね、俊さん。これからが愉しみだわ」

信子は草の上を歩きまわりながら云った。

「そうですね」

俊吉は煙草《たばこ》をふかしながら、前面の山を眺めていた。何かぼんやり考えている恰好にみえた。

それからのバスは長い時間で登りつづけた。ブナの木が多くなってきた。渓谷にも森林にも緑が埋まっていた。

「あら、俊さん、雪よ」

信子は窓を指さした。山にはまだ雪渓が残っていた。風があるらしく、山頂の雪は煙のように立っていた。

「すてきね」

しかし緑はかなり少くなって樹相は変化してきた。それだけ高所に登ってきたということなのだ。時間が長いので、バスも乗客も疲労していた。

「ねえ、十和田湖まで、どのくらい乗るのかしら」

「まだ三時間ぐらいかかるのじゃないかな」

「この次、温泉があるって、云ったわね」

「酸ケ湯でしょう」

「そう、疲れたわ」

信子は指で額を押えた。

「その温泉で泊りたいわ。今夜は」

俊吉は、信子の方を見たが急に微笑していた。

「昨夜《ゆうべ》は夜行でしょ。よく眠っていないし、ほんとに疲れたわ。三時間もバスに揺られたんじゃたまらないわ」

信子はうったえた。どこか云いわけめいていた。

酸ケ湯は山に囲まれた窪地《くぼち》のような所にあった。大きいが鄙《ひな》びて古い宿がある。これ一軒しかないのである。通された部屋に、明治の文人大町桂月《おおまちけいげつ》の書が掲げてあった。

風呂は広い浴場で男女一緒だというので信子は遠慮した。俊吉は、さっさと湯にはいった。

「硫黄の匂《にお》いが強い湯ですよ」

やがて濡《ぬ》れた手拭《てぬぐ》いをぶらさげて戻ると、俊吉はそんなことを明るく云った。が、女中が、床をのべにきた時、信子は部屋を別にしてくれと頼んだ。はっとしたようだが、俊吉はわざと知らぬ顔をしていた。

「ねえ、ここ面白いのよ。宿の売店に大根だの菜っ葉だの魚だのあるの。まるで市場みたい」

信子が気をかねて、少しはしゃいで云うと、

「そうですか。自炊客があるからでしょう」

と云っただけで、わりにあっさりと自分の部屋にひきあげていった。そう不機嫌でもなかった。

信子は、ここに泊らなければならなかったのだ。それは、決められたことなのだ。彼女は一つの考えを追っていた。それに妨《さまた》げられて眠りに落ちたのは遅かった。

朝になった。俊吉は、

「お早う」

と云ってはいってきた。彼は充分、寝足りた顔をしていた。

「一番のバスに乗りましょう」

俊吉は、朝食がすむとすぐに洋服に着かえた。実際、彼は大股に旅館の玄関を出ていった。バスの停留所はすぐそこだった。

信子と俊吉は、ふたたび登りをつづけるバスに乗った。窓の光景は早春にひとしい。

雪が葉の少いブナ林の下を斑《まだ》らに覆《おお》っていた。季節感に錯覚を起させるような荒涼さがあった。

睡蓮《すいれん》沼のあたりからバスはやっと千メートルの標高を下りに向った。ふたたび、むせるようなブナやヒバの林の新緑の中に突き進んだ。あたりが翳《かげ》ったように暗くなった。厚く重なった木の葉の茂みが原因だった。道は狭く、バスは行き違うごとに後退した。木の枝がバスの屋根を叩き、窓を若葉がかすった。山桜がまだ残っていた。大きなシダや蕗《ふき》の群生があった。暗い下を水が白く泡立って流れている。風景は奥入瀬渓谷になっていた。

ああ、田所常子はこの樹林の奥で死を迎えたのだ。彼女の太った姿が、うれしそうに、ブナの原始林の中に消えていく光景を信子は想像した。俊吉は眼を閉じて快く居眠っていた。

十二

十和田湖は遊覧船で見物した。水の色が異様に蒼い。蒼さは迫力をもっていた。

「ずいぶん、深そうね」

信子はつぶやいたが、ガイドの声は、湖のいちばん深いところは中湖《なかのうみ》にあって、水深三百八十メートルに近いと説明した。

湖を囲んで山が流れていた。美しい景色である。岸には鴛鴦《おしどり》が泳いでいた。遊覧船は湖中に突き出た御倉《おぐら》半島や中山半島を回り、断崖《だんがい》と森林のさまざまの名所を観せて休屋に着いた。

ある旅館にはいった。座敷から湖面がひろく見渡せた。

「いいところだわ。来てよかったわ」

信子は眺めながら云った。が、じつは、この旅館に決めるのも俊吉との間に愉しい対立があったのだ。信子は離れて宇樽部《うたるべ》の旅館にしたいと云った。が、今度は俊吉がひどく反対した。湖面の眺めはこちらが数等上だと云うのであった。譲歩は、今度は信子が笑ってした。

「ねえ、俊さん」

と、信子は湖から振りかえって云った。歯なみのきれいな微笑であった。

「明日の朝早く、この湖の上をボートで出てみない？　きっとすばらしいと思うわ」

俊吉は、その信子の顔を見つめていきいきとした瞳をしていた。

「霧が深いですよ。知っていますか？」

彼は、愉しそうに云った。

「すてきじゃないの。霧の湖を漕ぐなんて」

彼女も口辺の笑いをつづけて云った。遊覧船のガイドの声がマイクに乗って、ここまで聞えた。

その夜も、信子はひとりで寝た。

夜が明けてすぐ、信子は身支度をした。それがすんだとき、やはり着かえた俊吉が静かに部屋にはいってきた。元気な顔をしていた。

「俊さん、早いのね」

「うん。行こうか」

その云い方は今までになく少し乱暴だった。張りきっているような調子であった。

ボートは旅館のすぐ裏に、いくつもつないであった。オールが皿に乗った箸《はし》のようにそろえてある。朝早いのでどこにも人影がなかった。

湖面を見ると、霧が一面に白々と昇っていた。向うの山の頂辺《てっぺん》が少し覗いているだけで、視界の利《き》かない海を見るようだった。空気は寒かった。

「乗ってください」

オールを握った俊吉は云った。

信子はすわった。皮膚が寒い。ボートは水の上を進みだした。あたかも行く先を決定したようにぐんぐん直線にすすんだ。前方の霧が水の上を舐《な》めるように匍《は》ってきた。

冷たい。信子の身体は慄《ふる》えた。霧の中で、顔も、衣服も濡れていた。指先が凍えそうだった。俊吉は、口一つきかず、競漕《きょうそう》でもしているように、顔を引きつらせて、一心にオールを摑んだ手を回転させていた。信子は声が出なかった。濃い霧は二人を閉ざした。

一メートル先が、白い、厚い紗《しゃ》でぼかされていた。ボートとその近い周囲のあおぐろい水だけが人間の視界にはいっている最大限であった。距離感も遠近感もまったく失われ、白い宙の中を舟は動いていた。

その動きも、しだいに止まった。俊吉がオールの先を水から上げたのである。自慢のきれいな髪は放埒《ほうらつ》に乱れていた。彼は、眼を信子に灼《や》きつけるように当てていた。何分間か、そうしていた。

ボートの動きは緩慢《かんまん》になり、やがて水の上に吸いつくように静止した。

夜のように静寂であった。何も聞えず、何も見えなかった。

「俊さん」

と、信子が寒いのか唇を震わせて云った。

「ここだったら、声を出しても岸まで聞えないわね」

俊吉は、これに五秒ほどおいて、明るく、

「うん」

と云った。

あたりは相変らず白い闇であった。

「ここだったら、どんなことをしても、わからないわね」

俊吉はまた五秒ほど間をおいて、

「うん」

と云った。二人の眼は宙でからみあった。

信子は、両手をしっかりボートのふちにかけて次を云った。

「ここ深いそうよ。湖では日本で二番めの深さですって。人が落ちたら死体は二度と浮きあがってこないんですってね」

俊吉の返事は十秒ぐらい遅れた。やはり明るかった。

「よく知っているね。誰から聞いたんですか?」

今度は信子が黙った。気のせいか、どこかで水の音がしていた。信子は耳を澄ませた。

白い霧が二人の間をうすく流れた。

「俊さん、この霧は六月がいちばん濃いのですってね」

信子はつづけた。返答はなかった。緊張が流れた。

その返事をするために、俊吉は顎をしゃくった。

「信子さん、背後《うしろ》を見てごらん。われわれが来た方を」

その言葉に命令されたように信子はふりかえった。そこも真っ白い霧の壁であった。

それが背中にせまっているのを知って信子は息をひいた。

「ぼくらは霧の中に閉ざされている」

信子が顔を戻したのを見て、俊吉が云った。

「あなたの云うように、この霧は今がいちばん深い。——おや」

何を認めたのか、俊吉が水の上を見て云った。

「あれはなんだろう?」

白いものが水の上に漂っているのを信子も認めた。無気味な恐ろしさが彼女を襲った。俊吉が一本のオールを突きだして、その先に白い物を拾いあげるのを声も出せずに見まもった。

「ああ。ハンカチだ。こんなところにハンカチが流れていた」

俊吉は手に拾いあげると、雫《しずく》を絞り、白い物をひろげて見た。信子は蒼ざめて凝視した。その白いハンカチがこわいのである。とつぜん、俊吉がその濡れたものを突きだした。

「信子さん。これ、精一さんのじゃないかな？」

え、と信子は神経を慄わせた。

「よくごらんなさい。この隅に印刷した旅館の名前に見覚えがある」

信子は冷たい白い布をうけとった。その隅には千鳥型の模様の中に〝鈴蘭《すずらん》旅荘〟と薄くなった青い文字が消え残っていた。信子は眼がくらみそうになった。夫の持ち物だった。信子が何度も洗濯したから記憶にあるのだ。失踪当時も、このハンカチをポケットに入れて出た！

一年前に沈んだ夫の身体から、このハンカチだけが浮きあがって、信子の眼の前に漂ってきた。精霊《しようりよう》かと思って、彼女は歯が震えて鳴った。

すると、俊吉が声をあげて笑った。

「冗談じゃない、一年前のものが浮くわけはありませんよ。ぼくがいたずらをしたのだ。

あなたが、ちょっと後ろを見た隙に、水の上にそれを投げこんだのです。ぼくも精一さんと同じハンカチを持っていたのですよ。彼が北海道から帰ったとき、みやげに一枚わけてくれたのです。びっくりしたとみえて、あなたの顔は真っ蒼ですよ。ぼくは平気でしょう。まさに逆ですね」

また低く笑った。

「気づいていましたよ、ぼくは」

俊吉は静かにつづけた。平気で云っていると同じ口調であった。

「信子さんが仙台と青森で十和田湖行きを主張したときから、変だなと思っていました。はっきり気がついたのは、酸ヶ湯に泊りたいと云いだした時からです。あなたはそのうえ、ここでぼくと精一さんとが去年泊ったと同じ宿に泊ろうと云いました。あなたはぼくに、去年の六月、精一さんとぼくが歩いた同じコースを復習させて実験しようとしたのですね。それでぼくを動揺させようとしたのですね。あなたはその実験の結果を確めたかったのでしょう。ぼくは、それに気づいたから、わざと平気な顔をして、浮き浮きとしました。どうです、あなたはぼくの表情から実験の効果を得ましたか？　予期したようにぼくが狼狽しないので、あなたは迷ったでしょう。ははは。それから、万事承知で唯々《いい》としてあなたの云うままに、ボートをここに漕いできました」

「田所常子さんも、あなたでしょう？」

信子はようやくあえいでいた。

「あれは、ぼくの女でした」

俊吉はうなずき、素直に答えた。

十三

「ぼくの云うことならなんでもきく女でした。東京のバーにいた常子をしばらく青森のバーに移らせて、精一さんあてのあの手紙を出させたのはぼくの指図です。信子さんが青森まで訪ねてきたら、こう云えと教えこんだのもぼくです。手紙だけでは弱かった。あなたが田所常子に実際に青森で会えば、あなたはもう疑いません。それは成功でした。彼女は何も知らず、ぼくと一緒になりたいばっかりに動きました」

「かわいそうに。それを殺したのね?」

「はっきり云うと邪魔になったからです。ぼくは精一さんとここに来たときは三日ばかり休暇をとり、彼女を奥入瀬の林の中に連れこんだときは、病気だと云って社を休みました」

「そうですってね」

信子は、なるほど、あの時の直後にきた俊吉は憔悴《しょうすい》していたと思いあたった。

信子が思わず、そうですってね、と云ったものだから、

「ああ。あなたにこの計略を教えた人間ですね、それも調べたのは?」

と俊吉は叫んだ。

「それにしてもぼくは、知りたいことがある。その人間が、どうしてぼくがこの十和田湖の厚い朝霧のなかで、精一さんを湖中に突き落したことがわかったのか」

「それは、お教えします」

信子はようやく立ち直って云った。

「その人は常子さんの死後、死の原因を確かめるため、この辺を聞き込みに歩きまわりました。その時、ある旅館が二人の男客にボートで朝早く宿料を踏み倒されて逃げられたことがわかったのです。時日もちょうど、精一が行方不明になったころですから不審をもちました。なぜ、二人はボートで乗り逃げしたか。宿料の踏み倒しではない、湖の上で一人になったから、宿に帰っては怪しまれるので、対岸にボートを乗り捨てて逃げたと考えたのです。その人の推測と調査はそれから始りました」

「なるほど、ホームズのような人ですね。松島の招待は、ぼくをここにおびき寄せる誘い水でした」

俊吉は低く笑い、

「信子さん」

と彼は改めて呼んだ。

「いまのぼくの気持がわかりますか」

「わかります」

信子はきっとなって答えた。

「でも、それは承諾できません」

「ぼくは、あなたが欲しかった。それと精一さんには、いつも劣等感《コンプレックス》を感じていました。くどく云うことはない、動機はそれです。あなたは、もうすぐぼくのものになるところでした。もう少し待てば。そうだ、もう二、三カ月だった」

と、俊吉はわらうように云った。

「あなたは精一さんと結婚してからしかぼくを知らないが、ぼくは戦時中、弘前《ひろさき》の連隊に兵隊としていましたから、この辺の地理は詳しいのです。六月になると、朝、この湖面に深い霧が立つことはもちろん知っていました。あの時、北海道に行く精一さんを追って、彼からかねてよく聞いた福島県の炭鉱会社をたずね、そこにまだいた彼に会い、ここに誘ってきたのです」

霧はまだ薄まらない。依然として、距離感のない白い視界だけの中に、二人は相対していた。

「信子さん」

俊吉はまた呼んだ。

「ぼくの今の気持がわかりますか」

「わかります」

信子は強く云った。

「でも、あなたと一緒に、ここで死ぬのはいやです」

「ぼくはあなたを抱いて死にたいのです。そのため、唯々《いい》としてあなたの実験にのって、ここまでボートを漕いできました」

「精一のときと同じにね」

「その同じことをあなたは試したかったのでしょう。精一さんは、ぼくに誘われて好奇心を起し、自分でこの辺までボートを漕いできましたよ。ぼくは精一さんの胸に、拳銃を射《う》ちこみました。腕力ではかないませんから」

「…………」

「音は、遠い岸に聞えたかもしれませんが、なに、鳥でも射ったとしか思われなかったでしょう。拳銃はこの深い湖底に捨てました。精一さんと一緒にね」

こう云うと俊吉は立ちあがろうとした。ボートが激しく揺れた。

「いけません。あなたと死ぬのはいやです」

陥穽《かんせい》に落ちた信子は叫んだ。

「死んでください。信子さんもぼくが嫌いではないはずです」

「嫌いです。いやです。いやです」

激しい声で投げた。

「そうですか。あなたも卑怯《ひきょう》ですね」

俊吉は、完全に立ちあがり、足をよろめかせて近づいた。ボートがいっそう揺れた。

霧がまいた。

「いや、いや、いや」

「死んでください。死んでください」

——急に水を掻くオールの音が近く聞えた。まるい顔をした白木淳三が、信子に仙台で約束したとおり、白い闇の中から煙るように現れた。

北村薫 イチ押し!

詩と電話

一

陰鬱《いんうつ》な長雨が終ると、急に強い光線の、眩《まぶ》しい初夏になった。

調査部の梅木欣一は部長に呼ばれて、今度の異動で通信部に移らないかと云《い》われた。

「通信部から君を返して貰《もら》い度《た》いといって来ている。身体もよくなったし、久しぶりに出て行ってはどうだね」

梅木は一年前に胸を悪くして長く休んでいたが、癒《よ》くなってから出社して来ても、病後というので暇な部署で遊ばしてもらっていた。

「H通信局の村田君がよそに行くので、あすこが空くのだ。どうだ、一年くらい田舎暮しもいいぜ」

と、にやにやした。

梅木は、それもいいな、と思ったのでその場で承知した。家族の無い気軽さだった。

彼は調査室に戻って、H市というのはどんな所かと思って、本を調べてみた。

（H市。人口三万八千。日本三急流の一つK川の中流の北岸に発達した旧城下町。市の西端の城址《じょうし》は五万石須貝侯の居城であった。市の産業は、林業と果実。また材木の集散地。この附近から乗って下流八キロに亘《わた》る舟行はK川下りとして有名。夏の鮎《あゆ》釣りと秋の紅葉時の渓谷美は独特である。人情醇朴《じゅんぼく》、山間の城下町の気品と情趣が残っている）

これはいいと思った。これからは鮎の季節だ。田舎の新聞通信局長といったら、ちょっとした地方の名士であるから、大事にされて旨《うま》いものが食えるから、これは引きうけてよかったと安心した。

ただ、どんなにいい田舎でも、一年以上置かれたら、本社に忘れられて了《しま》うから、一年限りで絶対に還して貰《もら》うことを条件とした。

「ああいいよ。予後の転地と思って行き給《たま》え」

通信部長は軽く請け合った。

辞令を貰って、梅木は一昼夜かかって、その市に着いた。駅には前任者の村田が眼を細めて出迎えていた。

「いいとこですよ。こんな景色のいいところは、私も支局や通信局廻《まわ》りを長いことしたが、ほかにありませんよ」

村田は自分が去る土地をしきりと賞《ほ》めた。彼はもっと大きい都市にある支局に転任することをよろこんでいるのだ。

道々歩きながら、名所や山の名を指さして説明する彼の鬢《びん》には白いものが多かった。

通信局は、市の目抜きの通りにあった。

若い男が一人、机に向ってザラ紙に記事を書いて居たが、梅木を見て立ち上ってお辞儀をした。

「宗尾昭六君です」

村田が紹介した。この通信局は局長と局員の二人だけの構成であった。

建物は表が事務所で、裏は局長の社宅になっていた。そこで梅木は生活することになるのだが、家族が無いので、世話をしてくれる老婆を傭《やと》うことにした。

その日は、本社へ送る記事を汽車便で出すと、梅木と村田と宗尾は、K川に臨んだ市で一流という割烹《かっぽう》旅館「蔦や」に行った。

歓送迎会と懇親会を兼ているようなものだった。

出された鮎の味は梅木を喜ばせた。こんなおいしい鮎を食べたことがない。川から獲ったばかりの跳ねるやつをその場で料理するのだから、都会に輸送されて鮮度の落ちた鮎の味とは、まるで違うのだ。塩焼き、天ぷら、刺身、吸物、うるか、鮎料理なら何でも平げた。

部屋の下にはK川が泡を嚙《か》んで奔《はし》っている。対岸にはチューブから出したような新鮮さで青葉が積み重っている。その向うには高い山なみが連なっている。この地方の醸造《じょうぞう》だが、酒の味も悪くない。梅木は、ひどく此処《ここ》が気に入った。これなら一年居ても厭《いや》にはなるまいと思った。

詳しい打ち合せは明日するがいいと前置きして村田は、大体このH市の事情を話してくれた。市役所と裁判所と警察廻りをして居れば大かたの用事は片づくと言った。

「そうそう、明日、紹介しますが小林君にはぜひ懇意《こんい》になった方がいいですよ」

村田は、梅木に盃をさしながら言った。

「何ですか、その人は?」

「R紙のここの通信員ですよ。小林太治郎といいます」

R紙は梅木の新聞社より、ずっとクラスの落ちた地方紙だった。

「通信員ですが、ここには十年も居る人です。各社のどの通信員よりも古顔です。市役所や警察に顔が利《き》いていますから、取材では誰も小林君には追付きません。殊《こと》に警察種は凄《すご》いですよ。私もはじめは頑張ってみたのですが、どうしてもいけないので、遂《つい》に妥《だ》協《きょう》しました」

「妥協といいますと?」

「つまり、彼と競争しないことにしたのです。競争となると変に片意地になる男ですが、こちらが一歩譲ってやると、いい男です」

「では、取材の協定を結ぶ訳ですか?」

「何でもという訳ではないが、事件となると強いのです。いつも出し抜かれます。全く油断が出来ません。その代り、奴さんを立ててやると、自分がボスのような気になって、事件を電話で報《し》らせてくれますよ。尤《もっと》も、いいところは逸早《いちはや》く自分が先に行って取ったあとのものですがね。それでも、こちらが全然知らないで、出し抜かれるよりもいいですよ。大きな事件があった時など、うかつにしていて一行も送信しなかったなんて事があったら大変ですからな」

「そんなに、やれる男ですか?」

「すごいですよ。事件なんか、警察官より先に現場に来ているんですからな」

へえ、と言うだけで、梅木は半信半疑であった。

二

村田の話では、暗にそのボスの小林に逆うなという戒《いま》しめである。梅木にはそれが気に入らなかった。腕ききだといっても、たかが二、三流紙の田舎の通信員ではないか、という心がある。村田と違って俺は若いから頭を下げてまで妥協は申込まないぞ、という自負もあった。

梅木のその顔色を見て、村田は、

「まあ、しっかりやって下さい」

と言った。初めは自分もあんたのように気負っていたものだという顔をしている。

翌日、梅木は村田に連れられて、市役所、裁判所、警察署の挨拶《あいさつ》廻りをした。この狭い土地では、これだけで充分なのである。

市役所の記者溜《だま》りに行って、各社の通信部員に紹介された。五六名ごろごろしていた。その中で将棋を指していた四十くらいの肥《ふと》った男が、掌から銀と桂馬を出して台の上に置いて退屈そうに立ち上った。

「こちらがR紙の小林君。どうぞ僕同様によろしく」

村田が紹介した。

多血質とみえて小林は赭《あか》い顔をし、眼が大きく、唇が厚かった。ボスという感じに、その顔はふさわしかった。

「やあ、よろしく」

と言った彼の声は、いわゆるドスの利く濁《だ》み声だった。それから梅木の方に構わずに、坐《すわ》って将棋をつづけた。その態度も横柄《おうへい》なところがあった。自分の貫禄を見せるために、わざと他社の若い新来者《しんらい》を無視したようにみえた。

村田は帰り途《みち》で、

「小林君にはどの社でも下手《したで》に出ていますよ。そら、うちの競争紙のNでもそうですよ」

と言った。それが半ば小林の実力を梅木に認識させ、半分は自分を弁護しているようにもとれた。

小林のこと以外には、さして重要な引きつぎもなく、前任者の村田は転勤して行った。

梅木は、その村田を駅に見送って帰ると、すぐ小林太治郎に宛てて手紙を書いた。
——これまで大変お世話になりましたが、小生は少し考えるところがありますので、取材の協定については以後は御放念下さい。勿論《もちろん》、御交誼《ごこうぎ》はよろしくお願い申上げます——

梅木は、何か小林に意志表示をして置かねば気が済まなかった。この手紙をポストに投げ入れた時、一種の爽快《そうかい》さと、挑戦したという興奮を覚えた。

無論、小林太治郎から何の返事も来なかった。梅木の出した手紙が彼に届いている、たった一つの手応えは、所謂《いわゆる》取材協定による彼からの電話が一つも来ないことだった。田舎の町に何ほどのことが起ろう。小林などに負けるものかと思った。

その小林太治郎とは、しばしば記者溜りで出会った。梅木は、ただ目礼するだけだった。小林はうなずいた。何の話も交さなかった。全く交渉は無かった。

梅木が観察すると、他社の連中は、やっぱり小林に一目置いている様子があった。村田の言った通りだった。梅木はそれをだらしないと思った。

梅木は毎日、市役所と警察を廻った。殊に警察には重点を置いて、彼自身が詰めた。小林への対抗であった。

山間の、睡《ねむ》ったような城下町に、そう大事件が起る筈《はず》は無かった。梅木は警察で緊張しては、帰ってから無駄骨を折ったような気になった。

早くも一カ月以上が経《た》ったけれども、R紙をはじめ他紙に出ている記事は、梅木も残らず送稿したものばかりであった。

その日も梅木は朝の十時から夕方の四時まで警察に居たが、何のこともなかった。ところが、翌朝、眼が醒《さ》めて、配達されてきたR紙を、寝床の中で仰向《あおむ》きになって読んでみて、あッと声を立てた。

○　一家七人を殺傷
　　復縁拒《こば》まれた前夫の犯行

梅木は一ぺんに眼が醒めてしまった。

三

H市の通信局の担当は、市内だけでなく近接の二三の郡部を包含《ほうがん》している。無論、そんなところへ一々廻るわけには行かないから、その片鄙《へんぴ》なところで起る事件は警察署に来る報告で、警察側から知らされるのであった。

ところで、この一家七人殺傷事件は、よんでみると、その郡部で起ったことで、H市より十六キロも離れた山の中の部落であった。

梅木は、あわてて各紙をひろげて見た。地方紙はみんな出ていた。N紙は中央紙だから配達が遅れて昼すぎになるが、恐らく出ているに違いない。するとこの記事を落しているのは梅木のA紙だけということになる。彼は蒼《あお》くなった。

煙草《たばこ》を一本喫《す》って心を落つけて、更《さら》に検討すると、R紙が最も詳細で、他紙はその三分の一くらいの記事である。やはり小林が自分だけが先に取材したあと、各紙に知らせてやったらしい。小林との「協定」を断った梅木だけが知らされなかったことになる。

彼は、吸殻《すいがら》を押し潰《つぶ》して立ち上った。

どうも変であった。昨日は警察署に四時まで居たのに少しもそんな動きは無かった。小林はどうして知ったのであろう。

署に行って刑事主任に詰問《きつもん》すると、

「いや、あれは遅くなって通報があったのでね。君が帰った後だったよ」

と言った。

すると、四時すぎだ。その時は記者溜りはみんな帰って誰も居なかった。小林も無論居なかった。その彼が悠々《ゆうゆう》とこの記事をキャッチしているのである。

なるほど、凄い奴だと思った。これはしっかりせねばならぬ。

本社のデスクから長距離の電話がかかってきて、どうしてあの事件の記事を送らなかったかと詰問してきた。梅木は返事のしようが無かった。

記者溜りに行くと、小林が遅くから姿を出して、将棋をはじめた。小林は梅木を大きな眼で、じろりと見た。どうだ、分ったか、という顔の構えであった。

梅木は闘争心《ファイト》を燃やした。

ところで、田舎は都会と違って、そのような大事件は相ついで起らない。一つの波紋がしずまると、もとの淀《よど》んだ沼に戻ってしまった。城下町の平和が一カ月も二カ月もつづく。梅木の昂《たかぶ》っていた心も平静になった。

真夏が過ぎて、そろそろ秋めいた風が吹くようになった。

その朝、配達の新聞を何気なくひろげると梅木は眼をむいた。

○　観光バス、K川に墜落

　　死亡二、重傷五の椿事《ちんじ》

梅木は顔色を変えて、各紙を見ると、みんな出ている。R紙がやはり詳細だった。が、大急ぎでこの記事を組んだ慌《あわただ》しさはどの紙面にもあった。締切直前に入れたらしかった。梅木は電話で警察を呼び出し、訊《き》いてみると、五時頃に現場から報告があったという。事故はH市から十二キロ上流であった。五時頃というと梅木が風呂に入ってのんびりしている時だ。小林も警察署に居る筈はない。

一体、小林はあまり警察の記者溜りに永くねばっている男ではなかった。昼すぎから三時間ばかり居て、将棋なんか指してすぐに帰って了う。全く一日中顔を見せないことも珍しくない。

そんな、ずぼらな男がどうして、こんなにニューズのキャッチが速いのであろう。梅木には信じられなかった。それとも彼は前任者の村田の言うように天才的な男なのであろうか。

二度の完敗で参っているところに、本社から電話が来た。

「おい、ウメさん」

と宿直の次長《デスク》の石川ボンさんの声だ。

「一体、どうしたんだ。身体の調子はいいのか。それとも田舎ボケかい。しっかり願いまあす」

梅木は何と言われても頭が上らなかった。

煙草を喫い乍《なが》ら考えた。こうポカンポカン抜かれようとは思わなかった。小林は長いだけにこの辺の事情に詳しい。特別な情報網があるのかも知れない。どうも勝負にならないのである。村田が逆らうなと言わんばかり言い残した口吻《くちぶり》を思い出した。

が、梅木にはあの小林に降参する意志は少しも無かった。一旦《いったん》、挑戦状を出した面目の上からだけではない。そういう感情になれないのであった。

腐って梅木は、朝の散歩に川岸の方に行った。

この辺は盆地になっていて、朝靄《あさもや》が一めんに山の裾《すそ》を這《は》う。遠近がぼけて日本画の水墨そのままの絵になる。梅木が此処に来て、一番好きな風景であった。

川岸から道路の方へ上ると、向うから歩いて来た二十二三の女と出会った。会社に出勤の途中といった事務員風な娘であった。

梅木は、どこかで見たような顔だと思ったが想い出せなかった。女は梅木には眼もくれずに行き過ぎた。

その時、女の手にした雑誌の表紙が「日本詩人」であることを梅木はちらりと見た。

四

秋の闌《たけなわ》な頃となった。

K川の山峡一帯は紅葉が真赤になった。それを見物に各地から団体客が来て賑《にぎわ》う。日頃、静かなこの地方も活気づいていた。

その日、梅木が警察署の溜りに居ると、警部補が来て、

「今、殺人《ころし》がX町であった。これから鑑識を連れて行く」

と告げた。

そこに居合せた記者達は、わあと声をあげた。滅多に無いのだから、興奮していた。梅木は小林をすぐ意識した。見ると彼の姿は無かった。ずぼらな彼は、ここに居るよりも家に帰っている方が多いのだ。梅木は、彼がこの場に居ないのを痛快に思った。

記者たちはタクシーに乗合って、警察の車を追った。X町はH市のはずれで十五分とはかからない。

雑貨屋の前に車が止った。人だかりがしている。附近に交番も無いところだから、警官の到着は初めてであった。

巡査が群衆を退かせて縄を張っていた。

店の奥が八畳で二階が二間ある。主人夫婦が親戚の婚礼に行って、帰ってみて不幸を

発見したのであった。二階で二十一の娘と十六になる弟が扼殺《やくさつ》されていた。

　鑑識の仕事が終るまで新聞記者は入れなかった。司法主任や刑事たちが家の中を出たり入ったりしていた。

　殺された娘は評判の美人だったと誰かが言った。それでなくとも写真が必要なのに、そう聞けば更に欲しい。

　記者達は悲んでいる両親に、娘の写真を貸してくれと頼んだ。

「それは先ほど刑事さんがアルバムを持って行かれましたから、他には残っていませんし
　母親は泣き顔で返事した。

「何という刑事ですか?」

　と訊いた一人は、

「こんな時に、名前なんか一々きいて居られん」

　と主人にどなられた。

　尤もなことだったが、記者達は写真の入手に血眼《ちまなこ》であった。アルバムを持って行った刑事は誰か。奇妙にどの刑事も知らないと答えた。嘘《うそ》ではなく、実際に誰も知らないらしかった。

　記者たちは暇がかかるばかりなので、娘の友達の家や親類の名を聞き出して、とび廻った。ところが娘はあまり写真を人にやりたがらなかったと見え、どこに行っても一枚

も無かった。十才くらいの時のが、一枚発見されただけだった。

こうなると、そのアルバムが、欲しくてならなかった。彼女は自分の写真をふんだんにそれに貼りつけているに違いないのである。

梅木は、もう胸騒ぎがしていた。或《あ》る危惧《きぐ》が彼を襲っていた。小林が少しもこの現場に姿を見せていないことだった。

どうしたのであろう。彼はまだこの事件を知らないで、家に居るのであろうか。それとも何か別な企《たくら》みがあるのか。梅木には、小林がなぜか、すうっと十歩も二十歩も先を歩いているような不安を覚えてならなかった。

その小林は、司法主任が記者達をあつめて検証の結果や見込みを発表する頃に、オートバイに乗ってやっと姿を見せた。小林はいつもオートバイを乗り廻していた。彼は例によって悠々としていて、自分が遅れたことなど何とも思っていない表情をしていた。

梅木は通信部に帰って、警察の発表と、近所の噂《うわさ》など記事にして、本社に電話送稿した。

「写真は何時の汽車便で送る？」

果して、速記が了《おわ》るとすぐ訊かれた。

「それがね。被害者の写真がどうしても無いんだよ」

梅木は答えた。

「写真が無いということはあるまい。これだけの事件に写真が載らないと紙面の格好がつかないよ。何とかしてくれ」

電話を切って、梅木はぼんやりした。これ以上探しても無駄だし、探す当《あて》も無かった。他紙にも載らないのだから気は割合に楽だった。

が、夕飯を食べている途中で、ふと梅木は激しい不安に駆られた。若《も》しやと思った。そんなことはあるまいとも思った。が、不安は募った。飯の途中で立ち上り、タクシーでもう一度、不幸の家に駆けつけた。

混雑の中から母親を呼び出してもらった。

「アルバムはまだ返りませんか?」

梅木が訊くと、母親は首を振った。

「その刑事はいつ頃来て、借りて行ったのですか?」

「みなさんが多勢でいらっしゃる十分ぐらい前に一人で見えました」

「え? みんなの来る前? じゃ警察の人がどやどやと来る前ですね?」

彼女はうなずいた。人相をきくと、まぎれもなく小林太治郎の顔であった。

梅木は気落ちがして、暫《しばら》くぼんやりした。

五

朝の新聞を見ると、やっぱりR紙にだけ被害者の生前の美しい顔が可なりの大きさで載っていた。他紙はどこも無かった。さすがの小林もこれだけは「協定」外にしたらしい。

梅木は予期していただけに、愕《おどろ》きは無かったが、何ともいえない敗北感に陥った。が、どうして小林だけが、あのように素速いのか理由が分らなかった。

例えば昨日の事件にしても、小林は警察署に居なかった。而《しか》も警察官より十分も前に被害者の家に行って、アルバムを刑事だと称して借り出している。彼が警官よりも先に現場に行っていることがあるとは、前の村田からちょっと聞いたが、今、目の前にその事実を見て梅木は唸《うな》ってしまった。

事件が発生したら、警察の一行よりも、先に小林が到着している。そのような事がどうして出来るのであろう。たまには早耳でよそから聞くことがあっても、そう毎たび出来る筈はなかった。それは不可能なことである。

しかし、その不可能事を小林太治郎は平気でなし遂げている。彼はそのことでは矢張り非常な天才なのか、それとも何か他人には分らぬ秘密な仕掛《からくり》があるのか、どっちかであった。

仕掛けがあるとしても、考えようがなかった。情報網があるといっても、突発事件を警察に先んじて早く知る訳がない。どんなに考えても、梅木にはこの謎が解けないで投げてしまった。

梅木は朝の新聞を見るのが怖ろしくなった。又やられているのではないか、R紙にスクープが載っているのではないか、と始終思っていると、朝投げ込まれる新聞の音で、眼がぱっちり開いた。そして新聞を開いて見るまで、眼を瞑《つむ》りたいくらいだった。その間、胸に動悸《どうき》が打っているのである。

祈るような気持でR紙をはじめ他紙を開いてみて、何事も無かったら、はじめて安心して朝の睡りに落ちることが出来た。

「これは小林ノイローゼになったかな」

梅木はひとりで苦笑した。

風光明媚《めいび》なところに静養のつもりで来たのに飛んでもなかった。人情淳朴《じゅんぼく》の城下町に、このような「敵」に出会おうとは思いもよらなかった。——

十一月三日は新聞の休刊日である。この日だけは、新聞人はゆっくりと休むことが出来る。

梅木は若い宗尾を連れてS温泉に遊びに行った。いつも原稿便で駅を往復したり、忙しい雑務をやっている宗尾を慰労する意味であった。

S温泉はK川の上流で、渓谷美と泉質の優良さでかなり有名であった。

紅葉は今が盛りであった。川の両岸に逼《せま》るように谷があり、その斜面に赤を基調としたさまざまな彩度がひろがっていた。

ぶらぶら歩いている梅木の眼は、ふと或る物を捉《とら》えて、身体を木蔭に退《ひ》くようにした。

「何です?」

腕を梅木に摑《つか》まれて、宗尾は、きょとんとして足をとめた。

「あれを見ろ」

梅木は前方にあごをしゃくった。

二百米《メートル》ばかりの距離に、小林太治郎の特徴のある肥った身体が、渓流を眺めて立っていた。

「ああ、小林さんですね」

宗尾も認めて言った。

が、梅木が注目しているのは、その小林とならんで仲よく立っている女の方だった。それはいつかの朝靄の時に出会った女の顔だった。どこかで見たような娘で、今もまだ想い当らなかった。

「宗尾君、小林君の横にいる女は誰か知っているかい?」

と梅木はきいてみた。

「あ。あの女《ひと》はH警察署の電話交換手ですよ。星野ふみ子というんです」

「え?　なに?」

梅木はびっくりした。

「H署の交換手か。あ。そうだった。思い出した」

どこかで見たと思ったのは、H警察署で見たことがあったのだった。そこの交換手なら一度ぐらい見かけたとしても不思議はなかった。

たものだ」

「星野ふみ子が小林さんと温泉に来ているなんて、そんな仲とは初めて知ったな。愕い

宗尾は実際に眼をまるくしていた。

「梅木さん。小林さんもなかなかやりますね」

宗尾は感嘆した。

「うん。隅に置けんな」

梅木は、そう答えながら、別なことが頭脳を忙しく搔《か》き廻していた。

警察署の電話交換手と小林。──警察署の電話交換手──警察の電話。警察の電話。

分った！　秘密はこれだった！

小林は電話交換手を手に入れているのだ。外部からかかって来る事件発生の通報の電話を、この交換手は盗聴して、すぐに小林の家に電話で報《し》らせてやっているのだ。

警察の方で出動の準備でまごまごしているうちに、小林はオートバイに乗って、さっと現場に駆けつける仕組みであろう。だから、警察の到着よりも彼の方が早いわけだ。

小林が警察署に居る時間よりも、家に居る方が多いのもこれで判《わか》る。彼は星野ふみ子の電話だけを待ちうけて居れば充分なのであった。

からくりはこれだった。小林の世にも不思議な早耳の秘密はここに存在していた。彼はやっぱりスクープ天才でも何でもなかった。

梅木はひとりでに笑いが出た。

六

然《しか》し、ただ笑っても居られなかった。

このことが分ってみれば、星野ふみ子の盗聴を止めさせ、小林への通報も中止させねばならない。

が、これを正面に言い立てるのはいかにも拙《まず》かった。小林に利用されているらしい星野ふみ子に気の毒だったし、そんな事実は無いと否定されればそれまでのことである。もっとすっきりとした対抗策は無いものか。

ふと、星野ふみ子を、こっちの味方につけることが出来たら、と思った。然し、小林太治郎と温泉に一緒に来ているような仲だから、小林に背いてこちらの側に味方する見込みは無さそうだった。

「君、星野ふみ子と小林君とは、ほんとに深い仲だろうか?」

梅木が宗尾にきくと、

「そりゃそうでしょう。男と女が温泉場に来るんですからな。相当なものでしょう」

と彼は言下に答えた。

梅木はそれから二三日、何かよい工夫は無いかと考えたが、何も浮んで来なかった。いつか見た靄の朝の星野ふみ子の姿だけが執拗《しつよう》に頭にはっきりしていた。

すると或る朝、髭《ひげ》を剃《そ》っている時に、ふと頭に浮んだ。彼女の手に持っていた「日本詩人」の雑誌の表紙の文字である。

梅木は出勤してきた宗尾に一番に訊いた。

「宗尾君。星野ふみ子は詩が好きなのかな。君、知らないか？」

宗尾は、そうですな、と考える風をしていたが、少し笑った。

「そうそう、警察署のがり版雑誌に詩をかいていると誰からか聞いたことがあります」

「その雑誌を何処《どこ》かに行って借りて来てくれんか？」

「どうするんですか？」

「星野ふみ子の詩を鑑賞するんだ」

宗尾は、

「ばかに星野ふみ子に興味を持ちましたね」

と、へらへら笑いながら出て行った。

その夕方、梅木は、宗尾が借りて来たH署のガリ版雑誌五六冊をひらいた。執筆者は巻頭に署長の「警察官の向上心」というのだから内容は分る。星野ふみ子の詩は毎号巻末の文芸欄に載っていた。

想像したように彼女の詩はひどく浪漫的《ロマンチツク》なものだった。例えば、その一つは次のようなものである。——

色　彩

緑と青と藍色の世界に　私は坐っている。
なぜ　私の周囲には　こんなに
寒色ばかりが　多いのかしら。
私の身体が　暖色だものだから
もしかすると　ほかの暖色が
見えないのかも知れない。

　山の部落

大きな山があった　その向う側に　私は廻ってみた。
森があって　小さな部落があった。
いつか私を振り返りながら行った
あの人も
お早うといって　顔を赤らめた
あの人も
強い眸をいつも　私の頬に射た
あの人も
みんなその部落に居た。――

星野ふみ子は、大体、こういう調子で、毎号書いていた。
すでに梅木には一つの企らみが出来上っていた。彼はそのことが成功するかどうか分らなかったが、とに角、努力することにした。

梅木は手紙を書いた。

——あなたの詩をいつも感心してよんでいます。僕も詩が好きなものですから。色彩、すぎし日、山の部落、知らぬ人、みんな好きです。あなたの詩情の美しさ、きらきら光る才能に、警察雑誌などに載せるのを残念に思います。詩の雑誌を出しませんか。僕の方にその便利があります。

次のは僕の近作ですが、御笑覧下さい。

愛の想い

この色　あなたの好きな着ものの色
あのやさしい姿　あれもあなたのもの
それなのに　私に追いせまる
あなたの若々しい馬の駈け足で
あなたはいつも踏みにじる
昨日から今日への道を。

梅木はこれをポストの口に入れて、その底に落ちたかすかな音を耳にした時から、もう次の期待をかけた。

なか三日を置いて、小型の婦人用の封筒が届いた。梅木はいそいで封を切った。

——お手紙うれしく拝見しました。私の詩をほめて頂いて有難《ありがと》う存じます。けれども恥しいですわ。だって、あなたも、とてもお上手なんですもの。ほんとに尊敬いたします。雑誌のこと夢のようですわ。警察の本には出したくないのですが、今までは仕方がなかったのです。警察の人はほんとに文芸なんか分りません。あなたのような方が市に居住されていることは、ほんとにうれしくてなりません。ご都合のよろしい時にお眼にかからせて下さい。

手応えは、たしかにあった。

梅木は、あの詩をほめられて少し後めたかった。あれを書くために買ってきた飜訳《ほんやく》の詩集の中から、一つを焼き直ししたのであった。

七

梅木と星野ふみ子との間には二三回の手紙の往復があった。ふみ子のにはいつも詩が一篇か二篇かき込まれていた。

いよいよ彼女は日曜日に梅木と会う約束に応じてきた。

梅木はそれまでの準備に、大急ぎで詩の鑑賞論を買ってきて読み、俄《にわ》か勉強をした。それから本社に言ってやり、出入りの印刷屋に薄い詩の同人雑誌を安く刷ってもらうよう交渉を頼んだ。それはこれ以上薄い雑誌はあるまいという八頁《ページ》にした。梅木はその印刷費を給料から出すつもりだった。

その日曜日、街の或る喫茶店で、梅木は星野ふみ子と待ち合せて会った。

ふみ子は梅木の顔を知らなかったので、初対面の挨拶を恥しそうにした。

梅木は靄の朝のふみ子の、滲《にじ》んだ影のような姿が印象にあって、眼の前の厚く化粧している彼女が、ズレた人間になって見えて仕方がなかった。

ところで二人の話は始めから終りまで詩のことから出なかった。星野ふみ子は狂信者のような眼付《めつき》をして詩の話ばかりした。梅木は、大急ぎでよんできた詩の理論書の文句から上手につぎはぎして、彼女の専《もっぱ》ら弱点である詩論をしゃべった。

殊に、詩の同人雑誌を出すと言うと、彼女の喜び方は、恋愛を除いては、これから上は無いようにみえた。

「ほんとに今日は有難うございました。梅木さんに早くお会いしてよかったわ」

星野ふみ子は喜色を満面にあらわして帰って行った。

それから二三日して、その同人雑誌用の詩稿が、どっさり郵便で送られてきた。

梅木は、その中からいい加減に択《えら》び出し、自分が外国の詩集から焼直ししたのや、ヒントをとって書いたのを一緒にして、印刷屋に送った。三十部を頼んだ。部数もこれ以上縮めようがないというぎりぎりのものだ。

わずか八頁の雑誌ながら、それが刷り上ってきた時の星野ふみ子の眼は輝くばかりだった。

彼女は自分の詩ががり版でなく、正に活字で麗々しく刷られているのを見ると、身も魂も、その活字の配列に奪われたようだった。

梅木は彼女の詩だけを巻頭から五頁までスペースを取り、自分は三頁で我慢するという謙虚さを示したから、余計に彼女は御機嫌であった。

ふみ子は自分の詩だけを時間をかけて繰り返し読み、梅木のはそのあとで、一通り眼を走らせただけで、

「梅木さんの詩、素敵だわ」

と讃《ほ》めてくれた。

こうして詩のことや、毎月出す筈の詩雑誌「永遠」のことで接触が多くなった。「永遠」という誌名も彼女の案で、同人は二人だけだった。梅木は十部を彼女に与え、あとは勿体《もったい》ないが破って紙屑《かみくず》にした。

しかし星野ふみ子は詩に憑《つ》かれたようになった。彼女は、

「このH市に詩の分る人は一人も居ませんのよ。梅木さんだけですわ」

と瞳をあげて媚《こ》びるような表情を示すようになった。ふみ子は額が広く、鼻の先がつんと上向いていたが、眼も綺麗で唇の形もよく、よく見ると、かえって個性的な、いい顔をしていた。

梅木は彼女と夕方から待ち合せてK川の川辺を歩いたり、城址のある丘陵を散歩した。話は彼女が詩を多く語ったが、それも次第に愛の詩についての主題が多くなった。

もう秋が去って、初冬の風景が、この盆地に展《ひろ》がっていた。真先きに葉が落ちた城址

の大銀杏の樹の下で、梅木は肩をならべた星野ふみ子の手を自然に軽く握った。

ふみ子は、そのことの来るのを予期したように、顔を赤らめて俯向《うつむ》き、力を入れて握り返した。

暮れなずむ山峡の稜線《りょうせん》を眺めながら、梅木は星野ふみ子の肩に手をかけ、

「ふみ子さん。僕はあなたが好きになってもいいかね？」

と遠慮がちな愛の告白をした。

ふみ子は、顔を上気させて、

「ええ」

と低く答えた。

「ふみ子さんには好きな人が居るんじゃないですか？」

梅木は両方の意味のあるさぐりを入れた。

「居ませんわ」

と彼女は語勢に力を入れた。

「しかし、ちょっと気になる噂を聞いたんだけれど」

「あら、どんな噂ですの？」

「噂だから当にならない。気を悪くするから止《よ》そう」

梅木がわざと言い渋ると、果してふみ子は、いやだわ、言ってよ、言ってよ、と半分は甘えたように迫った。

「じゃ、言いますよ」

「言って下さい、どうぞ」

「あなたとR紙の小林君とが仲がいいという噂なんですが」

その言葉をきくと、星野ふみ子は梅木の手を両手で握りしめた。

「ああ、やっぱり、そのことですか？」

ふみ子は嘆声を出して、凭《よ》りかかってきた。

「え？　じゃあ？」

「梅木さん、誤解しないで下さい。私は何でもないのです。小林さんが私を誘惑しようとしているのですわ。いつかも仕方がないのでS温泉までついて行きましたが、夕方には帰ってきましたわ」

「しかしあなたにその気がなければ、いくら誘われても温泉なんか行く必要は無いでしょう。僕にはあなたが小林に操られているとしか思えないな」

梅木の言葉は、恋人の嫉妬《しっと》らしいものを表面に出して、次第に本筋を攻めていた。

星野ふみ子は、ハンカチを出して泣き出した。

「どうしたんです？」

「梅木さんの仰言《おっしゃ》る通りかも知れませんわ。私の兄が小林さんに就職のことなどで大へんお世話になったので、或る事で小林さんの頼みを聞いて上げました。あの時、断ればよかったのですが、兄の恩義があるものですから、つい引きうけてしまったんです。それが間違いでした。これから、もう、どんなことでも諾《き》きませんわ」

「――」

「ねえ、梅木さん、私を信じて下さいな。私は、ほんとに何でもあなたの御忠告通りの女になりますわ。これから、あなたに喜んで頂けること、精一杯いたしますわ」

八

十二月に入った。新聞記者にとっては忙しい月である。何となく慌しいところへ、新年一週間ばかりの企画が本社から廻って来たりする。

その日、警察から帰ってきたところに、電話が鳴った。

梅木が出ると、電話馴《な》れした星野ふみ子の声であった。

「梅木さん、△△鉱山が坑内ガスの爆発だそうです」

「おう、△△鉱山？」

「そうです。早く行った方がいいわ」

「有難う」

社から配給のオートプレス・ミノルタを入れた写真機函を肩に背負うと、とび出した。

鉱山は、この市から四キロの地点にあった。梅木は、タクシーで駆けつけると、鉱山は大混乱していた。まだ警察は来ていなかった。彼は、完全に、現場に「警察よりも先に」到着したのだ。

薄暮の中の、事故直後の混乱を梅木はカメラに撮った。閃光《フラッシュ》は灯台の灯のように連続して明滅した。

坑内から負傷者が血塗《ちまみ》れになって坑口に匍《は》い上ってくる凄惨な現場写真などを何十枚も撮りまくった。

それは全く、そこに早く来合せないと絶対に撮れない光景ばかりだった。

梅木はそのフイルムをすぐ次の汽車便で送り、本社を呼んで電話で第一報を入れた。

梅木は、小林の顔を想像しながら、快く煙草を喫った。

翌朝の他社の新聞ほど待ち兼ねたことはなかった。あれほど怖れていた時の気持と、何と天地の相違であろう。

音たてて新聞が入った。梅木はとび付いた。

胸を躍らせてR紙からあけた。見出しは大きいが記事は少くて貧弱だった。写真は平凡なのが一枚。ほかの新聞も大体似たり寄ったりであった。梅木は深呼吸した。

十時になると、本社から電話がかかってきた。

「ウメさん。有難う。こちらではN紙を断然引き離しているよ。うちの出来は眼が醒めるようだ」

次長の声が部長に変った。

「おめでとう、ウメさん。久しぶりに本領を出したね。身体はいいかい？」

った。

「ええ」

声が出なかった。咽喉《のど》が詰っていた。

——しかし梅木には心から不思議に勝利の快感がこみ上って来なかった。勝ったのはうれしい。泪《なみだ》が出るほどうれしかった。が、それを素直に喜ぶには夾雑物《きょうざつぶつ》があった。充実感を拒んでいる異物が紛れこんでいた。試験でいい点をとったが、カンニングをしているような後めたさである。自分だって小林と同じことをやっているという劣等意識だった。

「もう少し、待ってくれ。もう少し」

梅木は自身に向って、そう言っていた。警察署の記者溜りに行くと、みなが湧いていた。やったな、と肩を叩かれたり、おめでとうと云われたりした。

ふと見ると、今日は珍しく小林太治郎の姿があった。彼は梅木が入って行った瞬間、眼をぎょろりと大きくむいて梅木を見た。梅木も彼を見た。瞬間に二人の眼は宙で線を結んだ。が、それを先に離したのは小林の方だった。彼は背を向けると将棋盤に向っていた。その肩に、いつもの精気が無かった。

星野ふみ子に会ったとき、梅木は、

「有難う」

と一ことだけ言った。あと、また頼むという言葉は、気が臆《おく》して言えなかった。小林のことも訊く勇気がなかった。

ふみ子は、然し、それだけの言葉でも充分な報酬であった。彼女はうれしそうに笑い、男の顔を媚びたように見上げた。

梅木は気がひけた。自分も星野ふみ子を小林と同じように利用しているのではないかと反省した。

もう少し、もう少しだ、とここでも彼はわが心に言いきかせた。

新しい年に入ってすぐ、服毒心中が渓谷の中であった。中年の男女で、服装は立派だった。東京あたりの者では無いかと想像するだけで、手掛りになるものは何一つ無かった、各紙とも短い平凡な記事を出した。

朝、これから警察に出かけようと思っているときに、電話が掛ってきた。

「もしもし、梅木さん？」

星野ふみ子の声が甘えていた。

「ああ」

梅木は別の期待で、どきんとした。

「この間の心中ね、身もとが分ったのよ」

「なんだ、そんなことか」

梅木は気抜けした。

「それが大変なの。××省の局長と愛人ですって」

「え、ほんとか！」

梅木は声を上げた。

「これ、今、東京から電話が来たばかりよ。まだこっちでは新聞には隠しておくつもりらしいわ。明日の朝、奥さんが死体確認と引取りに来るんですって」

「有難う」

電話を切ると、すぐ受話器をはずして本社に特急報を申し込んだ。その電話がつながるまで、わくわくした。

××省の局長は汚職事件を起して行方不明中の男だった。父親は大正期に活躍した華族の政治家だったので、一層、話題を煽《あお》っていた。電話が鳴った。本社が出た。

「頼むよ。詳報はあとで入れる。——三日午前十二時、K川渓谷で発見された情死の主は、男は目下汚職事件で逃走中の××省……」

電話機の向うでは、速記者の耳がへばりついて鉛筆を動かしている筈であった。

二月の寒い冬は、この辺でも雪が降る。雪を眺めていると、この川の上流にある温泉に入りたい気持が湧《わ》いてくる。電話が鳴った。

「梅木さん?」

「ああ」

星野ふみ子が浮々して話す。

「S温泉の天野屋の主人から密告があったわ。二日前に投宿した若い男女で、男の方はどうやら東京のブローカー殺しの山根によく似ているんですって。新聞に出ていた手配写真とそっくりだそうよ。すぐ、こっちから刑事が五六名で向うらしいわ」

「よし！　有がとう」

事件は東京で大騒ぎのもので警視庁が追っていた。写真機を引かついで、梅木はタクシーをとばしてS温泉に向った。警官隊はあとから来るであろう。先に天野屋という旅館に行って待っていることにした。そこで予《あらかじ》め、被疑者のいる部屋を聞いて、外から撮ってもよいし、場合によっては二人の様子を記事にしておく。気づかれぬように写真に撮れたらこの上あるまい。逮捕前の写真と逮捕瞬間の写真とをならべたら特種記事と特種写真となろう。梅木は自動車の中に入ってくる寒いすきま風に身体を縮めながら頭の中で作戦を練った。が、ここでも自分が獲物に向って突進しているという盛り上りの底に隙《すき》があいていた。密度が無かった。それが何であるかは梅木には充分わかっていた。

小林の、すっかり弱り果てている姿を梅木は思い浮べた。以前と違って、記者溜に小林は一日中、詰めているようになった。今や、彼は魔力を失っていた。彼の大きい眼は、近頃では、しょぼしょぼしていた。今までが横柄だっただけに、神通力を失った彼の姿が一層みじめで孤独であった。

梅木は、こちらから彼に「停戦」を申し込もうと思った。そして以後は正々堂々と競争しよう。お互に白い線を引いたところから出発するのである。その時こそ、勝負の充実感に密着出来るのだ。車は雪の積った山峡《やまあい》を這うように進んでいた。

有栖川有栖
イチ押し！

装飾評伝

一

私が、昭和六年に死んだ名和薛治《なわせつじ》のことを書きたいと思い立ってから、もう三年越しになる。或《あ》る人からその生涯のことを聞いて、それは小説になるかもしれないとふと興味を起したのが最初だった。私の小説の発想は、そんな頼りなげな思いつきからはじまることが多い。

名和薛治は、今の言葉でいえば、「異端の画家」と呼ばれている一人であった。日本の美術の変遷《へんせん》はヨーロッパの様式を次々と追ってきたような具合で、それがいつも主要な傾向になっているが、その流れから少し外れて、個性的な格式を生み出そうとして、自分の場所の一点にじっと立ちどまっている作家を指して異端といっているようだし、それにこの意味には生活的にも多少変っていたということも含んでいるようである。

今では、名和薛治の名は、その独自な画風の理由で有名だし、遺作展も度々ひらかれて、一般向きの画集も出ている。彼の在世当時も一部ではそうだったが、現在では彼が強烈な個性をもった天才であったことを、画壇を含めて世間の大ていの人が認識している。その上に彼の晩年から四十二歳の死に至るまでの一時期の生活の妙な崩れ方を入れると、異端の画家としてはまず申し分のない大物といえるのであった。それに彼は生涯独身であった。

名和薛治について私が小説になるかもしれないと思ったのは、彼のその晩年の頽廃的《たいはいてき》な生活と、冬の北陸路の断崖《だんがい》から墜《お》ちた最期《さいご》の部分であった。彼はその画題を求める為によく旅行していた能登半島の西海岸にある福浦という漁村に近い海岸の絶壁から足を滑らせて墜死した。遺書もないし、今日では過失死になっているが、それはその前の彼の妙な生活破綻《はたん》に続いているから、或《あるい》は自殺ではないかと一部の美術批評家には今も云《い》われている。ボッシュやブリューゲルの影響を強く受けて、北欧の幻想的な画を描いていた彼が、その愛好する冬の暗鬱《あんうつ》な雲の下に拡《ひろ》がっている黝《あおぐろ》い海に身を投じた最期を想像すると、私には名和薛治を一度は調べてみたいという気持が動いたのである。

名和薛治は明治二十一年東京に生れた。四十年、白馬会研究所に入り、翌年には文展に三作が入選した。四十四年、神田で最初の個展をひらき、同じ年に当時中堅新進作家で結成されていた展覧会に風景や少女像など十六点を出品した。この頃は後期印象派風の画を描いていたが、大正二年、その第三回展に二十点を出した時はドーミエの影響を明らかに受けた画でみなを愕《おど》かせた。二年前より出版社から頼まれて子供向きの雑誌にポンチ絵を内職に描いていたので、貧しいながら生活が立った。この年、同志と赫路社《かくろしゃ》を起し、第一回展には二十点を出品した。四年、赫路社を解散して翌五年に蒼光会《そうこうかい》を結成して十七点を出品、第三回展まで四十余点を出したが、六年に同会を脱退、七年に渡仏、九年の春に帰国したが、その間にアントワープに遊び、ボッシュやブリューゲルの影響をうけた。帰国して後の画題も北国の生活から取ることが多くなり、写実的な描法を基調としながら、幻想的な世界を出した。この傾向は後年いよいよ強くなった。しかし、その特異性は一部の批評家や美術家に認められながら、画壇の主流にはうけ入れられなかった。十四年の秋には山陰に旅行、以後屢々《しばしば》北陸地方を旅行していたが、昭和三年頃より新潟、金沢、京都の花街に耽溺《たんでき》放浪するようになり、昭和六年、石川県能登の西海岸で不慮の死を遂げた——以上は、芦野《あしの》信弘著「名和薛治」の巻末にある年譜から抜いた彼の大体の生涯である。彼は大正の終りから昭和の初期にかけて、すでに画壇では一方の存在として認められ、画もかなり価《ね》がついて売れ、天才の名が次第に上りかけたところに急激に生活が崩れた。その崩れ方は自分で破壊したといえそうなところがあるということである。彼の死も、その実際はよく分らないが、こんなところから自殺説が唱えられているのである。

名和薛治のことを調べたら面白い発見があるかもしれないと思ったまま三年越しになったが、私はその間少しも眼を向けなかった訳ではない。折にふれて彼のことを書いてある美術書を読んだし、彼を知っているという人の話も聴いた。だが、それは本格的な調査ではなかった。第一、私は美術史についての知識がない。名和薛治を書くについては、どうしても或る程度その方面の勉強が必要であった。その億劫《おっくう》さと、ほかの仕事に紛《まぎ》れて、いつかは本腰を入れるつもりで、つい本気にとりかかるのを延ばしていた。

するとある朝、新聞の下の隅に芦野信弘の死亡記事が小さく出ていた。今ごろよく新聞が彼を覚えていたと思うくらいに世間から消えてしまった人の名であった。多分、彼が蒼光会の旧《ふる》い会友であったという肩書めいた理由だけで載せたに違いなかった。しかし、私は彼が七十二歳で死んだというその四、五行の記事が眼に入ったとき、口の中で声を上げて、しまった、と思った。芦野信弘こそは名和薛治を書くときに、私が一番に訪ねて行きたい目当ての人物だったからである。

というのは、私は名和薛治を怠惰《たいだ》ながら少しずつ調べて知ったことだが、芦野信弘ほど名和薛治の生涯に随伴した親友はいなかった。芦野の書いたものによると、彼が名和に結びついたのは明治四十年白馬会研究所に一緒にいたころであり、芦野は二歳齢下であったが、爾来《じらい》、画の方でも私生活の上でも両人は密接な関係を最後までつづけてきた。芦野の画は名和に較《くら》べると問題にならぬくらい拙《まず》かったが、芦野は二つ上の名和に文字通り兄事していたようで、若い時は同じ下宿で暮しもし、後になっても或るときは隣家同士に住み、離れても三日に一度は芦野が名和の家に行っていた。これが無かったのは、名和が渡仏していた大正七、八年の二年間ぐらいなものであろう。

だから芦野くらい名和を詳細に知った者はいない。恐らく彼は名和の胸の痣《あざ》まで知っていただろう。事実、彼は「名和薛治」という評伝めいた本を出しているが、惜しいことに頁《ページ》が薄い。然し、名和薛治のことを書いた他のすぐれた美術批評家の著書の悉《ことごと》くが芦野信弘のこの小著を参考としているのである。それよりほか拠《よ》るべきものが無いみたいに、名和の人物と履歴に関しては芦野の書いたものは信用があった。無論、その芸術観の方は切り離してのことである。

一体、名和薛治は日記や手記をつけなかった人であり、それだけ日常のことに詳しい芦野の書いたものが重要な意味をもつのだが、その著書も名和薛治の全部が語られた訳ではあるまいと私には思われた。著書は公刊の性質上、憚《はばか》るべきところは省いてあるに違いない。その省略された部分が私の知りたいところで、つまり名和を書くからにはどうしても芦野に会って話を聞かなければならないのである。

その考えを早くからもちながら、芦野信弘がいつまでも生きているように思っていたのは私の失敗であった。芦野は七十二歳で死んだ。高齢とは知っていたが、少くとも自分が会いに行くまでは生きているだろうと漠然《ばくぜん》と信じていたのであった。

出版されて、世に知れた書物から取材することは誰しも気乗りがしない。名和のことを調べるいわば本命ともいうべき芦野の唐突な死に遇《あ》って私は名和薛治を小説に書いてみたいという下心を捨てた。

二

然《しか》し、その後も名和薛治を知っているという人に偶然に遇う機会があった。その話は極めて小さな部分的なものだったが、それら硝子《ガラス》の細かい砕片《さいへん》のようなものが集りだしてくると、私はもっと大きな破片、殆《ほとん》ど原形に近い部分に当る芦野信弘に触れずに終ったことが非常な後悔となった。私は今更のように芦野が死んだことを痛手に感じた。

だが、その後悔が、一旦《いったん》放棄した私の計画を戻したといえそうである。それは断片的な話を他から聞くにつれて、名和薛治についての興味が再び起ったからであるが、もしかすると芦野信弘が名和に関する未発表の原稿を、多分は未完成のものを遺《のこ》しているかもしれないと思いついたのである。これは想像だが、たとえそんなものが無いにしても、遺族は生前の彼から名和のことをいろいろ聞いているに違いない。彼の著書に語られてないことが遺族に伝えられているかも分らない。いや、それは極めてありそうなことだった。そうなると名和についての芦野の公表されない知識の何分の一かは、彼の家族の誰かに保存されている筈《はず》であった。

これはかなり厄介な採集であった。だが、芦野信弘が生きていて、いつでも会えるといった手の届きそうな安易な場合は横着をしていた私も、ことが面倒になってくると妙に意欲が動いて来た。私は芦野の遺族に会ってその話を聞き、話の結果によっては名和薛治を書きたいとの気持が再び起った。

　晩秋の晴れた日だったが、私は世田谷の奥を手帖《てちょう》片手に捜《さが》し歩いた。芦野信弘には陽子という一人娘があり、それが結婚して夫と一緒に父の家に住んでいるということを私は知っている画家から聞いた。住所は新聞に出た死亡記事から書き取っておいたのである。

　世田谷の道は分りにくい。私は秋の陽が暑くなるほど汗をかいて、ようやくその番地を捜し当てた。辻地蔵の横から、だらだらと谷間のような道を降り、竹藪《たけやぶ》の横にその家は有った。木造の和洋折衷《せっちゅう》みたいな建物だったが、古くて小さかった。西向きの板壁の青ペンキが剝《は》げていたが、そこは画室にでもなっているらしい構えだった。全体が古いだけではなく、建った当時からも貧弱に想像された。それは生前少しも売れない画を描いていたいかにも芦野信弘の住んでいたようなくすんだ家であった。

　滑りの悪い格子戸《こうしど》を開けると、外光が明るいだけに、窖《あなぐら》のように暗い奥から三十四、五の小肥《こぶと》りした固い顔の感じの女が出てきた。私は小暗い玄関で一目見たとき、それが芦野信弘の娘であると直感した。それがその家の奥から出て来たせいだけではなく、彼女の顔を見てやはり芦野の娘だと感じたのである。

　訪ねてきた用件を遠慮勝ちに云うと、女は果して芦野の娘陽子だと名乗ったが、私を座敷に招じようとはしなかった。幅のひろい膝《ひざ》を上り框《がまち》の前に揃《そろ》えてがっしりと坐《すわ》り、訪問者がそれ以上踏み込むことを拒絶しているような姿勢だった。

「そんなものは父は遺していません。名和先生についてはあの本があるだけです」

と陽子は、一重皮の、眦《めじり》が少し切れ上った瞼《まぶた》の間から私を見上げて云った。

「父からは何にも名和先生の話を聞いていません。父は無口で、あんまり話を好まない性質でしたから」

と彼女は、また私の質問を刎《は》ね返した。

その態度から、私は彼女に好感をもたれていないことを知り、初めから拒否されていることを悟った。この女は名和薛治について父の材料を出すのを明らかに好んでいないのである。もし、好意をもっていたら、少しは何か話してくれる筈であった。彼女は微笑の代りに、きつい感じの切れ長な眼を鋭く光らせているだけだった。

芦野信弘の妻、つまり陽子の母は、早くから芦野と別れて、現在は生きているのか死んでいるのか定かでないというのが、私に教えてくれた人の話だが、別れない前の芦野夫婦は名和と親交があったというから、芦野信弘に次いで名和をよく知っているのは陽子の母である。彼女が去ったのはいつ頃か分らないが、もし陽子に理解力がある時なら、名和について母の話を聞いているかもしれない。しかし、それも多分駄目だろうと思いながら、私は敢《あえ》てそれを訊《き》いた。

「わたしが母と別れたのは三つの時でしたから分る筈がありません」

陽子はやはり硬い態度で答えた。

「そうですか。では、あなたご自身に名和さんのご記憶はありませんか?」

私はまた質問した。

「名和先生が亡くなられたのは、わたしが七つの時ですからね。憶《おぼ》えている訳がありません」

もうこれ以上は無駄話だというように彼女は片膝を動かしかけた。

明るい陽の降っている道路に戻って私は興醒《きょうざ》めた気持で歩いた。死んだ芦野信弘に名和のことを書いた遺稿があるかもしれないと思い、遺族の話が聞けるかもしれないと考えた私の期待は全く外れた。が、その失望からではなく、いま遇った陽子という芦野の娘の印象がいかにも後味悪くて仕方がなかった。ぎすぎすした冷たい様子がいつまでも私の心を解放させなかった。その気分にひきずられて、豪徳寺駅の急な石段を私は意識しないで上った。

しかし、そのことによって、名和薛治を調べて書こうとする私の計画は今度は挫折《ざせつ》しなかった。三、四人の人から聞いた名和に関する断片的な話だけでも、それほど私の意欲を唆《そそ》っていたのだった。と同時に、芦野信弘についても私は別な興味を起しかけていた。実を云うと、芦野の家族を訪ねたのも、その両方に引懸《ひっかか》っていたのである。

名和薛治は好んで北国の風景や人物を画題に択《えら》んだ。確かな写実で描かれながら単純化され、全体が灰色《グレー》、白、緑色を基調として赤のアクセントをつける色に統合され、北欧的な冷たい幻想を漂わせた。「暗い海」「雪の漁村」「魚市場」「刈入れ」「夏日」などは最もその特色が出ているし、代表作でもある。その寒々とした美のなかにも、必ずどこかにやり切れない農民や漁民の生活が押し込まれてあった。それから彼の詩情は民俗風な諧謔《かいぎやく》に盛られることもあった。その形のプリミティブが近代に通じているにも拘《かか》わらず彼の画風は主流には乗らなかった。その頃の日本の洋画の流れはセザンヌの影響をうけた明るい豊かな色彩であり、フォーヴィズム、キュービズムなどが一方からしきりと主張されはじめていた。いわば名和薛治の画は比較のない孤立した位置にあった。充分に近代と接合しながら、その北欧ルネッサンス風の写実が時代傾向とは背馳《はいち》的《てき》だったのだ。だが、そのファンタスティックな画面は、のちの批評家の言葉によると、「セザンヌを描いている画家たちにもひそかに羨望《せんぼう》を感じさせた」のであった。

芦野信弘の著書でもそうだが、私が聞いた断片的な話でも、名和薛治は非常な自信家であり、彼は輸入されたセザンヌがもてはやされて、それを模倣して得意となっている画家たちを罵倒《ばとう》していたそうである。そういえば彼の「自画像」にみる容貌《ようぼう》は、筋肉が赭土《あかつち》のように盛り上り、細い眼の光と、厚い肉の鼻と、結んだ大きな唇とに強い生命力が溢《あふ》れている。彼は腕力が強く、酔って争えば必ず相手を組み敷き、その闘争心は画の競争相手に対して最も発揮され、団体では己れが支配せねば承知しなかった。事実、彼が自らの手によって造った蒼光会を一年で脱退したのは、同人に彼の意の自由にならぬ者が何人か居たからである。それを彼は裏切者と罵《ののし》っていた。

そのことでも分るように、名和薛治は天才にあり勝ちな自負心が強かった。彼が天才であることは今日の美術史家が認めているからそう云ってもいいだろう。自分が主唱して造った蒼光会は、悉く己れの意思下に置かねばならなかった。会員の誰にも反対を宥《ゆる》さなかった。彼が会を脱退した唯一《ゆいいつ》の理由は、他人の作品を入選させるについて、審査員である二人の同志が賛成しなかったためである。

三

名和薛治は、自分の周囲の友人たちの画が拙く見えて仕方がなかったのであろう。少くとも私は彼をそんな風な人物に考える。彼がいわゆるエコール・ド・パリ移入の画壇流行に楯《たて》つきながら、頑固に自己の芸術に固執した見事さは、数人の友人を同志にすることが出来たけれども、彼は内心では彼等を莫迦《ばか》にしていたかもしれない。それは外から見て、別な視点から云えることだ。つまり彼を放逐した蒼光会の友人達が、のちには大家なみになったけれど、終生、彼の影響から脱することが出来なかったことでも理解されるのである。いまの蒼光会の親方である葉山光介は名和の模倣を自己流に歪形《わいけい》した と悪口を云われているほどだが、皮肉なことに葉山は名和を蒼光会から追い出した一人ということになっているのだ。

芦野信弘の「名和薛治」にはこんなことが書いてある。

「名和の顔は人一倍大きく見えた。鼻でも口でも人より誇張されていた。近視眼のような腫《は》れぼったい眼をしていたが、瞳《ひとみ》を相手の顔にぐっと見据えてものを云う癖があった。

彼が我々の間に入ってくると、とても敵《かな》わないというような圧迫感を受けた」

これは名和薛治の風丰《ふうぼう》を伝えると共に、当時の友人の感情をよく書き出している。恐らくこの圧迫感は根本は名和の画の技倆《ぎりょう》から来ていて、その意識が人なみより大きい顔に結像されたのであろう。友人たちが「とても敵わない」と思ったのは名和の画だったに違いない。

ところで、そのなかで誰が一番その感じをもったかといえば、私は芦野信弘ではないかと思う。芦野は名和より二つ下で、殆ど同じくらいな時に葵橋《あおいばし》の白馬会研究所を出たが、終生名和薛治の親友であった。親友であったという以外に、肝腎のことは、芦野には評価すべきさしたる画業が無いのである。なるほど旧い画家だけに洋画愛好家にはその名を知られ、数点の作品も記憶されているが、それは名和薛治の最も悪い部分のエピゴーネンとして覚えられているのである。実際他の仲間が年齢と共に或る程度まで大家として遇せられるだけの業績を遂げたに拘わらず、芦野信弘だけは途中から脱落してしまった。彼の後半生は名和薛治の生活を調べるに便利な伝記の著者だけになっているのである。

私は彼の「名和薛治」を数回くり返して読んで感じたことだが、実によく名和と交わっている。大正八年のところに次のような記述がある。

「一九一九年の冬に名和はパリから脱《のが》れて白耳義《ベルギー》のアンベルス（アントワープ）に行った。パリからは摂取するものが無いと云った彼の強がりは、実は喰い詰めて其処《そこ》へ逃亡したのだが、結果的には彼の広言を裏付けた。アンベルスではご多分に洩《も》れずバー・マリアンヌの主人の世話になった。在仏の貧乏な画学生の間では知らぬ者のない奇特な日本人である。この酒場の親爺は画学生が好きで、いつも四、五人がごろごろしていた。ダダイストで知られた竹森無思軒の娘芳子《よしこ》は彼の細君である。名和は六カ月ばかりこの酒場の厄介になった。その間に彼はアンベルスやブルッセルの王立美術館に何回となく足を運んだ。そこに飾られたブリューゲルの画を観るためだった。いや、正確には学ぶためだった。彼はそのころ私にブリューゲル発見の喜びを強烈な文字にした便りを寄こしている。それは抑えても抑えても湧《わ》き上る歓喜をどうしようもないといった熱情に浮かされた文字だった。その頃の彼の分厚い便りは一週間ごとに来た。そのどれもがブリューゲルの素晴しさを語り、北欧ルネッサンスのリアリズム讃仰で文面は埋っていた。読んでいる私の眼に彼の熱い息が吹きかかり、手紙を支えている私の指に彼の高い鼓動が伝ってくるようだった――」

　名和薛治の特異な芸術を完成させたブリューゲル発見の件《くだ》りだが、これを見ても名和が強烈な感動を愬《うった》える相手は芦野信弘よりほかに無かったことが分るのである。そしてこの文章には、芦野がその手紙をよんだ時の昂奮まで窺《うかが》えるのだ。

　名和が日本に帰ってからのことも、絶えず訪問した芦野の眼によって捉《とら》えられている。前にも書いた通り、それは殆ど三日にあげずという状態だった。芦野は名和の渡欧中に結婚したらしく夫婦づれでも訪ねている。そのことを画に関連してこう云っている。

「名和は日本に帰って急激に日本の古い生活を描くようになった。農村や漁村に残っている貧困の中の古い日本である。無論、画面に幻想的となって出ている重圧された労働生活の悲哀は、明らかにブリューゲルの影響だったが、その伝統的な興味は日本の古い女の姿にも移った。私の妻がそういう女だった。彼は大いに面白がり、次第に芸妓や舞妓も描くようになった。しかし、彼の手にかかるとそれらは酒席に侍《はべ》っている美形ではなく、疲れた中年女のように蒼白《あおじろ》く、それは的確な写実の故《ゆえ》に妖怪じみていた――」

名和薛治は昭和二年ごろから北多摩郡青梅《おうめ》町の外れに居を移した。

「梅林」「早春の渓流」「山村風景」など彼の晩年の少い佳品は、いわゆる青梅時代の制作だが、麻布六本木に住んでいた芦野は、この遠くて不便な地点をものともせず、相変らず近所にでも行くように青梅に足を運んでいる――ことが彼の記述にある。

「私は一週間に二度くらいは青梅に行った。彼は一ころのように仕事をあまりしないで、大てい家にごろごろしていた。機嫌のいい時もあり、悪い時もあった。調子のいいときは近くの川で獲れた魚を焼いて酒を出した。私は飲めないが、彼の酒量はかなり上っていた。酔うとかなり乱暴なことを云ったが、それはどこか懊悩《おうのう》じみていた。私は彼が行き詰っていると思った。それは次の年にはじまる彼の放浪生活の前兆のようなものだった。機嫌の悪い時は、私でさえも雇い女に面会を拒絶させた。私は遠い道を長い時間電車に揺られて帰ったが、それでも三日目には彼に逢《あ》いに行かずには居られなかった。私は青梅に何度無駄足を踏んだか分らないが、少しも苦にはならなかった。時には陽子を抱いて行った――」

芦野の「名和薛治」には、こんな交遊関係が到るところで語られている。この著者がそういう意味で、名和薛治を研究するのに貴重な所以《ゆえん》であった。然し、芦野信弘自身の位置が、この本を何度も読んでいるうちに私の気になり出した。一体、彼は畏友《いゆう》名和薛治を語るだけが生涯の本望だったのだろうか。

芦野も画家である。名和とは殆ど同期に出発した。だが彼はさしたる才能も示さず、途中から殆ど消えたに等しい存在となった。しかも名和とは晩年まで親交を続けたのである。

こう思うと、私にはおぼろに芦野信弘の立っている場所が判《わか》るような気がした。芦野は名和の天才を目の前に見て圧倒され、自信を失い、才能の芽が伸びぬうちに涸《か》れてしまったのだ。芦野の才能を立ち枯れさせたのは、名和の強烈な天分だった。芦野は名和の前に萎縮《いしゆく》し、「とても敵わない」と自己放棄してしまったのであろう。この場合、名和に最も近いところに居たのが芦野の不幸であった。不幸を云うならば、名和のような天才を親友にもったのが不運だが、他の仲間が芦野よりも成長した理由は、彼よりも名和に距離をもっていた、という云い方は出来るであろう。のみならず、芦野の抱いた劣弱感は、自負心の強い、強引な性格の名和から離れることが出来ず、その面だけが名和との交遊に妙なかたちで接着して、遂《つい》には彼は名和薛治の伝記作者になってしまった。

画のことに詳しくない私のこの推測は誤っているかもしれないが、自分なりの人間解釈で納得出来そうであった。名和薛治を調べようとして本気に読みだした本だが、私は半ばから著者の芦野信弘の方に興味を半分惹《ひ》かれるようになった。私が芦野の家に遺稿や話を探《たず》ねに行ったのは、実はこの興味もあったからであった。

それと、もう一つの疑問があった。

四

名和薛治は昭和三年ごろから青梅の寓居《ぐうきょ》を引き払って、一度東京に帰ったが、すぐに北陸地方に旅した。北陸は彼が写生のためによく行ったところだが、その時は画は一枚も描かずに、新潟、金沢、京都という順に花街に流連《いつづけ》して酒に浸った。独身だった彼がそういう場所に行くのは不思議ではないが、このときの放蕩《ほうとう》は今までの生活を崩壊したようなものだった。彼は四十歳になっていた。画商もついて画もかなりいい値段で売れだし、金に困るようなことはなかった。彼は二年間の放浪生活にあり金を全部はたいた。さすがに終りには金に窮して金沢や京都では画を描いて売ったが、それは金欲しさの仕方のない画であった。

名和が晩年になって何故《なぜ》そんな妙な崩れ方をしたのか不思議であった。尤《もつと》も批評家の説明によると、彼は自分の芸術に壁を感じ、それが突き破れなくて苦しんだというのだ。末期になると彼のファンタジイは聊《いささ》かゲテモノに走り、奇妙な妖怪画みたいなものを描いたりした。それが壁につき当った彼の苦し紛れの逃避だが、もはや、往年の豊かな天分は画面のどこからも衰退していたというのである。それに、勃興《ぼっこう》したフォーヴィズムやキュービズム、ダダイズム、シュールリアリズムなどの主張や、プロレタリア美術家たちの非難も彼を苦しめたであろうと云われている。

しかし名和が妖怪画を描いたのは、彼が愛好するボッシュの地獄絵画からの影響だろうし、強靭《きょうじん》な自信をもった彼が、画壇を挙げての二十世紀のフォーヴィズム移植の盛大さに負けたとは考えられない。どのような批判も彼にはこたえなかったと思われる。然し、彼の画面における生命の急激な衰退は事実だし、それが生活の崩壊と繋《つな》がるのは明《めい》瞭《りょう》だった。だが、彼の敗北の原因は何か、ただ芸術の漠然たる行き詰りだけなのか。芦野の文章には、名和が懊悩している状態を覗《のぞ》かせてはいるが、確たるその辺の説明がない。私が名和を知る数人の人から聞いても、批評家の言葉以上に出ないか、或はとりとめのない臆測《おくそく》であった。

私が名和薛治を書きたいと思いついたのは、晩年のその急激な崩壊だが、それを調べるためにも芦野の未発表の遺稿を求めに彼の遺族を訪ねたのだ。芦野信弘はもっと何かを知っているに違いない。彼の「名和薛治」の中では語られなかった部分である。つまり、私が世田谷の奥に芦野の娘を訪ねたのは、名和薛治と芦野信弘の両方に知りたいことが懸っていたのであった。

しかし、芦野陽子は硬い表情で私を拒絶した。芦野の遺稿は私の想像に反して実際に無かったのかもしれない。が、彼女の冷たい態度が私に反撥《はんぱつ》を起させ、それが一種の闘志となって私に燃えた。

或る新聞社の文化部に居る友人に頼んで、葉山光介に名和薛治のことを訊きたいから と面会を申込んだのは間もなくだった。蒼光会の御大葉山を措《お》いて名和を知る者は居ない。芦野とも同僚だったのだ。

荻窪《おぎくぼ》の木立に囲まれたところに葉山光介の邸《やしき》はあった。古いが大きな家で、石仏の据《すわ》っている玄関までの長い石道を歩くと、用件の終った客が帰るのにすれ違った。それでも玄関脇の応接室で、主人に会うのには三十分はたっぷりと待たされた。葉山光介は写真で見る通りの顔で、銀髪を乱して現れた。

「名和のことを訊きたいって?」

と彼は窪んだ眼のあたりに笑いをみせた。眼尻《めじり》に大層な皺《しわ》が寄った。

「天才だ。そりゃ間違いないね。終《しま》いにはちょっと変なことになったが、あのまま今まで生きていたら、現在では比類が無いね。高井も木原も顔色あるまい」

葉山は画壇の大物二人の名前を挙げて云った。が、葉山の云い方には、自分もその組に含まれているような響きがどこかにあった。彼は名和を放逐した一人だった。

来客が次々に待っていて、横で私たちの話を聴いていた。こんな状態で落ちつける筈はなかった。私は意味のないことで来たように二十分ばかりで辞意を告げた。

「そうですか。忙しいので失敬した。この次、またゆっくりの時、来てくれ給《たま》え」

葉山光介はいくらか気の毒そうに云ったが、腰を上げかけた私に、

「君は芦野の本読んだかね？」

ときいた。私が読んだというと、彼はうなずいて、

「名和のことはあれに書かれた通りだ」

と云った。そのほかに云うことはないと断言しているようだった。

私は芦野さんから、あの本以外のお話を伺おうと思っていたのですが、亡くなられて残念です、と云うと、葉山はそのときだけ強い眼で私を凝視した。

「芦野に会えたとしても何も話すまい」

と彼は眼を逸《そ》らせて云った。

「あの本に全部を尽している。みんなぶち込んでいる。それ以外には喋舌《しゃべ》らないだろう」

その口吻《くちぶり》には含みがありげだった。それは話すことが無いという意味ですか、と私がきくと、

「いや、彼は話したくないだろう。芦野も名和と知り合って駄目になった気の毒な男だ」

とあとを呟《つぶや》くように云った。その意味は私に充分に理解出来た。しかし、次に彼からふと出た言葉は私の不意を衝《つ》いた。

「あの細君も自殺したね」

私は愕いて彼の顔を視た。

え、別れたのではないのですか、と思わず強い声になって訊くと、

「いや、別れたあとだ、だが、君、これはよそから聞いた話で真偽は別だよ。だが、もし実際なら本当に芦野は気の毒だと思うだけの話だ」

葉山光介は少しあわてて訂正するように云った。だが、彼の言葉にもかかわらず、芦野の妻の自殺を彼は信じていると私には思われた。

私はいよいよ帰りがけに、芦野の家を訪ねて娘に会ったことを葉山に洩らした。すると彼はそれを聞き咎《とが》めたように、

「ほう、君は陽子に会ったのか？」

と私をまじまじと視た。それは再びきらりとした眼だった。

「似てるだろう？」

葉山はそう云った。無論、陽子が、父親の芦野信弘に似ているだろうと云う意味と思った。私はうなずいた。が、そのときの彼の眼ざしが特殊な表情のようで気になった。横の来客が素早く私の立った席に辷《すべ》り込んだので私は外套《がいとう》を取った。

葉山光介が別れ際に云った「似てるだろう？」という言葉の実際の意味を私が解したのは、それから何日も経ってからだった。どうも、その時の彼の眼つきが気にかかる。それが私に暗示を与えたのである。

「似てるだろう？」

それは陽子が父親の芦野に似ているという念の押し方ではなかった。それはもっと複雑な云い方であった。似ているというのは父親でなく別人の意味だった。

私は世田谷の家で陽子の小肥りした硬い顔を見た瞬間に、すぐに芦野信弘の娘だと直感したが、考えてみると私は芦野の顔を写真でも見たことがない。全然、知らないのに、どうして陽子の顔をみて芦野の娘だと判ったつもりでいたのか。私は錯覚を起していたのだ。それは名和薛治の顔と混同していたのである。

私が見たような顔だと思ったのは名和の顔であった。名和と芦野が私の意識の中で同居し、陽子を見たときに錯覚が生じた。それほど名和と芦野は私の中で同一人であったのだ。それこそ幻想からきた間違いであった。

葉山光介が「似てるだろう?」と云った本当の意味は、「陽子は名和薛治に似ているだろう?」と云っていたのである。

私は、あっという思いで、急いで名和の画集をとり出した。そこには名和の「自画像」がある。肥えた鼻、厚い唇、赭土のように盛り上った頰、それから近視眼のように鋭く細めた眼、いつ見ても生命力の溢れた顔だが、暗い奥から出て来て私の前にぴたりと膝をつけた記憶にある陽子の硬い顔の痕跡《こんせき》がその中から探し出された。殊《こと》にきついじの切れ長の眼はそっくりの相似であった。

陽子の父は名和薛治だった。芦野信弘ではない。芦野はそれを無論知っていたのである、芦野の妻が彼と別れたことや、その後自殺したらしいことはそのことによって初めて納得されるのであった。私はその「自画像」の写真版をひろげたまま、しばらくその姿勢から動くことが出来なかった。

五

芦野が書いた本を私は何度目かに繰った。するとそこには、「帰国した名和の興味は日本の古い女の姿にも移った。私の妻がそういう女だった。彼は大いに面白がり、次第に芸妓や舞妓も描くようになった」の文句がある。今まで何気なく読み過した文章だが、今度はそれが張り切った絃《げん》に触れたように鳴った。

芦野は名和の渡仏中に結婚した。恐らく相手は芸妓か、或はそれに近い感じの女であったのだろう。名和は帰国して、初めて芦野の妻を見たのである。外国から帰った者が、多かれ少かれ日本の伝統の美に惹かれるのは例の多いことで、それは海外生活者の郷《きよう》愁《しゆう》のようなものかも知れない。名和もその一人であった。芦野の妻を見て「大いに面白がり」の字句には深い意味が含まれている。芦野は名和の感情の動きを知っていた。この本は事件後、十数年を経て書かれたものである。芦野は、その妻と名和との交渉の最初を回想し、このような含みの多い、しかし、さり気ない表現で記述しているのだ。

私が陽子を訪ねた時、彼女は名和が死んだ時は自分の七つの時であったと云った。名和の死は昭和六年であるから、逆算すると陽子の出生は大正十四年である。年譜によると、名和が帰国したのが大正九年であった。名和と芦野の妻のひそかな関係が始ったのはいつ頃か分らないが、恐らくこの六年間の後半であるような気がする。名和が芸妓や舞妓を描きはじめたのは、同じく年譜の作品表によると大正十二年とある。もし名和が芦野の妻を愛して、その感情がそのような画に仮託されたと解釈すれば、両人の交渉はその時期の前後ではないかとの想像が私には起きた。

芦野は名和が帰国して後も、彼と近いところに住い、三日にあげず彼の家に行っている。「ときには夫婦づれで訪ねた」とあるが、それは字句のアヤで、恐らく始終夫婦で行っていただろうし、名和の特殊な感情の発生はこのような状態では充分に可能であった。最後には妻だけがひとりで訪問していたこともあるに違いない。

ところで、芦野はいつ頃からその事実を知ったのであろうか。彼が妻と別れたことは、もとより「名和薛治」のどこにも書かれていない。だが、陽子は芦野家で生れたに違いないから、妻との離別は大正十五年以後ということになる。なぜか私は、彼の妻が陽子を生んで間もなく芦野の前から立ち去ったような気がする。そして芦野がこの妻を愛していたと想像されるのである。

芦野が、その事実を知った時期のことはもはや問題ではない。私に推察されるのは、芦野が名和に抱いている強い憎悪であった。

芦野は名和の天才の前に敗北した。彼の才能は名和の眩《まぶ》しいばかりの光に照射されて萎び、消失した。彼にとって名和は常に「とても敵わない」存在であった。芦野はいつも萎縮していたに相違ない。才能の比較があまりにも開きすぎていた。身近なだけに被害が大きいのである。私はそんな芦野を考えるとき、強烈な太陽に灼き枯らされた育たない植物を連想するのである。

それでいて芦野は名和から離れることが出来なかった。あまりに圧倒されて訣別《けつべつ》することも彼には不可能だった。彼は名和に捉えられて身を竦《すく》ませているようなものであった。これほど追い詰められた劣弱感は無さそうである。彼が名和と比類なき交遊を結んだのは、その惨澹《さんたん》たる敗北意識の現象であったと云えそうである。

芦野はアンベルスの名和の通信を受けとり、どのような気持でそれを読んだのであろうか。名和がブリューゲル発見の喜びを強烈な文字にして、それは抑えても湧き上る歓喜をどうしようもないといった熱情に浮かされた文字だったが、一週間ごとに来るその手紙が彼には一種の責苦ではなかったろうか。芦野とても画家である。名和の有頂天になっている「発見」が、どれほど彼に衝撃を与えたか分らない。彼は羨望よりも嫉妬《しっと》を感じたに違いあるまい。それからこの天才的な友人が、その発見を仕込んで帰国したのちの成長を懼《おそ》れたのである。彼の眼には、ありありと将来の地獄が描かれたであろう。絶望が彼をひきずり込んだ。名和の軒昂たる便りを「読んでいる私の眼には彼の熱い息が吹きかかり、手紙を支えている私の指に彼の高い鼓動が伝ってくるようだった」という芦野の文章は、実は彼が畏怖《いふ》と嫉妬に戦慄《せんりつ》している告白なのではないか。

名和は大正九年に自信ありげに日本に帰った。帰国後の彼は、ブリューゲルやボッシュなど北欧中世のリアリズムを学びとって、ユニークな芸術を創始した。それは見事な名和薛治の完成であった。芦野の懼れていたことが、彼の意志に関係なく、着実に現実となったのである。彼は名和の従僕を意識した。名和の大きな面構《つらがま》えが彼の上に聳《そび》えていた。名和によって画家的生命を廃墟《はいきょ》にされた彼は、憎悪をもってこの友人と三日にあげず往来していたと私は思うのである。

憎しみは、妻と名和との交渉を知ったとき変貌《へんぼう》を遂げた。意識下の劣弱感にそれは接着して、陰湿だが、名和への襲撃となった。

私は改めて彼の「名和薛治」を読み返して、到るところに彼の戦闘を辿《たど》ることができた。例えば、妻と別れたであろう後も名和を頻繁《ひんぱん》に訪ねている。妻との離別の理由は、恐らく彼は名和に告げなかったであろう。その必要が無いためで、当人の名和がそれを誰よりも承知しているからだ。私は芦野と向い合っている名和の苦渋に満ちた表情が想い浮ぶのであった。

年譜によれば、名和が青梅の奥に百姓家を借りて引込んだのは昭和二年である。名和の青梅転住は芦野によると美術的な理由が書かれているが、それは表面の意匠だ。実際は頻繁な芦野の来訪から名和は遁《のが》れたかったのである。

然し、芦野の戦闘はそんなことで衰えはしなかった。彼が麻布の家から青梅に名和を訪ねることは恰《あたか》も近所の如《ごと》くだった。「私は一週間に二度くらいは青梅に行った。名和は一ころのようにあまり仕事をしないでごろごろしていた」という記述は単純だが、これほど両者の相剋《そうこく》を鮮かに写した字句はなさそうである。フォーヴィズムの潮流を睥睨《へいげい》して毒舌を吐き、飽くまでも己れの独自の世界で精力的な制作をつづけていた名和が、なぜに青梅に移って仕事をしないで怠《なま》けていたか。実際、このときから彼の画面には急激な衰退が来ているのである。ボッシュの影響をうけたとはいえ、妙な地獄画まがいのものを描きはじめているのだった。一週間に二度も三度も襲ってくる芦野のため、名和が罪の意識に敗衄《はいじく》するありさまが眼に見えるようであった。

しかも芦野は「時には陽子を抱いていった」と書いている。思うに陽子はこのとき三つであった。すでにその幼い顔には父親が誰であるかを具現しつつあった。彼女が一日一日成長するとともに、顔の特徴も成長する。その刑罰を眼の前に持ってこられては名和も堪《たま》ったものではなかったろう。「機嫌の悪い時は私でさえも雇い女に面会を拒絶させた」のは名和が苦痛から脱れたいためだった。わざわざ陽子を抱いて行くなど芦野の方法には仮借が無く、意味を知って読んでいると残酷さを覚える。

面会を断られて、芦野は遠い道を長い時間電車に揺られて帰るが、それでも数日後には彼に遇いに行かずに居られなかった。「私は青梅に何度無駄足を運んだか分らないが、少しも苦にはならなかった」と云っている。この濃密な交友の叙述の裏には、これでもかこれでもかという執拗《しつよう》な彼の襲撃が語られているのであった。

「名和は機嫌のいい時には酒を出したが、私は飲めない。彼は酔うとかなり乱暴なことを云ったが、どこか懊悩じみていた。私は彼が行き詰っていると思った。それは次の年には次の年にはじまる彼の放浪生活の前兆のようなものだった」

名和が酔ってどのような乱暴なことを云ったかは説明されていない。しかし、その時の名和は酒の勢いを借りて、芦野を罵倒したように思われる。飽くことのない芦野の挑みに錯乱した名和が、その怒りを悪罵に爆発させたであろう。しかもそれは正面切ったものではなかった。そのようなことがどうして名和の口から云えよう。彼は芦野の絵画の未熟さだけを罵倒したに違いない。

酒の飲めない芦野は、多分、薄ら笑いを泛《うか》べながら、名和の錯乱を静かに観察していたことであろう。

「私は彼が行き詰っていると思った」とさり気ない感想を字句にしているが、彼のそのときの凝視には、名和の顚落《てんらく》してゆく姿が茫乎《ぼうこ》として映じていたであろう。私には、青梅の木立の奥にある農家の座敷で、一人は酔い、一人は黙して坐っている二人の恰好《かっこう》が影絵のように泛ぶのである。

名和薛治が北陸の旅に出て放蕩を尽しはじめたのは昭和三年からである。別れた芦野の妻が自殺したのは今は確かめようもないが、私には実際のような気がする。無論、それは名和の耳にも入ったに違いない。それは名和の放浪のはじまる直前のように私には思えてならない。

芦野はそれ以後名和と同行していない。しかし東京に残った彼は相変らず名和の上に眼を注ぎつづけていたに違いなかった。文通のあった形跡は本の上では窺えないのである。名和が北陸へ発《た》った瞬間から、両人の交友は断たれたのだった。名和は芦野の襲撃から一時脱れたといえるかもしれないが、芦野は遠くから名和を凝視して放さなかった。それが名和の意識に反射してくる。精神的には名和の業苦は同じであった。

名和の晩年の放蕩は、芦野からの逃避であったが、終《つい》にはその惑溺《わくでき》の世界に沈澱《ちんでん》してしまった。四十歳の年齢がそのことを容易にした。一度、その味を覚えて了《しま》うと、抜きもさしもならぬ状態となった。立ち直りを何度となく考えたことであろうが、已れの画面に蔽《おお》いかぶさる精神と技術の衰退の不安をつい酒に紛らわして了う。事実、このころ名和は大酒家であった。彼が晩年に描いた地獄図には、夢想の世界で不安と絶望の影を漂わせている。それが名和薛治の成れの果であった。一方、画壇では有能な新進作家が相ついでフランスから帰朝して、フォーヴィズムの花を賑《にぎや》かに咲かせている。人一倍、自負心の強い名和は、これを北辺の田舎から眺めてどれだけ焦慮《しょうりょ》に駆られたことであろう。絶望が彼の生を脅《おびや》かしたといえそうである。

名和薛治は昭和六年の冬、能登の西海岸の崖《がけ》から墜《お》ちて死んだ。私はその土地を知らないが、地図を見ると断崖の印がかなり長く続いている。その死は過失か故意か分らないが、もし過失としても、その断崖の上を彷徨《ほうこう》している彼の精神は自殺者の心理であったに違いない。私はその冬の時期に、一度その地点に立ち、雪の降っている冷たい岩肌の急激な傾斜を眼で確かめたいと思っている。

私は名和薛治を書こうと思い、調べているうちに途中からその評伝の著者に興味を持った。そしてこのような結論を得た。何度も云う通り私は絵画のことには知識が遠い。私の想像は或は間違っているかもしれない。しかし、天才画家と不幸な友人との人間関係は、私なりの幻影の中に固着している。

芦野信弘は七十二歳まで生きた。彼の名は将来のいかなる詳細な美術史にも出まい。しかし名和薛治だけは数十行の紹介を必要とする。その解説を書く筆者は、必ず「名和薛治」を参考とするだろう。芦野信弘は名和の親友として、その生活や言行を写した著者としてのみ知られるのである。そしてその本の読者はその美しい交友に心を打たれるであろう。

北村薫イチ押し！

断碑

一

木村卓治《たくじ》はこの世に、三枚の自分の写真と、その専攻の考古学に関する論文を蒐《あつ》めた二冊の著書を遺《のこ》した。

その一つの『日本農耕文化の研究』に収められた論文は、今日の新しい日本考古学への転機となったという人がある。明治以来の日本の考古学は、発掘した遺物遺跡の測定、形や紋様の分類、時代の古さ、新しさを調べるだけで、それを遺した人間の生活を考えようとはしなかった。単に品物をならべて説明するだけの考古学であった。今の若い考古学者の意見は、例えば「考古学においては自然科学的な面はあくまでも手段にすぎず、その目的とするところは結局、人文科学的な面にある。つまり確実な資料をもととして、それから過去の文化なり、社会なりを正しく復元しなければならない。そしてその過程に人文科学的な理論を必要とすること勿論《もちろん》である」という風になっている。

考古学を古代社会の層位学とし、文化史的な考究をしたいとは二十数年前木村卓治が云《い》い出した。彼はこんなことを書いた。

「考古学者は日常遺物遺跡の取扱いにつとめ其《そ》の形を注意するのである。特に数尠《かずすくな》い幾人かの優れた学者は、物の深さを正確に現わすことに成功した。しかし、物の深さは其の物の深さによって却《かえ》って精神の深さよりも浅く見えることがある。つくられた物よりも、つくった精神の方が常に深い」

こういう文学的な表現は、彼が当時ヴァレリーに酔っていた結果である。日は思念を明るくす、思念は夜を明るくす、というこのフランス詩人の言葉を彼は手帖《てちょう》に書きつけていた。

当然のことながら、当時の考古学者は誰も木村卓治の云うことなど相手にする者はなかった。考古学が遺物の背後の社会生活とか、階級制の存在とかいうことにまで及ぶのは論外だった。黙殺と冷嘲《れいちょう》が学界の返事であった。

今になって、木村卓治を考古学界の鬼才とし、彼が生きて居れば今の考古学はもっと前進しているだろうとは学者の誰もが云う。

しかし、木村卓治が満身創痍《まんしんそうい》で死んだと同じように、これらの人々も卓治のための被害者であった。

木村卓治の一枚の写真をみると、ベレー帽を被《かぶ》った斜め向きの半身像で、考古学徒というよりも、画家か詩人の感じがする。広い額と、出ばった顴骨《かんこつ》と、短い顎《あご》という顔の輪郭の中に、つりあがった眉《まゆ》と、眼鏡の奥の切れながの白い眼と、多弁な薄い唇とがおさまっている。見るからに精悍《せいかん》な、短気な顔をしている。

一枚は鎌倉の大仏を背景にしたもので、友人と一緒である。友人のおだやかな顔にくらべ、卓治は眼を据《す》え、口をへの字に曲げて顔をつき出し、ステッキを斜《しゃ》に構えて、昂《こう》然《ぜん》といった恰好《かっこう》でうつっている。

あとの一枚は、巴里《パリ》のどこかの地下鉄の入口らしい階段の所で、これはひどく弱々しい微笑をしている。外国の群衆に囲まれた彼の肩のあたりの印象がいかにも頼りなげで寂しい。誰も見知った者の居ないこんな場所で思わず本心を見せたという感じがする。

この三枚の写真とも、いずれも木村卓治を説明しているような気がするのである。

彼の論文集の巻末にある甚《はなは》だ簡略な年譜をみると、明治三十六年の六月に奈良県磯城《しき》郡《ぐん》△△村に生れている。ここは万葉集などにある三輪山《みわやま》に近い土地である。大正九年畝《うね》傍《び》中学を卒業すると、近所の小学校の代用教員となり、月俸二十円をうけた。その後、二つばかり学校をうつり、大正十三年退職して上京したとある。

雑誌『考古学論叢《ろんそう》』に載った彼の最初の調査報告が大正十一年だから、気負って上京する二年前に、既にそのようなものが、彼には書けたのである。

彼の考古学への勉強は中学生の頃からで、畝傍中学校の標本室が彼に影響を与えたのは想像に難くない。標本室には石器、土器、埴輪《はにわ》、古瓦《ふるかわら》等が分類して克明な説明をつけて陳列してあった。それは以前にその学校に在任していた東京高等師範出の教師が採集して残したもので、卓治が後に東京帝室博物館歴史課長となっていた当年の教師、文学博士高崎健二を頼って出京したのはその因縁によった。

二

木村卓治が代用教員の頃、最初に考古学の教えをうけていたのは京都大学の助教授杉山道雄からである。卓治のいる土地から京都までは汽車で二時間くらいで行けるので、度々杉山を訪ねて行った。

その頃、考古学の雑誌に杉山道雄はよく書いていた。他の執筆者が大家だけに、杉山の論考はいかにも新進学徒らしい尖鋭《せんえい》な印象をうけた。当時の著名な考古学者は同時に歴史学者であったり、古美術学者であった。そこに明治以来の日本の考古学の古さが匂《にお》っていた。

杉山道雄とならんで、東京からは佐藤卯一郎が出て頻《しき》りと論文を発表していた。佐藤は東京博物館の若い監査官であった。杉山と佐藤の二人は何か新鮮な存在として彼に映っていた。

杉山道雄は卓治より十歳くらい年上であった。学歴は中学校だけである。身体が弱くて河内《かわち》の土地を歩き廻《まわ》っているうちに、遺物に興味をもち、努力して考古学を勉強し、東京大学教授山田良作に識《し》られてその弟子となった。その経歴も彼に共感を起させた。

彼は学説の新鮮と境遇の相似とに惹《ひ》かれて、杉山の門を叩いたのである。

卓治は杉山の所に行くごとに、自分が発掘して実測した物や、遺跡の調査報告を忘れなかった。それに就《つい》て批評や教えを乞《こ》うた。

杉山道雄は初めは彼に好感を持った。熱心なことと、一途《いちず》に向学心に燃えていることはよく分った。意見もなかなか鋭い上に、着想も妙である。杉山は一人の学徒を得た思いで、親切に指導するつもりであった。

「君はこのままでゆくと大成するね」

とみすみす甘い言葉の一つも云ってやりたくなった時もあったであろう。

彼は杉山を「杉山さん」「杉山さん」と云って訪ねた。それで杉山は彼の態度に多少気負ったところもあるが、弟子のような気持でいた。

ところが杉山の耳に、彼が蔭《かげ》では杉山のことを「杉山君」と呼んでいるという噂《うわさ》が入ったのである。杉山はイヤな顔をした。

杉山は次第に卓治がくるのを煩《わずら》わしく感じるようになった。そう思うのは彼が疎《うと》ましくなったのである。

すると、卓治の気負った態度まで杉山には嫌味に思えてきた。学校へ訪ねて行っても私宅に行っても先方の都合は考えずにいつまでも居据《すわ》っているのを、はじめは熱心な男だと解釈していたのが、次第に横着な奴だと思うようになった。学問には鋭いところがあるが、それを自負して高慢な様子がみえる。実際、杉山のところへ来る他の学生が彼と同座するのを嫌いだした。

杉山は彼が行くと、時々留守を使うようになった。

卓治は杉山のこの変化を敏感に感じとった。

卓治は杉山の所に行くのを一番の愉《たの》しみに思っていた。彼の職業である小学校の代用教員は毎日索然《さくぜん》と味気ない勤務だった。時間があるようで実は雑務が多忙である。発掘や遺跡の調査に行く暇もなかなか得られなかった。そのことは余計に教員生活を不快にした。彼の家は二町歩《ちょうぶ》ばかりの中農である。両親や兄弟は百姓だったので、学問のことは皆目分らず何の心のつながりもなかった。夜、二時までも三時までも起きて勉強する時間と、月に一度か二度、勤めを休んで杉山の所に話をききにゆくのがただ一つの充実した人生の意義のようにうれしかった。

杉山の所にみせにゆく遺物も、遺跡などからは他人に掘られていいものが出ぬまま、夜中の人目のない時に、懐中電灯たよりに密《ひそ》かに古墳の横穴を発掘して獲《え》たものもあった。盗掘といわれても仕方のない行為であった。それだけ考古学に燃えていた。

杉山のところでいつまでも粘《ねば》っていたのは、学問的な雰囲気からなかなか立ち上りたくなかったからだ。話し出すと気負った云い方になった。最近の雑誌に載った論文の批評や、自分の調べた実測図などひろげて説明をはじめたら夢中になった。

杉山の許《もと》に出入りする学生と同座すると、彼らの学問の話の幼稚さが目立った。彼等が考古学とは何の関りもない世間話をよく平気でするのが不思議で仕方がなかった。卓治は考古学以外の話をしたことはなかった。学生達が面白そうに雑談をはじめると、彼はわざと当てつけるように考古学の話題を高い声で云い出した。学生連中から嫌われることは承知のことであった。

それは中学校だけの学歴の彼の一種の劣等意識からくる反撥《はんぱつ》でもある。自分より高い教育をうけた同輩や齢下のものに、彼は生涯、冷たい眼を向け通しであった。

卓治が蔭で「杉山君」と云っているというのは、彼を憎む学生の告げ口であった。

三

卓治が東京の高崎健二に手紙を出したのはその頃である。

高崎健二は博物館の歴史課長であったが、その二、三年前に学位をとっていた。

東京高等師範学校の史学科出だったが、考古学は畝傍中学の教師時代に、大和《やまと》一円を歩き廻って勉強した。高崎の研究は主として古墳墓関係であった。

卓治の手紙はこれからの指導を熱心に頼んでいた。今まで調査したノートもそれに添えた。

高崎は卓治が畝傍中学校の出身というのにまず好意をもち、それから送ってきたノートをよんで感心した。雑誌『考古学論叢』を編集している高崎は、よい調査報告の原稿が出来たら掲載してもよいと親切な返事をした。

これは卓治を異常に喜ばせた。杉山との間が何となく気詰りになっていた時なので余計であった。第一に発表機関を与えられたのは予期もしなかった恩恵であった。彼は胸がはずんで夜が睡《ねむ》れぬのに困る程だった。

卓治は二日ばかり徹夜して原稿を書き上げ、高崎に送ったが、さすがに自信がなく、没にして頂いても結構です、とつけ足した。暫《しばら》くはその原稿の字句や小さな個所の悔恨やが頭から離れず、何事も手につかなかった。

その原稿はそのまま『考古学論叢』第十三巻第三号に載った。『大和の家型埴輪出土の二遺跡』という題名ではじめて活字になった。高崎からは二、三の注意と、つづいて何か書いてみるように、との手紙が来た。

これが鞭《むち》となった。考古学研究へ彼は馬のように奔《はし》ったのである。

卓治の調査は古墳関係だった。それは古墳墓の密集地である大和に居るという必然の結果である。

高崎健二も、杉山道雄も、偶然に研究が古墳の関係であった。ところが、発表するものを見ると、この両人の間には意見に多少の喰い違いがあるのを彼は発見した。もとより杉山は若いだけに高崎に先学の礼をとっていたし、高崎も杉山が京都から出京してくる時は自宅に泊める程の間柄であったが、学問の上の見方の相違は仕方がなかった。

彼はそれを知ると、意識して自分の論考に高崎説を引出しては適応させた。彼がつづいて『考古学論叢』に発表した『大和高市郡畝傍銀杏塚《いちょうづか》古墳調査報告』『大和磯城《しき》郡田井村の古墳出土品に就て』『大和北葛城《かつらぎ》郡中尾村の一古墳』はみなその方法である。彼はどうかして高崎健二という土台に足がかりを得たかった。いつまでも田舎の小学校の代用教員でもなかった。必死に高崎を求めたのである。

高崎は自分の説を援用している彼の報告原稿を雑誌に安易に載せてくれた。それは彼が気に入ったことを意味した。その限りではこの考古学の大家は木村卓治という田舎の青年の陥穽《かんせい》に落ちたことになる。それは僅《わず》かでも対立者を持っている学者の心理の空隙《くうげき》か弱点であった。

しかし卓治は杉山にはまだ未練があった。その学説はやはり新鮮で、高崎の方が古風であることは争えなかった。惹かれるとすれば杉山の方であった。だから彼が杉山に心を残しているのは学問的な良心といえた。高崎に凭《よ》ってゆく心は有利な立場を得ようとするただの利己心からであった。

——或《あ》る早春の日、卓治は郡山《こおりやま》の小学校に授業の参観に行った。これはいつも無味乾燥で多忙と思っている教師の勤務の一つであった。その折、その学校の標本室に長さ二尺七寸ばかりの、砲弾のような型をした埴輪と同じ赭《あか》い色をした素焼を観た。近辺から出土したもので、実際に今まで埴輪の一種だと見られていて、名札の説明にもそう書いてあった。

卓治は熱心にその前に立った。埴輪でないことは一目で分った。北九州から出土する甕棺《かめかん》のような用途のものに違いなかった。これがまだ学界に報告されていないと思うと、彼の胸は騒いだ。

彼は日を改めて実測に来ようとしたが、務めの繁忙で延び延びとなった。やっと十日目に飛ぶような思いで来て、目的を果した。

その甕棺は明治十九年に発見されたものであった。発見者は開墾をしていた農夫だったが、仕合せにその農夫は八十歳の老人として生きているということだった。

彼はその老人のところに行き、三個埋没していたという当時の発見の模様をきいた。それから頼んで現場まで一緒に行って貰《もら》った。電鉄の尼《あま》ヶ辻《つじ》の駅から西へ二町ばかり入った林の中であった。赤い色の藪柑子《やぶこうじ》が枯れた草むらの間にあった。

老人は昨日のことのように憶《おぼ》えていて、顔中の皺《しわ》を波立たせて笑い説明した。これはいい、これはモノになると彼は思った。見取図やメモを書きながら泪《なみだ》が出そうになった。前の安康《あんこう》天皇陵の梢《こずえ》には寒い風が鳴っていた。

四

『変形の陶棺を発見したる大和国生駒《いこま》郡山田村横代《よこしろ》の遺跡について』の調査報告は高崎健二から非常に讃《ほ》めてきた。今月の『考古学論叢』のなかでも異彩を放つ一文になろうと書いてあった。

卓治はそれを書き上げた時、自信はあったが、そのように褒《ほ》められようとは思わなかった。歓喜で身体が跳《おど》った。

雑誌に発表になってみると評判も好《よ》かった。そのことをまた高崎が知らせてくれた。

彼はその礼状に加えて日頃の希望を陳《の》べた。この際、何とかして東京に出て研究したいが、その手蔓《てづる》を先生のお力におすがりしたいという意味を熱っぽい筆つきで書いた。

高崎からは、心当りがないでもないから暫く待つように、と返事してきた。

高崎健二が、心当りがあるといったのは、自分のいる博物館に彼を雇入れようと思ったからである。高崎が課長をしている歴史課の下に考古部があるが、その主任を佐藤卯一郎がしている。主任といっても下には誰もいないたった一人である。それで仕事が大そう忙しい。かねて助手を一人置きたいという申請を高崎課長は事務局に出しておいた。それがどうやら許可になる見込みがついたのである。

高崎は、卓治に心当りがあるという手紙をくれて一カ月ばかり経ったある日、佐藤卯一郎に、君に、助手《アシスタント》をつける件は近日実現しそうだが、その人選に君に意見がなかったら、木村卓治という男にしたらどうだね、といった。佐藤は東京高等師範学校の出身で高崎の後輩であった。卓治の書いたものも雑誌で近頃見ていたから、あまり深くも考えず、木村君ならいいでしょう、私に異存はありません、と答えた。

高崎はすぐに卓治に手紙をかいて、

「東京博物館の考古室にて助手一名を雇入れる予定有之《これあり》、若《も》し貴君御希望ならば小生考慮いたすべく貴意をお伺い致し候《そうろう》」

と問い合せた。

彼のその返事はまず電報で高崎に届いた。

「ミタ、オレイノコトバナシ、ヨロシクタノム」

つづいて、彼から感激を籠《こ》めた手紙が何枚もの便箋《びんせん》に書きつらねて送られた。

更《さら》にその手紙を追いかけるように本人が行李《こうり》を一つかついで突然上京してきた。

高崎はその性急な彼の出京に愕《おどろ》いた。同時に当惑を覚えた。当惑する事情が起ったのである。


卓治は高崎健二からの手紙を見ると、すぐに学校に辞職届を出した。一刻でも早く代用教員の詰らない生活から脱《のが》れたかった。

眼の前に白虹《はっこう》がかかったように明るくなった。道を歩いても足が浮いた。

彼は夜中に『考古学論叢』の古いところから引張り出して読み返してみた。気がどうにも落ちつかず眠れなかった。夜が明けたら京都に行って喋《しゃべ》ってみたくなった。家族の者に分る話ではなかった。

杉山道雄は大学に居て、会ってくれた。彼の顔をみて、暫くだね、と云った。短い髭《ひげ》をたてはじめている。彼の話をきくと、細い眼を少し、おどろかせた。

「それはよかったね。高崎先生はよく存じ上げているし、佐藤君とも知り合いだ。僕からもよく頼んで上げよう」

と話した。それから、君はまだ熊田《くまだ》先生に会ったことはないだろう。東京に行ってそういう仕事をするのなら一度会って行け、と云った。何も隔意のない様子をみせた。

熊田良作は教授室で広い机に大型の洋書を積み、その向うから顔を上げた。痩《や》せて貴族的な面持をした初老の紳士であった。

杉山の紹介をきいて、まあ掛け給《たま》え、と来客用の椅子《いす》を指した。おとなしい声で、君のことは雑誌で読んで知っている、東京の高崎君の許に行くそうだが大変結構だ、と云った。杉山は大層つつしみ深い様子で控えていた。

それを見ると卓治は煽《あお》られたような気持になって、熊田教授にいきなり学問の上の質問をした。それだけでなく考古学について自分の考えを遠慮なく陳べた。杉山の鞠躬如《きつきゆうじよ》とした態度を見ると、むらむらとそんな気が起った。それは若い彼の一種の自己顕示であった。教授は微笑して聞いていた。

杉山は卓治を玄関まで送って来たが、ひどい不機嫌であった。眉の間に皺をつくり、君、困るね、初対面の先生にあんな不躾《ぶしつけ》なことを云っては、と小言をいった。

卓治は詫《わび》もせず玄関で別れた。別れ際に杉山はまた、君はもう少し常識を考えなければいけない、とたしなめた。

大学を出て電車通りに抜けた。彼は春先の温《ぬく》い日向《ひなた》を歩いた。

五

大正十三年の春、木村卓治は胸をはずませて上京した。

上野の博物館に高崎健二を訪ねた。応接室に待っていると高崎が入ってきた。鶴《つる》のように痩せていて神経質な顔をしていた。

「君はもうこちらに出て来たのか」

と彼は卓治の顔を見ると愕いたように云った。この言葉は彼を戸惑わせた。それで訊《たず》ねると、高崎は困ったような表情をして、うむ、まだ決定ではない、君の出て来ようが早かった、と答えた。

「でも、もうすぐ決まるのではないですか?」

ときくと、うむ、そのうち何とかなろう、と曖昧《あいまい》な口吻《くちぶり》であった。

序《つい》でに、彼は佐藤卯一郎に会いたいから紹介して頂きたいというと高崎は部屋を出て行ったが、暫くして三十二、三歳の丸顔のおとなしい感じの男がひとりで入ってきた。それが監査官の佐藤であった。

卓治は椅子から立上ると、今後あなたの下で勉強させて頂くことになりそうですからよろしくお教え下さい、と鄭重《ていちょう》に挨拶《あいさつ》した。すると佐藤は少し間の悪い顔をして、高崎先生から何か聞きましたか、といった。彼が高崎から聞いた通りを云うと、表面はうなずいていた。

卓治は、高崎博士と佐藤の二人の顔色から、自分の話が駄目になりそうなことを予感した。博物館を出て不忍池《しのばずのいけ》の方にゆくと桜見の人出で混雑していた。彼は忿懣《ふんまん》とも憂鬱《ゆううつ》ともつかぬ、晴れぬ心で人の群の間を歩いた。その夜は駅に近い粗末な宿に泊った。

彼の直感は当り、その二日目に博物館に行くと、高崎健二は待っていて、

「君は都合で博物館に採用出来ぬことになった。それで東京高等師範学校の南先生に頼んだから、そこの歴史教室の助手としてとって貰うことにきめた。そのつもりでいてくれ給え」

と云った。別に理由を説明しなかった。

木村卓治は博物館に入れずに東京高等師範学校に就職した。仕事は歴史教室の小さな陳列室の係であった。中学だけの学歴だというので月俸は二十一円を支給された。

博物館に彼が入れなかったのは、そこの事務官の一人が反対したからである。彼は中学校の卒業だ。もう一人の候補者は大学の史学科卒である。どちらを採るのが至当かとその事務官は佐藤に詰めよった。佐藤は、いやそれは高崎課長が、というと、高崎はどうも自己の勢力を殖《ふ》やして困る、と事務官は呟《つぶや》いた。それを佐藤が高崎に話した。高崎は困った顔をしていたが、

「仕方がない、長いものには巻かれろだな」

と云った。それで殆《ほとん》ど確実だった卓治の博物館入りが取消しとなったのである。

そこに卓治が気早く上京してきたので、高崎は窮したのだった。仕方なく自分の先輩の東京高等師範学校長南恵吉に卓治の身の落着き先を頼んだのだ。

こういう事情を卓治は後から人に聞いて知った。

彼は高崎健二を恨《うら》んだ。何という見識のない学者であろうか。課長でありながら一事務官の横車に屈し、自分を捨てるとは、己れだけの都合を考える人だと思った。

高崎を恨む心は憎しみに変った。

それほど卓治は博物館に入りたかったといえる。当時の官学は東京大学は振わず、専《もつぱ》ら博物館派と京都大学派が主流であった。博物館入りを望んでいる卓治の心は、いわずとも官学への憧憬《どうけい》につながっていた。

大部分の在野の学者が官学に白い眼を向けて嫉妬《しつと》する。嫉妬は憧憬するからである。その憧憬に絶望した時が、憎悪となるのだ。爾後《じご》の卓治は官学に向って牙《きば》を鳴らすのである。

彼が東京高等師範学校に就職出来たのは、校長の南恵吉が特別に助手という名目に計ってくれたからだった。

南校長は卓治をよく理解してくれた。南は明治十九年に、『日本史学概要』という著書がある。その中で『古物学』と訳名をつけた程考古学の先覚である。高崎や佐藤はその後輩であった。彼は南校長の庇護《ひご》がなかったら一日でも東京で生活することが出来なかったかも知れぬ。考古学をつづけることが出来たかどうか分らない。

とはいえ、月俸二十一円では貧窮の生活であった。彼は或る家の二階を借りて自炊した。それは高崎健二の家の近所であった。

近くでありながら、彼は高崎の家にあまり行かなかった。挨拶に二、三度も行ったであろうか。彼は高崎を軽蔑《けいべつ》していた。

だが高崎健二の方では無論、彼に恩を施《ほどこ》しているつもりであった。それで卓治が近くに居ながらあまり寄りつきもしないのを不快に思っていた。

六

考古学上の遺物をもっている点では博物館ほど豊富な所はない。卓治は佐藤卯一郎を度々訪ねた。彼は佐藤の諒解《りょうかい》でそれらの遺物を実測して勉強した。倉庫にも自由に出入りする。鑑鏡の背の紋様などは片端から拓本《たくほん》にとった。

これを非難する者がある。彼があまり気儘《きまま》自由に振舞い過ぎるというのである。一つは彼のあまりの熱心を妬《ねた》むのであろう。一つは外部の者の癖に勝手な奴だと癪《しゃく》に障《さわ》るのであろう。多くは若い館員であった。

しかし彼の行為を眼に余る思いでいたのは若い館員ばかりではなかった。高崎健二も佐藤卯一郎もあまり面白く思っていなかったのである。

ある日、いつものように彼が拓本をとる道具をポケットに忍ばせて博物館にゆくと、

佐藤が出て来て、云いにくそうに、

「君、他の者がうるさいから倉庫に入るのは遠慮してくれ給え」

と云った。彼は、ああそうですか、と云い背を返して表へ出た。誰がもうここに来るものかと思った。めぼしい物はすべて仕事を済ませていた。

――東京では考古学をやっている知人も卓治に出来るようになった。Tと識ったのもその研究である梵鐘《ぼんしょう》についてTが手摺《てず》りの『日本鐘年譜』というものを発表し、それを南校長が欲しがっていたので、彼が使に立ち一部を貰いに行ってからの機縁であった。

Tが友人を連れて彼の所に遊びに来る。その友人がまた知人を引張ってくるという次第で、四、五人のグループのようなものが出来上った。

それが愉しい集りとなった。親子丼など近所からとって、考古学の新刊の本の評判を聞いたり話したりした。彼はいつの間にか一座の中心のような立場になった。彼は月々発表される考古学関係の雑誌の調査報告や論考を検討したり批判した。

高崎健二はよく発表していた。しかしこの人の書くものは粗笨《そほん》である。それは一時代前の学者として仕方のないことであった。例えば古墳の調査報告にしても実測の方法が甚だ杜撰《ずさん》である。それは京都の杉山道雄のものと較《くら》べれば一層分ることだった。欠陥を衝《つ》けばいくらでも出来る。彼はそう思った。

彼は皆の集っている前でそれを指摘した。京都の杉山のものも満足ではない、しかし高崎博士からみれば、それはまだましな方だと云った。

これは彼が何か自負した云い方をしたと思った者もあったようである。彼のこの話は洩《も》れて高崎健二の耳に入った。

高崎は激した。あいつは恩知らずだと罵《ののし》った。他人の揚《あ》げ足ばかりとっている高慢な奴だというのである。

彼はそれを聞くと、夜、高崎博士の家を訪れた。場合によっては詫びてもよいと思った。場合によっては喧嘩《けんか》別れになっても仕方がないと思った。玄関に立つと女中が出て来て彼の顔を見ると、ろくろくお辞儀もせずに奥に引返した。女中は前に二、三度来たことのある彼の顔を見知っている。戻ってくると、先生はお留守です、と云った。居留守であることは分っていた。

彼はそれから日を続けて四度も五度も訪問した。今まであまり来なかった彼だが、何か意地のようなものが心に起きた。果していつもその都度留守だと断わられた。

卓治は夜の暗い道を戻りながら、これで一人の先輩を失ったと思った。いや一人の敵をつくったのかも知れなかった。心細い気持は少しもなかった。闘志さえ起った。

卓治は東京へ来て以来、『考古学論叢』に三つの調査報告を書いた。彼の意欲は主に上代墳墓に注がれていた。その三つの報告論考はそれを読んだ南校長もいいものだといい、京都の熊田教授も手紙をくれて、火葬墳研究として独自なものです、とほめてきた。

彼が熊田教授に与えた初めての印象はよくなかったに違いない。彼は自己意識に駆られて少し気を負い過ぎた云い方をしたと思った。それを不快がった杉山が玄関で何か云ったくらいである。それでもこういう手紙をくれるのは熊田の人柄であった。

彼は高崎健二から見放されて、『考古学論叢』に載せて貰うことも出来なくなった。彼は発表機関が欲しかった。

七

卓治が久保シズエを知ったのはその頃であった。グループの集りの時、誰かが連れて来たのが最初であった。

久保シズエは背の高い、頑丈な身体の女であった。虎の門の東京高等女学館の教師だといった。いかにもそんな型の魅力の薄い女であった。

次の日曜日、皆で上総《かずさ》の国分寺《こくぶんじ》の遺跡を見に行こうと云い合せた。当日になって彼が両国駅に行ってみると、シズエは真赤な肩掛をして待合室にいた。彼を見ると一寸《ちよつと》恥かしそうに頭を下げた。彼は異《ちが》った顔を見たような気がした。

二月の冷たい日で、凍った雲が空を蔽《おお》っていた。国分寺跡では枯れた草の中に、寒々と礎石《そせき》が横《よこた》わっていた。グループの四、五人で、土壇にテープをあてて寸法を測ったり、礎石の形や大きさを写生などした。シズエは両手をポケットに入れ、微笑して見ている。風が髪を乱し、寒さで頬《ほお》が紅《あか》くなっていた。

帰りの汽車で、偶然卓治の座席がシズエと隣合せとなった。彼女は身体を固くしていた。

「あなたはこんなことが好きなのですか」

と彼はきいた。

「ええ、伯父が好きなものですから、自然に感化されまして」

と細い声でいった。

「伯父さんて、誰方ですか」

と重ねてきくと、彼女は一人の言語学者の名前をあげた。

「小山貞輔と申します」

その名前は彼も知っていた。『武蔵史談会』というのをつくり、それには歴史学者や民俗学者、考古学者、人類学者などが入っていた。卓治はその一人の鳥居龍蔵にはかねがね会いたいと思っていた。

「それはよい伯父さんをおもちですね、今度紹介して下さい」

といった。一つは彼女との間をこれきりにしたくなかったのである。シズエは下を向き、うなずいて笑っていた。

彼とシズエはその後、接近して行った。日曜日ごとに彼女は彼の下宿を訪ねてきた。彼は寂寥《せきりょう》に堪《た》えかねている時であった。ある日、シズエが帰り支度をして立ち上った時、彼は彼女をこの場から去らせたくない気持がこみ上ってきた。独りにされるのが地底に残るように感じられた。彼は後から突然シズエの肩を抱いた。

シズエは九州の福岡の田舎に生れた。家は普通の農家であった。土地の女学校を卒業したが、どうしても東京で勉強したくて、伯父の小山貞輔を頼って上京した。高等師範学校の短期に入学した。短期を選んだのは家の反対を押切って出京した為だそうである。卒業して一度帰郷し、土地の女学校に勤務したが、田舎に落着く気がせずに再び上京して、現に伯父の所から東京女学館に勤めていると云っていた。

シズエは倒れたまま、暫く泣いていた。それから身繕《づくろ》いすると彼の方に向き直って坐《すわ》り、妾《わたし》も貴方を愛している、結婚して下さいますかと濡《ぬ》れた眼で見詰めて云った。彼は再び彼女の手を握って引寄せた。それが彼の返事であった。

シズエは正式に結婚したい、それには伯父さんにまず話してくれ、と云った。月のある晩、彼はシズエに連れられて小山貞輔の家に行った。世田谷の奥の方で木の茂みの多い道を歩いた。

小山貞輔は応接台の向うに坐り、彼の申出でを仔細《しさい》らしい顔で聞いていた。それから、これは私の娘ではないから私に結婚を許してくれと云われても筋違いです、親達の意見をきかなければご返事は出来ない、と云った。この時、シズエが小山の妻の横に近よって来て坐り、

「伯母しゃん、私達はもう結婚しましたと」

と田舎訛《なま》りで云うなり、その膝《ひざ》に顔を伏せた。

——しかし、卓治の両親も、シズエの親も、この結婚には反対であった。どんな素姓

の者か分らぬというのが双方の云い分であった。二人が、鳥居龍蔵夫妻の媒酌《ばいしゃく》ということで式を挙げるまでには永い日数がかかった。

昭和二年の秋に家庭をもった。

八

『考古学論叢』に書けなくなった卓治は、グループを結集して『中央考古学会』を組織した。

その機関誌を出すことになり、会費分担で『考古学界』第一集を出した。会費は分担といっても主に資産家のTが出し、雑誌の編集は卓治が受持った。

シズエと一緒になってみると、シズエの収入が遥かに彼より多いことが分った。虎の門の女学校では月給七十円を貰う。それに二軒の家庭教師を受持っていて収入は百円くらいあった。それで彼のとる学校の二十一円の月俸を雑誌に廻すことが出来た。

新しい会をつくり、機関誌を出すことは、『考古学論叢』に拠《よ》っている既成の考古学者への挑戦であった。彼は慄《ふる》えるくらいの闘志が燃え上ってきた。

その矢先、△△県から南博士へ県下の古墳の発掘の依頼があった。その県は南校長の出身県で、従来古くから遺跡の調査には南博士ということになっていた。

南校長は卓治を呼んで、一つやって見ないか、と云った。彼は即座に引受けた。手に唾《つば》するとはこの時の気持であった。

彼は△△県に飛んだ。まず実地を踏査した。前方後円墳だったが、丘上に小さい祠《ほこら》があった。彼は迷信的な気持になり、一心に祈願した。

県庁の依頼であるから仕事はしやすかった。土木課の技手に来て貰い、測量は厳密にやらせた。それまで遺跡の発掘の時、実測するのにトランシットのある測量機を使用したことはなかった。何か新しい様式を、と絶えず彼の心は昂奮《こうふん》していた。

県庁から廻してくれた人夫を指揮し注意深く発掘していった。種々な副葬品が出てくる。夜はそれらの実測作図に明け方までかかった。それが連日つづいても眠くはなかった。しかし、遺跡の測量図を作り、遺物の実測を記録しただけでは今までの調査報告書と少しも異わない。彼の眼の前には高崎健二と杉山道雄がいつもちらついていた。

彼の調査報告書『足立山古墳の研究』は出来た。彼はこれで、今までの調査様式が実測図の不備なのを改めて、本式の正確な測量図を作った。次に立地条件の認識が不足しているので、この認識を強調した。それから遺物の説明だけでなく、それらを帰納《きのう》して当時の文化、社会生活の復元を試みた。あとの場合は、在来の様式に対立しようとする着想であった。

これは今までの高崎様式と、それに少し進歩した杉山様式に対する反逆であった。この報告書のことでは『考古学界』で解説して、高崎博士と杉山道雄に挑《いど》んだ。

これに対して格別の反響はなかった。反響のないことが反響かも知れなかった。沈黙で圧殺しようとするらしかった。

が、そうではなかった。翌月の『考古学論叢』では片隅に署名のない批評が出た。それには、考古学が遺跡遺物の研究以外に推測的なモノを云うのは邪道である。木村卓治の報告は作文だ、と書いてあった。彼は嗤《わら》った。すぐ自分の雑誌の『考古学界』に、それだから考古学者は歴史学者にバカにされるのだ、と書いた。

その文章の載った『考古学界』が出て間もなくであった。高崎博士から彼のところへ使が来て、今後自分の許に出入りすることを禁じる、という伝言を告げて行った。彼は大声をあげて再び笑った。

暫くして京都の杉山道雄から手紙が来た。それには彼が悉《ことごと》く高崎博士に楯《たて》つくことを忘恩行為であると非難してあった。その裏にはいわゆる杉山様式に反抗した彼への不快な感情が挟《はさま》っていることは無論であった。

己れの感情を出さずに、他人のことに托《たく》した高踏的な報復だと思って彼は怒りがこみ上った。彼はすぐ手紙を書いた。それは杉山への絶交状であった。彼は短い髭を立てた白皙《はくせき》な秀才杉山道雄がそれを読んでいる光景を想像し、手紙を投函《とうかん》した帰りがけに、酒を買い、帰って飲んだ。

十日ばかり過ぎた頃、博物館の佐藤卯一郎が卓治を呼びに来た。佐藤は温和な男で彼は時々自宅にも話に行っていた。

佐藤はいつものように彼を座敷に上げたが様子がもう固くなっていた。君は杉山君に

絶交状を出したそうではないか、とふくよかな頰を硬《こわ》ばらせて云った。その通りです、と彼は答えた。何故《なぜ》だ、ときくから、

「信念の通りしただけです」

と云った。すると佐藤は腕組みしていたが、困ったようにこう云った。

「君は高崎先生に出入りを止められた。今度は君の先学である杉山君に絶交状を送った。その善悪は私は批評しない。が、高崎先生は私の職務上の課長であり、学問上は先輩である。杉山は私の畏友《いゆう》だ。この二人に絶交した君が、これ以上私の所に来るのは面白くない。今後は出入りを遠慮して欲しい」

彼はすぐに答えた。

「分りました。これから高崎、杉山、佐藤の打倒を目標に闘います」

九

昭和三年の末に南恵吉が脳溢血《のういっけつ》で急死した。

南の好意で仕事を与えられていた卓治は、南に死なれると自然と学校を辞めなければならなくなった。

この年には、長男の剣《けん》が生れた。剣は遺物の銅剣に因《ちな》んで卓治が名づけたのである。

——主人は失職しました。一家三人、私の収入でやってゆけないことはありません。

主人には学問の方を専心して貰います。

とシズエは郷里に書き送った。

百円の収入から、雑誌の方に出していた二十一円を十五円にしてもらって出すと、八十五円の生活費であった。その上、昼はシズエが働きに出るので、女中を一人雇った。それでもどうにか暮せた。

シズエは優秀な教師で、その授業を噂にきいて或る宮妃が参観に来た程であった。虎の門の女学校は学習院に亜《つ》ぐくらい良家の子弟を集めていた。家庭教師で教えに行っていた家も学習院の生徒であった。シズエの収入がよかったのはその故《ゆえ》である。

卓治はシズエの収入で暮すことが堪え難かった。心に卑屈感が膜のように暗鬱《あんうつ》に蔽った。彼の心は苛立《いらだ》ち、日常少しのことでシズエに当った。

——主人の心は針のようにとげとげしくなっています。学問以外に何もない人ですから、生活のための仕事を捜《さが》そうともしないし、私もさせたくありません。近頃、夫婦喧嘩が多くなりました。

とシズエは郷里への手紙に書いた。

夫婦喧嘩はいつも些細《ささい》なことから起った。卓治はすぐシズエを撲《なぐ》った。夫のいらいらする気持は分らなくはなかったが、シズエは打擲《ちようちやく》されると反抗した。大柄な女なので膂力《りよりよく》があった。それで激しい争いになった。シズエは顔が腫《は》れ、卓治は鼻血を流した。

女中があまりの凄《すご》さに愕いて、近くに住んでいるシズエの伯父を呼びに行った。小山の妻女が行ってみると、夫婦は何事もなかったように笑っていた。

そういうことが重なると仲裁人はもう呼ばれても行かなくなった。

卓治の焦躁《しょうそう》は、学問のことで他に当る闘争心を一層に煽った。

彼は佐藤卯一郎が鑑鏡を専ら研究しているのに突掛って、自分でも鏡をやった。学者の間では他人の研究主題には手をつけぬのが一つの作法となっている。彼はそんなことにお関《かま》いなかった。

彼の『多鈕《たちゅう》細文鏡研究』はその結果の発表である。多鈕細文鏡などという名前も彼が命名したのである。それまでは学界では、「細鈕鋸《きょ》歯《し》文鏡」といっていた。名称を創作することも彼の反逆であった。

古墳から発見されるその鑑鏡は、周か前漢期のものと推定されていた。卓治は細文鏡の蒲鉾《かまぼこ》型縁と前漢式鏡の縁とを比較し、質と紋様の型式から漢代のものとして反対した。

それから、こうも宣言した。

「考古学者は、あまり博物館式の遺物にたより過ぎる。その結果、遺跡を軽視し勝ちだ」

博物館にいる高崎や佐藤への嫌がらせであった。

彼は『考古学界』誌上で月評の筆をとって、『考古学論叢』に出る諸論文の欠陥を衝いたり嘲笑《ちょうしょう》した。

『日本考古学要説』を佐藤卯一郎が出すと、卓治は、「妙な話だ。日本考古学に朝鮮の遺物が沢山《たくさん》出ている。朝鮮が日本の領土内なのは現代の政治的現象で、これでは原始時代から日本の領土のようだ。分類のしかたも不統一」

と批評した。

鳥居龍蔵の『諏訪《すわ》史』『下伊那《しもいな》の先史及原史時代』に対してさえも、「山国の編年が地域を異にした平野の編年そのままでは、まことに話にならない」と嘲《あざけ》った。

さあ、叩いてやるぞ、出てこい、出てこい、と彼は仁王立ちに構えているようであった。

埴輪の製造址《あと》から考察して、当時、すでに社会に階級制度のあったことを初めて論じた。

杉山道雄が、銅鉾《どうほこ》、銅剣、銅鐸《どうたく》をやっていると、『銅鐸の型式分類』を書いて、高崎、杉山説の在来の分類を覆《くつがえ》したのを初め、つづけて沢山の銅鐸や銅剣、銅鉾の考察を発表した。

それは悉く高崎健二と杉山道雄の仕事に喰入り、それより新鮮で鋭かった。

杉山道雄はとうとう日本の青銅器のことには沈黙して書かなくなった。日本のでない大陸の方の遺物遺跡に径《みち》をとった。

それを杉山が卓治に畏怖して逃避したという人がある。

高崎健二は病死し、佐藤卯一郎は外遊に去った。

木村卓治は、げらげら笑った。

その頃、シズエは夜、卓治と寝ていると、卓治の身体が熱いのを知った。

「あら、あなた熱があるわ」

と云った。

「莫迦《ばか》。熱なものか。お前の身体が冷え性なんだ」

と卓治は強い声で云っていた。

夕方になると微熱が出てくることがこの頃になって分った。それからは眼の先が暗くなるような寂寞《せきばく》が襲った。医者には診《み》せなかった。黒い絶望が更に恐しかったのである。

「行って参ります」

とシズエが朝の出勤に出てゆく。

「ああ、行っておいで」

と彼は机の前に坐ったまま云う。

それから身を噛《か》むような孤独感と焦躁が狂った。自分でも額が蒼《あお》ざめ、顔が尖《とが》ってくるのが分った。坐っても立ってもいられぬ苛立ちで、耳鳴りがした。

堪《たま》らなくなって、時々友人の家に出かけた。

そこで考古学者の誰彼のことを罵倒《ばとう》した。自分一人が偉いように見せかける。その昂奮でいらいらした心が痺《しび》れた。

然し、友人の家を出ると、麻酔剤が醒《さ》めたようにまたもとに戻った。さきほどまで大きなことを云っていた自分の言葉が空虚を絶望的に深めた。

夜、彼は不眠症になった。シズエが子供を腕に抱いて寝息を立てている。物音一つ聞えない夜が彼の耳を重圧した。こんな夜に神経が崩れるのではないかと恐れた。その恐れから遁《のが》れるために、起きて雑誌に寄稿してきた原稿を整理したりした。

読んでみる。平凡な報告や考察。俺ならこういう材料があれば、こうするがと思う。惜しいことをしていると歯痒《はがゆ》がったり軽蔑したりした。

するとそれに就て、突然発想が湧くことがあった。その方がずっと面白くて尖鋭な考察になりそうである。彼はその原稿を没にした。代りにその主題を自分が書いた。

一個の平凡な報告駄文が出るよりも、折角の材料で自分が突込んで書いた方がずっと考古学の発達に寄与すると思った。こういう時に、彼の心は見違える程、溌剌《はつらつ》とした。

寄稿家達は己れの研究が奪《と》られるので恐怖して遁《に》げ去った。

卓治は彼らの悪態を吐《つ》いて廻った。悪態を吐く立場はどちらか分らなかった。

功名心にあせったような、客気に駆られた彼の論文が出るようになった。

『日本青銅器時代考』では日本でも青銅器時代があったと云い出した。日本では石器時代からすぐ鉄器時代に入り、青銅器の使用は殆ど同時だったので、青銅器時代はなく金石併用時代と呼ぶのが学界の通例だったが、それに異を唱えたのである。欧州の年代を区分したトムゼンとは別な基礎に立つ見方があると主張した。『飛行機による考古学』では空から遺跡を探る英国のクロフォードの説からヒントをとったが、題名の奇抜で驚かす計算があった。

卓治のことを、あいつのすることはハッタリだと云う者が出て来た。思い上った自称天才だと悪罵した。あいつと附き合ったら研究を奪られるぞという者がいた。

その年の秋のことである。

「俺はフランスに行きたい」

と卓治は或る日云い出した。シズエは冗談かと思っていた。

「熊田さんも、杉山も佐藤も洋行している。中学校卒業だけでは莫迦にされるんだ。今更学歴が欲しいとは云わぬ。フランスに行って箔《はく》をつけたい。Nの奴が今フランスに行っている。俺に来いと手紙をくれるのだ。切りつめた生活をすれば暮らせぬことはないと費用の明細を知らせてくれた。あんな奴に負けたくない。俺はフランスに行きたい。フランスに行って俺を莫迦にしている連中を見返してやりたい」

彼はNからの手紙をシズエの前に抛《ほう》った。Nも卓治も同じ年輩の考古学者である。若い時からそば屋の出前持などして苦学してきた男だけに、巴里の生活費が細々と数字にならべてあった。

シズエはぽかんとした。突然の愕きで真空になった頭で夫の顔をみた。

卓治が寝転がって、両手を頭の下に組み、天井を見ている。この気の強い夫が、泪を眼尻から耳朶《みみたぶ》まで垂らしていた。

十一

昭和六年四月、卓治はシベリヤ経由でフランスに行った。陸路をとったのは無論、経費を安くあげるためである。

この旅費はシズエが福岡の実家に泣きついて調達した。実家は裕福な家ではない。耕地の一部を売って金をつくった。

奈良の卓治の家からは、一文も出なかった。中程度の農家だったが、息子の学問には理解も興味もなかった。フランスに行くなど道楽くらいに考えていた。

しかし、結果的には、この考えの方が正しかったといえる。卓治はフランスに行って虚《むな》しい一年を送っただけであった。肺患を進昂《しんこう》させた以外は一物も得ずに帰ってきた。

卓治は巴里の日本学生館に下宿した。それは『日本石器時代提要』を書いたNが世話した。Nは巴里での卓治の様子を日本の知人にこう知らせている。

「六月の終り、私は医者の許へ行った。木村卓治も同行した。打診と聴診では私の異状は分らず、血圧が大そう低いので一応レントゲンをとった。後で試みに木村の血圧を計ったところ私より更に低かったので医者が驚いた。私は木村に来週一緒にレントゲン診察に行くことを奨《すす》め、同君も暗い顔になって同意した。

レントゲン医に行く朝、木村は同行を拒《こば》んだ。俺は医者に診せなくても大丈夫だと云い張った。

私はスイス、ローザンヌのサナトリウムに出発したが、この時は私も極めて初期に考え、十月開催のパリの万国人類学会議に出席するつもりでいた。然しローザンヌでその困難を知り、二カ月ばかりでレマン湖を渡った。仏領トノンの貸別荘に移った。十一月に雪が降り始めたトノンをすててスイスを横断して巴里に帰った。この時、木村が室をとって私を待っていてくれたのだ。二人はモンスリイ公園を散歩しながら帰国後の考古学のことを話し合った。

木村は秋に入って一層不健康な顔色になり、時々微熱があると云って寝込んでいる日があった。彼は私の病状を見て思い当る点があったか、少し早目に帰国すると云い出した」

卓治は二年の予定で出かけたのだった。その滞在費はシズエが働いて送った。下宿代が六百法《フラン》、電気ガス代四十法、本代百五十法、雑費百五十法が一カ月の費用であった。換算率は六百二十八法が八十円だったから、シズエはどんなにしても百三十円以上は送金しなければならなかった。

彼女は家庭教師の口を五つ受け持った。朝早く学校に出て、受持の家を廻ると、毎日家に帰るのは夜遅かった。それで収入が月に二百円くらいになった。その中から卓治に金を送ると七十円残るが、それに子供の剣の世話をしてくれる雇い婆《ばあ》さんの賃と、『考古学界』の方へ出す金をひけば五十円が生活費であった。

それでも卓治からの便りが、

「巴里では『シベリヤ出土の青銅の円鏡』を書いて見たいと思う。これはスキシヤとシナの芸術との交渉をみるつもりです」

などと云ってくる間はよかったが、半年もたたぬうちに、

「巴里の気候はまるで、梅雨のようで毎日雨が降ったり晴れたりして、これがひどく身体に障ります」

「暮れがたになると熱がきまって出る。三十八度くらい。堪らなくなる」

という文面に変ってくると眼の前が黝《くろ》くなって働く気力が脱《ぬ》けた。

便りの内容は次第に悪くなった。

「N君がサナトリウムから帰ったが、今の私は今の彼より弱っている。医者はレントゲン診察をうけよと云うが断わった。悪いのを解っていて其れを眼前に見せつけられるのはたまらないからだ」

「この二、三日は一歩も外に出ない。終日ノートルダム寺院の怪獣を窓から眺めている。日本に帰ったら田舎でまた教師になろうかと考えたりする。大和の古い寺を暇には廻りながら」

「息苦しい。背中が痛い」

読んでいるシズエの方が息が詰った。夜おそく帰って、巴里からのこういう便りを披《ひら》く。空腹なのに食欲も何もなかった。手紙を指に支えたまま動けなかった。睡っている子供の傍に辷《すべ》って横になると、自然と涙が流れた。

卓治から、とうとう帰国すると云って来た。今帰るのは残念だが、五年間日本で身体を養ってまた来たいと書いてあった。

「今日は身体の具合がよくうれしい。ルーヴルを久しぶりに訪ねる。晴れて陽ざしが明るい。思ったほど疲れがなかった。生きる喜びに浸った」

このように喜んでいるのは、彼の病気が進んでいる裏打ちなのだ。そう思うとシズエは一層暗い気持になった。

一月二十五日マルセイユ出帆《しゅっぱん》の靖国丸《やすくにまる》に予約をとったと手紙が来た。二十八日には船から「ゲンキイマホンコンへムカウ」と電報が来た。三月七日「九ヒアサ九ジコウベツク」、九日「アスヒル四ジトウキヨウエキツク」とつづいた。

シズエは剣を連れて東京駅へ出た。身体が慄えた。

一年ぶりに見る夫は頬を落していた。顔に血色がうすかった。シズエは息をとめた。

「あなた。お身体は？」

「うん」

と暗い眼附《めつき》を紛わすように剣に笑いかけて抱き上げた。

十二

木村卓治の一年の滞仏は空虚であった。知った者はそれを嗤った。

初めからそれは分っているという者があった。彼のフランス行は杉山や佐藤やNに負けぬ競争心から無理をしたのだと評した。第一、仏語も分りはしない。彼はフランスに行くことを決心してから、急に三カ月ばかりお茶の水のアテネ・フランセに通ったが、そんなことくらいで実用の役には立つまい。彼が巴里であまり外を歩き廻らなかったのは病気以外に言葉が分らなかったからだろうという者もあった。多くの者は例のハッタリだといい、巴里には小便をしに行ったのだろうと嘲った。

それらの悪口や嘲笑が卓治の耳に殺到する。頭脳がいら立った。

誰も彼に寄りついて来ない。皆が彼を悪《にく》んでいた。

『考古学界』に拠っている年若い三、四人だけが彼の唯一《ゆいいつ》の手兵であった。それを熱心に彼は育てた。

誰も相手にしないから、若い者を集めて『先生』になっているのだと嗤われた。(しかし彼等は現在では第一線の教授となり学者となった)

日本に帰ってきて以後の卓治の研究は弥生式土器に向った。

或る日、彼はHという年若い学徒の書いた「籾《もみ》の痕《あと》のついた土器」という一文をよんで非常に心を動かされた。大和のある土地から出土した弥生式土器の底に籾を圧した型がついている。その籾は水稲《すいとう》であろうという論考だった。彼はすぐ手紙で讃めてやった。弥生式土器と水稲。水稲は農業を意味する。すると弥生式時代に原始農業が存在していたのだ。人は弥生式土器の形式分類や工芸趣味の研究をするが、誰もこのように背後の農業社会を結びつけて考えた者がない。

よし、これだ、と決めた。

口笛を鳴らし、外に踊り出たい気持であった。

初めて独創の主題《テーマ》を摑《つか》んだのである。

その頃の考古学者間の研究は、青銅器関係と縄文土器関係が流行していて、弥生式土器の研究はあまり顧みられていなかった。このことも卓治のオリジナリティを強める結果となった。

昭和八年からの彼の発表した研究題目は弥生式関係が殆ど主となる。

『日本に於ける農業起原』『弥生式文化と原始農業』『低地性遺跡と農業』『三河発見の籾痕ある弥生式土器』『弥生式土器に於ける二者』『大和の弥生式土器』『稲と石庖丁《いしぼうちょう》』『農業起原と農業社会』『煮沸《しゃふつ》形態と貯蔵形態』

その或るものには当時の原始社会に既に貧富の差と階級の存在していたことを証明した。或るものには文化の移動形態を論じた。

何かと競争しているような奔《ほとばし》りようであった。何かと——迫ってくる死を予感して追い立てられているのであろうか。

熱のある時は、濡れたタオルを頭に当ててペンを動かした。

「――是等《これら》から当然の帰結として、弥生式文化とは一つの原始農業社会に生れた文化であることが考えられよう。此の事は、今後の弥生式体系の土器・石器其の他一切の遺物、及び其等を出す遺跡の考究に重要な暗示と示唆《しさ》を与える筈《はず》である。今日、日本の考古学は生活を離れ単に形式を撫《な》で廻すことによって一つの行きづまりを示している……」

シズエ、シズエと卓治は大きな声で喚《よ》ぶ。そして今まで書いたところを声をはずませて読んで聞かせ、

「どうだ、どうだ」と感想を迫った。眼は熱に潤《うる》んで、ぎらぎら光っていた。

が、シズエもこの頃は毎日熱が出る身体となっていた。

「私、耳がよく聞えなくなったわ。あなたの声が遠いの」

と耳を手で抑えて云った。

病菌は既に彼女の耳を侵していた。

卓治から伝染《うつ》された病菌であった。

十三

昭和十年二月、今まで居た小石川水道端の家から鎌倉に転居した。

鎌倉の方が暖く、空気もよいというので、卓治が歩き廻って捜《さが》したのだ。極楽寺の切通しを越えて由比《ゆい》ヶ浜の方へ一町ばかり、谷間のような場所で、南向きの藁葺《わらぶ》きの百姓家であった。

稲村ヶ崎へ抜けるせまい道端に真赤な寒椿《かんつばき》が咲いていた。その紅と白い砂と蒼い海とは、彼に南仏の海岸を思い出させるような色の構成であった。

卓治は太陽を浴びて縁側に坐って茫然《ぼうぜん》とする日があった。疲れるほど陽が暖かであった。

夫婦で熱のある日は、床が二つならんだ。その枕元に一年生になった剣が、学校の先生に教わった通り、「行って参ります」「帰って参りました」と声をかけた。それが二人の胸を刺した。

熱の日が多いと仕事がすすまない。卓治はあせった。身体が衰え切らぬうちに早く早くとせき立てられるような焦躁に駆られた。

某書店から歴史講座の企画の一つとして『日本古代生活』という書き下しを頼まれていた。日に一枚か、二枚くらいしか書けなかった。

熱の下った時は、細い道を辿《たど》って稲村ヶ崎へ出た。青い海と白い砂が眼に沁《し》みた。江の島が霞《かす》むおだやかな日が多かった。

東京から時折客があった。大ていは『考古学界』の若い同人であった。

彼らが来ると卓治は喜んだ。少しくらい熱があっても稲村ヶ崎へ出て七里ヶ浜辺を歩いた。饒舌《じょうぜつ》になった。

「今の考古学者は自然科学者のサル真似だ、遺物ばかりをいじっている。物の浅さばかりを測ろうとして、深さを測ろうとしない。作られた物ばかりで、それを作った生活を見ようとはしない。考古学は自然科学よりも文化史として掘り下げなければいけない」

思わず腰越《こしごえ》近くまで来てしまうことがあって、愕いて引返した。

シズエが床から起きて茶を淹《い》れて待っていた。若い客は質問したり、相互に議論したりした。

「ああ、愉しいなあ。永生きがしたいな」

と卓治は暗鬱な眼を細めて云った。

賑《にぎ》やかな客を帰すと、気の重い空気が再び家に満ちた。シズエはまた床に横たわって眼を閉じた。瞼《まぶた》の裏が熱で熱く、眼を塞いでいて涙が出た。

卓治は机に向っていた。

「お父さん」

とシズエは呼んだ。

「暫くお寝《やす》みなさいよ。熱が出ますわ。私は日記を書くのを三日分溜めました」

と弱い声で云った。

「ああいいよ。何なら当分休載してもいいな」

と卓治は机の前から応じた。

シズエは『考古学界』の毎月の後記に『編集日記』というのを連載していた。それは誰が来たとか、誰から来信があったとかいう雑報だったが、間には、

――早起。書斎の硝子《ガラス》戸越に見下すに紅葉霜に冴《さ》えて赤し。昨夜の暴風雨に打ちつけられし落葉庭を埋め、近所に垣《かき》の倒れて狼藉《ろうぜき》たる家多し。

――家にいて子供のフトンを縫う。秋の日ざしうららか。かかる日に思うこと又素直なり。

――遅れ山吹の花咲く。山吹はハナビラ薄く一重なるが美しく八重に咲くは恨みなり。『考古学界』四月号の発送畢《おわ》る。

というような簡潔な文章が挟まり、それが美しいと好評であった。

シズエが病気になってからは、それがこんな文章に変った。

――南の日ざしに机を寄せて、数日来怠《おこた》りし便りを書く。身体に熱ある日は人に便りするさえ思うに任せず、心侘《わび》し。

――主人終日病臥。日没雨となり、微《かす》かに音たてて降る。

――熱ある日は家に声なく、陽炎《かげろう》燃えて外はうららかなり。

――喉《のど》の奥プチプチと鳴る日は息苦しさ云わん方なく、辛うじて日記三日分を清書す。

卓治が、当分休載してもいいな、といってからシズエは休んだ。それきり筆を絶つ結果となった。

彼女の最後の『日誌』の筆は次の通りである。

らく。

——耳聞えず。剣、枕元に来て話すを左の手にてうけて聞くによく聞えず。もどかしくてかくも遠くなりたるかと打なげくに左手の繃帯《ほうたい》のためなるべしと分り漸《ようや》く愁眉《しゅうび》をひらく。

——熱あり。青葉がくれ木苺《きいちご》の花の白く咲きたるはうつくし。剣を伴い晩春の稲村ヶ崎に遊ぶ。海の色遠くはかすみ、近くは泡立《あわだ》ちて、砂浜に凧《たこ》を揚ぐる人々賑い合えり。

十四

シズエの病気が重くなると、卓治の奈良の両親は、シズエを田舎に引き取った。二人を一緒にして置いては卓治の病気がひどくなるという理由である。奈良県は結核患者の全国的に尠《すくな》い県である。田舎の人は結核患者を忌《い》み嫌った。シズエは卓治の両親に引き取られたが、同居を許されたのではない。一里ばかり離れた三輪の町に家を借り、そこに独りで寝かせられた。

卓治の親はシズエを憎んだ。結婚当初から気に入った嫁ではなかった。木村家には肺病の系統はないと云った。シズエが病菌を持って来て卓治に伝染《うつ》したように皮肉を云った。

シズエの寝ている家は軒が低く、光線が入らず、暗かった。病人の世話には近所の婆さんを通いで雇い、家人は滅多に寄りつかなかった。

剣は卓治の両親に育てられることになり、どのように恋しがっても、母親の許に行くことを宥されなかった。

シズエは田舎に療養に引取られたのではなく、全く夫と子から隔離されたのであった。

――その頃、卓治は、鎌倉からひとりで京都に移った。

彼を京都に呼んだのは京都大学の総長になっていた熊田良作である。この温厚な考古学界の長老は卓治の窮状を見兼ねたのだった。彼の才能を前から認めていたのである。

何かの名目を与えて、自由に考古学教室に出入りをゆるした。

卓治は喜んだ。部屋は百万遍《ひゃくまんべん》の寿仙院《じゅせんいん》の一室を借り、そこで自炊しながら、弥生式土器研究の稿をすすめた。

彼は一週間に一度くらい、京都から汽車に乗って三輪のシズエの所にこっそり行った。両親に分ると叱《しか》られるので、京都でシズエの好きな食べ物を買い、夜、忍ぶように会いに行った。

シズエは瘠《や》せ衰えた顔に欣《よろこ》びを浮べて卓治を迎えた。も早、立って歩くことが出来ず、座敷を匍いずり廻っていた。

夜は一つ蒲団《ふとん》に抱き合って寝た。生命の灯の短さは迫っている。今更、何の養生があろう。その灯を二人は燃やすだけ燃やした。

「シズエ。済まない、済まない。こんな身体にして俺が悪かった」

と卓治は骨の露《あら》わになった妻の胸や背中や腹を愛撫した。熱で身体は火のようだった。

シズエは仰向《あおむ》いて笑って云った。

「いいのよ、あなた。病気まであなたと一身なんですもの。あなたは少しでも生きて学問を完成してね。わたしはお先に参って、花のうてなをあけて、あなたを待っているわ」

脂肪が落ちて鼻梁《びりよう》が尖り、すでに死相が出ていた。——

卓治は一里の道を歩き、実家に帰って両親に頼んだ。

「シズエはもう永くはないから、僕は一緒に居てやりたい」

両親は顔色変えて、

「阿呆《あほ》。お前の身体が大事や。あの病気は永引く。まだ死なへん。もう寄りついたらあかんで」

と叱った。

卓治は京都に居ても落ちつかなかった。こうしていても、今がシズエの息を引取る瞬間のように思えて、立っても坐っても居られぬ気持だった。三日も待てずに三輪に飛んだ。

「あなた、寂しい、寂しい」

とシズエは抱かれてもがいた。

「九州のお父さんを呼ぼうか」

と云うと、

「いいの。こんな哀れな身体を見せたくないわ。それより、あなたが来て下さるだけでいいわ。あなた、お肥《ふと》りになったのね」

とシズエは卓治の身体を見て云った。

「うん。肥えたようだ」

と卓治は答えた。肥えたのではなかった。彼自身の身体も浮腫《むく》んでいたのだ。

「うれしいわ」

とシズエは如何《いか》にもうれしそうに微笑した。

昭和十年十一月十一日にシズエは息を引きとった。容体の急変を雇い婆さんが、木村の親に知らせ、親は京都の卓治に電報を打ったが、間に合わなかった。

晩秋の大和平野に陽が赤くなる頃、棺は鯨幕《くじらまく》を張った卓治の実家を出た。剣が賑かなので喜んで笑い廻っていた。その同級の一年生が女の先生に引率されて、道傍《みちばた》に並んで棺を礼拝した。肌寒い風が吹いていた。

三輪山が東に見えるところに火葬場はあった。白い棺は暗い竈《かまど》に入った。卓治は渡されたマッチをすって投げた。枯れた松葉が棺をめがけて勢よく燃え上った。

「シズエ」

卓治は泪が溢《あふ》れ出てうずくまった。

十五

教室に自由に出入りしてもよい、と熊田総長は云ったが、それも出来なくなった。一つは卓治の病み切った身体を皆が嫌い、一つは卓治の相変らずの傲慢《ごうまん》な態度を憎まれたのである。

杉山道雄は教授になっていた。

杉山は卓治を内心おそれていた。卓治にだけの防備であった。何かの論文を書く時、いつも鎧《よろい》を着ていた。他の者は眼中になかった。

卓治の存在は今まで常に杉山道雄に圧迫感を与えてきた。

その卓治が教室に出入りすることは、自分の牙城《がじょう》に敵が踏込んできたように不快であった。それが自然と彼の態度にも表われる。

陳列室で杉山と卓治が偶然に出会っても、二人とも眼を逸らして、知らぬ顔をしていた。まして卓治は他の若い講師や研究員など歯牙にもかけぬ風をした。

それで卓治が考古学教室に来ても、誰も彼にものを云う者がない。彼らは衰えた卓治の身体を殊更《ことさら》露骨に忌む眼つきをした。

夜、卓治の部屋に客がきた。大学で顔を合せる若い助手であった。手紙を置いて行った。

「教室の平和のため甚《はなは》だ遺憾《いかん》ながら今後の出入りは御遠慮下さるようお願い申上げ候《そうろう》」

熊田良作の名前があった。

「ふん」

と卓治は手紙を丸めた。京都に来て何カ月もたたぬうちに追い返されるのだ。皆が口を揃《そろ》えて、出て行け、という声が耳に聞える。

卓治は荷物を片づけた。本は箱詰めにして奈良に送った。またこの本を取出して再びよむ日がくるかどうか分らなかった。その他は、今まで書いて発表した文章や参考論文の切抜きが風呂敷包みに一つ。巴里で買って帰った伊太利《イタリー》製のマジョリカ焼のコーヒー茶碗が一セット。それだけが手荷物だった。

寿仙院の寺僧が、木村さん、その身体で東京まで行けますか、と制《と》めたが振り切るようにして夜の京都駅に車を雇った。

東京には早朝についた。気分が悪く汽車の中では一睡も出来なかった。いつ、血が胸からこぼれ出るか分らぬという不安もあった。

世田谷のシズエの伯父の小山の家に辿りついた。妻女が卓治を見て声をのんだ。卓治の耳は紙のように真白であった。人間の耳とは思えぬほど気味が悪かった。

「卓治さん、よく来たね」

と云うだけが精一杯だった。

暫く卓治は小山の家に寝るつもりでいたが、ここには小さい子供がいる。子供に病気を伝染《うつ》してはという心配があった。
二、三の宿を転々としたが、どこも病気のために永くは置いてくれなかった。
『考古学界』同人の若いMが駈けつけてきてくれた。Mは同人のSにもFにも知らせる。それらの計らいで、鎌倉の思い出の極楽寺の家を借りて移った。

「有難《ありがと》う、有難う」

と卓治は泪を落した。

床に腹ばいながら、『弥生式石器と弥生式土器』の原稿を書いた。とてもそんな気力がまだ残っているとは思えなかった。一枚書いては一時間くらい休んだ。

「うれしいな。原稿がかける」

と子供のようによろこんだ。

皆のすすめで初めて医者に診せた。医者は簡単に診察すると、

「あと一週間が峠です。その峠を越すと楽になります」

と卓治に云った。卓治は大きく首を引いてうなずいていた。

医者は蔭では、あと一週間の生命です、と告げた。

Sが電報を各方面に打った。誰も来る者はなかった。

「土器に於《お》ける可搬性と定着性の問題を進めるように。それは一方は文化に於ける放浪性と定着性の問題にもなろう」

といったのが、聞きとれる最後の言葉となった。

昭和十一年一月二十二日に息をひいた。シズエの死から二カ月後であった。三十四歳。遺品は埃《ほこり》をかぶったマジョリカ焼の茶碗と菊判四冊分の切抜きがあるだけであった。

有栖川有栖

イチ押し！

田舎医師

1

杉山良吉は、午後の汽車で広島駅を発《た》った。

芸備線は、広島から北に進んで中国山脈に突き当り、その脊梁《せきりよう》沿いに東に走る。広島から備後《びんご》落合までは、普通列車で約六時間の旅である。

良吉は、この線は初めてだった。十二月の中旬だったが、三時間ばかり乗りつづけて三次《みよし》まで来ると、初めて積雪を見た。

三次は盆地になっていて、山が四方を囲んでいる。昼過ぎに出た汽車もここまで来ると、夕闇のなかを走ることになった。三次駅では大勢の乗客が降りた。白い盆地の向うに、町の灯が見える。汽車から降りた黒い人の群は、厚い雲の垂れ下った黄昏《たそがれ》のなかを急ぐ。

汽車は駅ごとに停《とま》った。その駅名のなかに、良吉が父から聞かされた地名もあった。

庄原《しょうばら》、西城《さいじょう》、東城《とうじょう》などがそうである。この辺まで来ると、広島を発つとき一ぱいだった
乗客もほとんど降りてしまって、その車輛《はこ》には良吉のほか五、六人が坐《すわ》っているにすぎ
ない。
窓の外は、暗い山ばかりが流れている。線路のはしの雪が次第に高くなっていった。
この辺は、中国山脈の分水嶺《ぶんすいれい》のすぐ南側に当る。山の深いのも当然だった。
汽車は岡山県の新見《にいみ》駅までだが、良吉は、途中の備後落合で木次《きすき》線に乗り換えるのだ
った。しかし、時間表を見ると、すでに木次線の連絡はなく、その晩は備後落合で泊る
ことにした。

良吉の父猪太郎は、七年前に東北のＥ町で死んだ。若いとき故郷を出てから、各地を
転々としたが、一度も郷里に帰ることはなかった。貧乏のために帰れなかったのである。
良吉は、よく、この父から生まれ故郷の話を聞かされた。良吉自身は父の流浪《るろう》先で生
まれたのだが、話を聞いていると、いつしか、自分もそこが故郷のように思えてくる。

猪太郎の故郷は、島根県仁多《にた》郡葛城村というのだった。木次線で中国山脈の分水嶺を
越えると、八川《やかわ》という駅がある。そこから三里ばかり山奥が葛城村だった。

良吉は、小さいときから、父の猪太郎から葛城村の話を何度となく聞いている。それ
は繰り返し繰り返し同じ言葉で語られた。良吉の頭にも葛城村のイメージがいつの間に
か確固として出来上っていた。

部落の名前の一つ一つも、良吉の頭に叩き込まれていた。

のみならず、父の猪太郎の親類縁者の名前も、良吉の記憶のなかに刻みつけられていた。その名を聞いただけでも、良吉は、しばらく遇《あ》わない知人のように、その顔つきまで頭の中で描けるのだった。

猪太郎は六十七歳の生涯を終えるまで故郷を忘れたことがない。これほど生まれた土地に執着をもっている人も少かった。それは、一度も故郷へ帰れなかった人間の執念であった。

旅費といえば僅《わず》かなものだった。しかし、その旅費が工面できないばかりに、猪太郎は十八歳の年に故郷を出てから、遂《つい》に葛城村に戻れなかったのである。だから反対に、良吉に聞かせる猪太郎の描写は、山陰の僻村《へきそん》がこよなく美化されていた。

猪太郎が故郷を出奔《しゅっぽん》したのは、彼の不幸な環境による。土地では一、二を争う地主の子に生まれながらも、幼時に他家に養子にやられ、その家が没落して猪太郎の出奔となる。

猪太郎には三人の兄弟があった。彼自身は長男で、後取りは、次男が死亡したため、三男が継いだ。しかし、この三男も、地方の高等学校を出ると教師となり、ついで東京に出て、或《あ》る事業を起して成功した。この人も十年前に死亡している。

要するに、父の猪太郎は、その人のいい性質のために、終生、貧にまみれていたのだ。良吉には子供のときから、いまにお前を石見《いわみ》に伴《つ》れて行くと口癖のように云《い》ったが、ついにそれが父の夢のままに果てた。

――いまにお前を石見に伴れてってやるけんのう。

という言葉は、恐らく、父の猪太郎が数十年間故郷を夢みて、そこに帰って行く自身を空想し、恍惚《こうこつ》状態になって吐かれたのであろう。

今度、良吉は九州まで出張しての帰り、ふと広島駅で降りてみる気になったのである。用事が早く済んだので、三日間ばかりの余裕ができた。出張するときは、ついぞ、その気がなかったが、帰り途《みち》に、父が生涯望んで果たし得なかった葛城村の訪問を思い立ったのだ。それも岩国あたりまで来てから俄《にわ》かに企図したと云っていい、だから、汽車の択《えら》び方も即席だった。

良吉は、窓に映える夜の山国の雪を見て、やはりここに来てよかったと思った。この機会がなかったら、良吉自身、父の故郷を一度も訪れることはないかもしれない。

といって、葛城村には、現在、亡父の近い縁者はいない。彼らはことごとく死亡していたのだが、ただ一人、本家の後取りと云われている杉山俊郎という医者がいた。良吉は、父の故郷を訪問するといっても、ただ、幼い頃に聞いた、その山や川のたたずまいを確かめるというだけでなく、やはり誰か、その因縁に当る人間に遇ってみたかった。それなら、父には直接あまり関係はないが、杉山俊郎を訪ねるほかはない。もとより、この人にはかつて手紙も端書《はがき》も出したことはないし、突然の訪問だった。

良吉は、その晩、備後落合で泊った。粗朶《そだ》の燃える囲炉裏《いろり》の傍でほかの泊り客と食事をしたのも、ほかの宿では見られぬことだった。言葉の訛《なま》りも、どこか父のそれと似ているのが懐《なつか》しかった。

翌朝、落合の駅で良吉は汽車を待った。

わびしいホームに立っていると、白い花の咲いているような霧氷の山のふちから、黒い汽車が小さく走って来る。雪原の中だった。

この列車は、中国山脈の分水嶺を喘《あえ》ぎながらよじ上る。トンネルを過ぎると、大きな山が眼の前にあった。隣の客に訊《き》くと、船通山《せんつうざん》だと答えたのでやはりそうかと思った。この名前も父の口からたびたび聞いている。この辺は、出雲《いずも》伝説につながっている。

左手に渓流が流れ、雪の積もった岩のはしに水が飛沫《しぶき》を揚げていた。流れは速かった。八川駅というのも懐しい。葛城村から宍道《しんじ》、松江方面に行くには、必ず、この駅に出なければならぬ。父が十八歳のときに飛び出したのも、この駅からだった。

貧弱な駅だ。しかし、良吉は、その寒駅に限りない懐しさで下りた。

良吉は、駅前の雑貨屋に寄った。むろん、父の話にはない店だが、良吉自身は、果たして杉山俊郎という医者が葛城村にいるかどうかをここで確かめたかった。良吉がその名前を父から聞いたのは、随分前のことである。絶えず故郷に心をはせていた父は、誰からか郷里の消息を聞いていた。

それと、良吉は土地の事情をここであらまし聞いておきたい気持もあった。

雑貨屋は、種子屋《たねや》と煙草屋《たばこや》とを兼ねていた。

2

良吉がその雑貨屋の主人から聞いた話では、医者の杉山俊郎は、間違いなくまだ開業しているということだった。

その話によると、杉山俊郎は四十五歳で、妻は三十八歳である。男の子が二人いるが、長男は大阪の大学に入っており、次男は米子《よなご》の高等学校にいて、現在では夫婦だけだというのだ。それに看護婦が一人いる。医師杉山俊郎の家族については、これだけを知らされた。

医者としての彼の評判は良かった。そこは葛城村でも桐畑というところで、大体、村の中心地になっている。近隣十里四方にわたって医者がいないので、杉山俊郎は村人の尊敬と信頼を受けているということであった。

良吉は、父の分家の話もそれとなく聞いた。出てくる名前に心当りの者が混じっている。父がその村の話と一しょに幼い良吉に聞かせた人の名だった。良吉は、まだ知らぬ父の故郷とはいえ、雑貨屋の話だけでも懐しさがこみ上げてきた。

駅前から桐畑までは十二キロの道程《みちのり》である。バスが出ていた。旧式の、汚ない、小型バスだった。

バスは雪の道を走った。寒々とした風景だ。畠《はたけ》は雪を厚く被り、山は梢《こずえ》だけの山林が白い斜面に黒褐色の斑《ふ》になっていた。部落はところどころしかない。山峡《やまかい》の、いかにも耕作地に恵まれない僻村だった。

傍《かたわ》らに川が流れている。この川の名前にも父からの教授があった。馬木川というのだった。

一時間ばかりでバスは桐畑についた。十軒ばかりの家が道の両側に並んでいる。店は二軒ぐらいあった。

ここで杉山医院を訊くと、すぐ裏手になっていた。道から山までは、それでも一キロぐらいの平地がある。良吉は雪の径《こみち》を歩いた。

畠の中に、医者の家は百姓家と一しょに建っていた。そこが医院であるという唯一《ゆいいつ》の区別は、白いコンクリート塀をめぐらすことで見せているみたいだった。母屋の瓦《かわら》は赤かった。

玄関に立って案内を乞《こ》うと、二十四、五ばかりの、顔の円《まる》い看護婦が取り次ぎに出た。良吉が村の者でないことは、彼女にも一目で判《わか》る。良吉が、先生はいますかと訊くと、ただいま往診中ですと答えた。名刺を渡して、奥さんに、と頼んだ。

やがて、痩《や》せた、背の高い、中年の女が出て来たが、それが医師杉山俊郎の妻だった。名刺にある東京の住所を不審がっている様子だった。

良吉は、手短に自分の素姓を話した。分家の杉山重市の孫だと云うと、良吉という存在は知らなかったが、分家の名前で通じた。猪太郎のこともうすうす聞いているらしかった。

主人はいないが、ともかく上って下さい、と云うので、良吉は薬局の横に付いている廊下を渡って母屋に入った。

囲炉裏に火がおこっていた。妻女はそこで赤い座蒲団《ざぶとん》を出し、茶をすすめた。

しかし、文通も何もなく、また、事前に手紙も出していないので、この訪問はやはり奇妙だった。妻女のほうも、どこか当惑げな様子がある。いや、当惑というよりもチグハグな感情だった。

姓だけは一応一族なみだが、突然やって来た良吉は一種の闖入者《ちんにゅうしゃ》である。

良吉は、主人の俊郎にだけはどうしても会いたかった。自分の父の僅かな血続きといえば、この人よりほかにない。折角、山陰の奥まで訪ねて来ながら、父の故郷の山だけを見て帰るのは物足りなかった。僅かな時間でもいい、俊郎という人に会ってみたかった。

「あいにくと、往診に出ていましてね」

妻女は紹介のときに、自分の名前を「秀」と云った。

彼女が都会的な感じのするのは、岡山のほうから縁づいて来ているという駅前の雑貨屋の主人の話を思い出してうなずいた。

「ちょっと、隣村に行くのにも、三里や四里はございますからね」

「こういう雪の日に、どうしていらっしゃるんですか?」

良吉は、二尺は積もっているると思われる、途中の雪を眼に泛《うか》べて云った。

「馬で行くんですよ」

妻女は笑った。

「ほんとうに、山の中の医者ですからね。ここでは、自動車も、自転車も、役に立ちません。山越しして行くには、馬よりほかに方法がないんですよ。ですから、わたしの家の横には、馬小屋が付いていています」

「大変ですね。あまり遠いところだと、お断わりになることもあるでしょう？」

「いいえ、それが、事情を聞くと、できないことが多うございます」

秀は話しているうちに、次第に最初のぎごちない気持がほぐれてゆくようだった。それは、彼女の表情や話し方で判る。

「田舎の人は、なるべくお医者にかからないようにしていますから、売薬か何かで間に合わしているんですよ。とうとう、どうにもならないときに往診を頼みに来るので、いつも手遅れがちになります。今日頼みに来ると、もう、明日では間に合わないという患者が多いんです。そんな事情ですから、頼まれると、主人は夜中でも馬で出かけるんですよ」

大変なことだと良吉はまだ見たこともない遠縁の俊郎に同情した。

秀はぼつぼつ話をはじめ、俊郎が岡山の医大を出ていること、結婚して二十年以上になること、主人はせめて薬局のほうを手伝えと云っているが、その気になれないで、未《いま》だに岡山から呼んだ看護婦を同居させていることなど聞かせた。

その話のはしばしには、良吉の父の猪太郎のことにも触れてきた。

今でも親戚は残っているが、良吉が父から聞いていた名前の人物は、ほとんど死んでしまっていた。現在は大ていその子供か孫に当っていて、親戚の血筋が薄くなっている、ただ、本家と分家というつき合いだけだ、と秀は云った。

猪太郎が若いときに出奔して、諸国を放浪していたことも、この村には聞こえていた。秀も俊郎から、良吉の父のことを聞かされていたが、それは、父の消息が曖昧《あいまい》なことでしか伝わっていないことが秀の話で判った。

それは、つまり、父という人間が故郷で伝説化していることでもあった。

その放浪児の猪太郎の子供がここに訪ねて来たのだから、秀もびっくりしただろうし、最初の当惑はよく判った。

三時《おやつ》は餅《もち》を振舞われた。秀は、ぜひ、泊ってゆけ、と云った。そのうち、主人も帰ってくる、今夜は、いろいろと、あなたのお父さまのことも伺いたいから、主人が帰るまではどうしても残ってくれ、と云った。その言葉は、まんざらお世辞とも思えなかった。父の猪太郎の不幸は、親類のなかでかなりな同情を買っているらしかった。

馬で往診に出て行ったという医者は、しかし、容易に戻らなかった。

「ほかを二、三軒回るのかもしれません」

秀はそう云った。

しかし、夕方になっても、医師は馬に乗って帰らなかった。

九州や広島で乾いた明るい景色を見ている良吉には、窓から見える雪の風景がまるで違った世界に坐っているような感じで映った。

山に囲まれているためか、ここは日昏《ひぐ》れも早かった。白い景色のままに、あたりは蒼《そう》然《ぜん》と昏れてゆく。

「もう、戻るころですがね」

秀は、ときどき、表に出て行って様子を見るらしかった。しかし、その言葉は、良吉を引き留めるというよりも、次第に彼女自身の心配になってゆくようだった。

良吉は思い切って一晩厄介になることにした。医師の戻りが夜中だとすると、バスもなくなるし、宿のあるところにも戻れなかった。

「どうしたんでしょうね？　まだ帰らないんですよ」

秀が実際に憂《うれ》いげな顔を見せたのは、夜に入ってからだった。

3

八時になった。

「一体、どこまで行かれたんですか？」

良吉は、夫の帰りが遅いのを心配している秀に訊いた。

「片壁という部落に行ったんです。そこに二軒ほど患家がありましてね」

秀は客である良吉に平静な言葉で答えたが、その心細げな様子は蔽《おお》うべくもなかった。

「そこは、どのくらいの道程《みちのり》があるんですか？」

「六キロぐらいはあります」

「馬だとわりと早いわけですね？」

「そうなんですけれど、なにしろ、大変な難所でして、片側は山になり、片側は断崖《だんがい》になっています。路幅が狭く、とても嶮岨《けんそ》なところですわ。それに、この雪でしょ。ここよりはもっと深く積もっていると思うんです」

良吉は、山間《やまあい》の雪道をとぼとぼと馬を歩かせている医師の姿を思い泛べた。

「では、こんなに暗くなっては、そこを通るのは危ないわけですね？」

「ええ、それで心配してるんです。崖《がけ》を踏み外すと、二十メートルも下の川に落ち込みますからね。今までも、馴《な》れた村人が二人ほどそこで死んでいます」

「そりゃ危ない」

良吉は想像して云った。

「では、治療で遅くなって暗くなり、患者の家で泊ってらっしゃるということはありませんか？」

「さあ」

秀はそれに否定的だった。

「そんなことはないと思います。これまでも、どんなに遅くなっても帰って来ましたから」

「患家というのは、御主人を頼りにしてるので、危なくなると、泊めるんじゃないですか？」

「ええ、この辺の人は主人に親切にしてくれますけれど」

「それじゃ、きっとそうですよ。そんな危ない夜の雪道では、患家のほうで引き留めるに決まっていますよ。往診に行かれた患家の名前も判ってるんでしょう？」

「判っています。一軒は大槻という家で、一軒はやはり杉山というんです」

「杉山？　すると、こちらの親戚ですか？」

苗字《みようじ》が同じなので、良吉はそう訊いた。

「主人の従弟《いとこ》ですわ。杉山博一というんです」

従弟というと、実は、良吉にも血筋の上で多少の関係があるだろう。よく訊いてみると、やはり俊郎の父とその博一という人の父とが兄弟だった。つまり、両方の祖父は重市の兄弟に当る。すると、良吉とはまた従兄弟《いとこ》同士に当るわけだ。

「それだったら、なおさら、その博一という人が御主人を泊めているに違いありません」

良吉が云うと、なぜか秀は強く頭《かぶり》を振った。

「いいえ、ヒロさんのところなら、主人は泊る筈《はず》がありません」

その云い方が強かったので、良吉は思わず彼女の顔を見た。

だが、それには秀は答えなかった。説明をしないのは、はじめての良吉に云いにくい事情があるようにも察しられた。

窓の外を見ると、雪は降っていないが、闇のなかにも積もった雪が白々と見える。屋根を鳴らす風が笛のようだった。

それから一時間経った。もう、秀は良吉の前も憚《はばか》らずにおろおろしていた。良吉自身もどうしていいか判らない。秀は別間に床をとってくれたが、彼はのうのうと先に寝るわけにもいかなかった。

良吉自身にも不吉な想像が起きていた。秀から聞いた話で、二十メートルの崖から馬もろともに転落してゆく医師の姿が眼に泛ぶ。山峡の断崖に、細々と一筋ついている白い雪路さえ眼に見えるのであった。

急に表の戸を叩く音がした。睡《ねむ》れないままに奥の間で起きていた良吉は、耳を澄ました。秀が応対に出ているらしい。せっぱ詰《し》ったような男の声がしていた。医師が帰ったのではなかった。いや、医師の変事を報らせる注進だった。

良吉も着替えない姿のままに玄関へ出た。恰度《ちょうど》、報らせに来た男が帰ったすぐあとだった。

秀は、自分の居間のほうへ駆け込むように戻るところだった。

「どうしたんですか?」

良吉は訊いた。

「主人が……」

秀は喘いだ。

「主人がどうやら、あの難所から谷へ落ちたらしいんです」

良吉は息を詰めた。秀は蒼《あお》い顔になって眼を血走らせている。

「いま、駐在から使いが来たんです。暗いのでよく判らないけれど、夜が明けたら、すぐ確かめに行くと云ってきました」

良吉は急に返辞ができなかった。

「わたしは、これからすぐ駐在に行きます。とても、ここでじっとしていられませんわ」

そう云ってから、良吉が客であることに気づき、

「すみません。はじめていらしたのに、こんな騒動が起ったりして」

と謝った。

「いや、そんなこと……しかし、そりゃ大変ですな。ぼくも一しょに行きましょう」

「いえ、とんでもありませんわ。あなたは、ここで休んで待っていて下さい」

しかし、女の身である秀ひとりを駐在所にやるわけにはいかなかった。この家には看護婦がいるから、留守番はある。良吉も、遠慮して断わる秀を無理に納得させ、一しょに付いて行った。

駐在所は、良吉がバスで降りた近くにあった。ほかの家は戸を閉めて雪のなかに睡っているが、駐在所の窓ガラスだけは電燈《でんとう》が赤々と点《つ》いていた。

良吉が入ると、消防団の法被《はっぴ》を着た男が二人、達磨《だるま》ストーブに当っていた。

「駐在さんは?」

秀は訊いた。

「ああ、奥さん」

消防団の村人は秀の顔を見て、あわててストーブから離れた。

「駐在さんは、いま、ヒロさんと一しょに現場に行きましたよ。われわれもこれから行くところです」

もう一人の消防法被の男は、提灯《ちょうちん》にローソクを立てていた。

「ヒロさんと一しょですって?」

秀は怪訝《けげん》な顔をした。

「ヒロさんがどうしたんですか?」

良吉は、ヒロさんが、というのが、先ほど聞いた俊郎の従弟の杉山博一だということを察した。医師はその博一のところに往診に行った筈である。

「ヒロさんがね、谷底に誰やら落ちているのを発見したんですよ。それで、あわててここに報らせて来たんです」

誰やら、というのは、秀の前を憚って云っていることで、明らかに俊郎医師を指しているのだった。

「ヒロさんは、どうしてそんなところを見つけたんでしょうか？」

秀は不思議そうに訊いた。

「なんでも、ヒロさんは、木炭を田代部落の倉田さんのところに運んで行っての帰り、現場を通りかかり、おかしいと思ったそうですな。誰かが谷底に落ちた跡《あと》がある。これは大変だというので、すぐ、そこから引き返して駐在に知らせに来たんですよ」

谷へ転落した人間が医師であるらしいことは、まだその正体を見究《みきわ》めないうちに、駐在から秀のところに使いが来たことでも判る。

駐在も、消防団の人も、秀の気持を考えて、転落した人間が医師であるとははっきり口に出さないのだと察しられた。

「わたし、そこに行って見ます」

秀はおろおろして云った。

「あなた方も、これから行くんでしょ。伴《つ》れてって下さいな」

消防団のなかで止める者もいたが、結局、秀の態度に圧《お》されて、同行を承知した。もちろん、良吉もその一行に加わった。

消防団の人が三人、提灯を持って雪道を急いだ。

良吉はふるえている秀の傍に付いていて、まっ暗な雪道を歩いた。

4

現場までは一時間近くかかった。雪は三十五センチぐらいは積もっている。歩き馴れない良吉は、何度か転びそうになった。消防団の持っている提灯が、暗いなかを侘《わび》しげに導いた。

桐畑の部落を外れると、山路だった。谿谷《けいこく》はその先からつづく。片側の山の斜面が、恰度、白い塀のように突き立ち、片側は暗い闇だった。その闇の底に水音が聞こえている。雪の路幅は二メートル足らずだった。

路はくねくねと曲がっている。曲がるたびに崖は高くなり、水音が深いところで聞こえていた。

どのくらい歩いただろうか。ようやく、向うに赤い火が勢よく燃えるのが見えた。

「あれだな」

先を歩いている消防団が言った。

「あそこで、駐在さんが夜の明けるのを待ってるんだろう」

消防団の言葉通りだった。焚き火の近くに行くと、黒い人影が起ち上って迎えた。制服の巡査だった。そのほか、男が二人、火の傍にいる。一人はやはり消防団の法被を着ているが、一人は合羽《かっぱ》を着た背の低い男だった。

「奥さん、ここまでおいでになったんですか」

巡査は秀を見てびっくりした。

「はい、なんだか落ち着いていられなくて」

秀は声をふるわせていた。

「まだ、御主人かどうか判りませんよ。なにしろ、こう暗くては、誰が落ちたのかさっぱり見えません」

巡査は、なるべく秀の衝撃を柔らげるように云った。

「やあ、お秀さん」

背の低い合羽男が、火の傍から秀のほうへ歩いて来た。

「あら、ヒロさん、あんたが見つけたのですか?」

良吉は、初めて杉山博一なる人物の顔を見た。片頰が赤い炎に照らされて髭面《ひげづら》を見せている。四十二、三ぐらいと思えるが、あるいは本当はもう少し若いのかもしれぬ。皺《しわ》の多い顔だった。

「ああ。わしがな……」

と杉山博一は嗄《しわが》れた声で云った。

「わしがな、田代部落の倉田さんのところに炭を届けに行って、その帰りにここまで来たとき、道の雪の模様がどうもおかしい。今は暗くてさっぱりわからんが、この崖の下に雪の崩れ落ちた跡がある。そう思って提灯を照らして見ると、馬の足跡が片壁部落のほうからここまで来ているが、途中で消えとる。わしははっと思ったよ。もしかすると、あんたんところの俊郎さんが、この崖から馬もろとも落ちたんじゃねえかと思ってな、すぐ、駐在に報らしたんだ」

　博一は吃《ども》りながら短い説明をした。

「うちの主人《ひと》は、あなたのところに往診に行ったんじゃないですか？」

　秀が訊いた。

「そう。うちのミサ子を診《み》てもらったがな。そうだ、あれはたしか三時半ごろだった。わしは、恰度、倉田さんところに炭を届ける約束があったんで、俊郎さんが診察を終るのを待たずに、この橇《そり》に炭を乗せて先に出かけたんだ。そうだ、あれは四時ごろだったろう」

　博一の言葉で、良吉が見ると、今まで暗くて判らなかったが、そこに荷物を運ぶ橇が空のまま置いてあった。

　この辺は雪が深いので、奥地から荷を運ぶときは木製の橇を使う。それには綱が付いていて、それを人間が肩に掛け、荷車に付いているような長い柄を両手で引っぱって歩くようになっていた。

「では、うちの主人《ひと》は、あなたのところがおしまいでしたか？」

「そうそう、うちの先の、大槻の正吾さんのところに先に行って、それからわしのところに寄ってもらった。だから、俊郎さんがいつわしの家を出たか判らんが、わしはこの現場まで来て、馬の足跡が途中で消えているので、早速、駐在さんに報らして、来てもらったわけだよ」

「では、うちの主人《ひと》があなたのところから出たかどうかは、まだ、はっきり判らないわけですね？」

「なにしろ、こういうことだから、家には帰らんでいる」

杉山博一の説明によると、馬の足跡で、確かに杉山俊郎がここまで来ていることが判っているので、家に帰って訊くまでもない、というのだった。良吉があとで聞くと、片壁部落では馬を持っている家は一軒もないという。

秀は、消防団の照らす懐中電燈で現場を覗《のぞ》いた。淡いその光でも、その路の一メートルぐらい先に馬の深い足跡が見えた。それは、博一の説明の通りに、桐畑とは反対側の片壁のほうから続いているのだが、急にそこでなくなっている。

しかし、懐中電燈の光だけでは頼りなくて、事態は定かには判らなかった。そこで、秀も良吉も一しょになって、同勢八人は火を囲んで、夜の明けるのを待った。

その間に、発見者の杉山博一が付け加えた話はこうである。

博一の妻ミサ子は、かねてから胃を患《わずら》っている。その日も急激な胃痙攣《けいれん》が来て痛みが激しく、たまりかねた博一自身が従兄の杉山医師を迎えに行ったのだ。

杉山俊郎は、博一を先に帰した。博一の住んでいる片壁部落には、もう一人、診るべき患者がいた。それは博一の家から二百メートルばかり離れている大槻正吾の家で、四十五歳になる正吾は肺を患っている。

杉山医師は注射道具など用意して、午後二時ごろ、馬に乗って出かけた。片壁部落までは雪の道で、馬でも一時間はたっぷりとかかる。だから、医師が大槻正吾の家に着いたのは、午後三時だった。道順としては杉山博一のほうが先なのだが、どういう理由《わけ》か、医者の俊郎は先に大槻の家に往診している。

その戻りに医師は博一の家に着いたのだが、それが午後三時半ごろだった。

ミサ子の胃痙攣のために注射を打ったり、手当てをしていたが、博一は、先にも云う通り、田代部落の倉田家に、その日の夕方までに炭三俵を届ける約束があり、彼は医師を残して四時に出発したのであった。

田代部落は桐畑とは別な方向にあって、そこまでは約一時間四十分ぐらいかかる。

博一は橇に炭三俵を載せ、無事に田代部落に行って、倉田家に炭を納めた。その戻りに、この現場で異様な椿事《ちんじ》の跡を発見したのである。——これが博一の話だった。

5

夜が明けた。

博一の観測に間違いはなかった。巡査を先頭に、消防団五名が博一と共に二十メートルの崖縁《ぶち》を伝って下に降りたとき、医師と馬との死体を発見したのだった。渓流は意外に川幅が広く、流れも相当に激しかった。杉山俊郎は墜落したとき岩角で頭を打ったとみえ、血を流して、身体の半分を水の中に漬けて死んでいた。馬は渓流のまん中に落ちて、水のために約十メートル流され、別の岩礁《がんしょう》に引っかかっていた。

秀は、崖の上にあがった駐在巡査からこれを聞かされて、泣き伏した。

良吉としては、はじめて訪ねた父の故郷で、思いもよらない変事に遭遇したわけだった。

夜が明けてみて、はじめて、医師の足どりが判った。雪は約四十センチばかり路に積もっている。路幅は二メートル足らずという狭さだ。良吉は、明るくなってこの景色に接し、その絶景と共に危険なこの崖道を見て愕《おどろ》いた。

昨夜、片側が闇になっていたところが全部谿谷で、向い側は突兀《とっこつ》とした山になっている。この路を馬で来た医師は通い馴れているから通行したのだろうが、はじめての者なら、とても恐ろしくて馬で歩ける路ではない。

さて、事故とはいえ、医師の死の実地検証は詳細に行われた。

片壁部落は戸数五戸ばかりで、夕方近くなると、桐畑のほうから片壁部落に行く者はなくなるし、向うからも人が来なくなる。これはこのような路の危険を考えて、自然と通行途絶となるらしい。

降雪は昨日の正午ごろで止んでいる。路の雪の上には、橇の跡と、人間の歩いた跡とがあり、さらにその上に馬の足跡が付いていている。人間の足跡は浅く、馬の足跡は深かった。

この検証で、杉山博一の申し立てに間違いはなかった。

橇の跡と人間の足跡とは、勿論《もちろん》、博一のものだった。だが、馬の深い足跡は、橇のすべった筋と博一の歩いた足跡のあとから付いているのだ。つまり、橇のすべった筋と人間の足跡とは、あとから来た馬の足跡でところどころ崩されている。

この人間と馬の足跡のことは、駐在巡査によって詳細に書き取られた。

次に一行は、杉山博一の家に向った。博一自身は昨日、炭を積んで橇で出かけたまま、はじめてわが家に帰るのである。

博一の妻ミサ子は、俊郎医師の行動を次のように話した。

「俊郎さんは、うちの亭主が炭を橇に積んで出て行ったあとも、二十分ばかり、わたしの手当てをしてくれました。それが済んで、馬に乗ってこの家を出ましたが、それが四時半ごろだったと思います」

つまり、博一は四時に家を出て、雪の上に足跡の付いた通りに田代部落に向い、それから三十分遅れて、杉山医師が馬に乗って同じ路を桐畑の方へ歩いて来たのだった。ところが、不幸なことに、路の雪のために馬が脚をすべらせ、二十メートルの断崖下に転落したという次第である。

良吉は、始終、巡査一行の実地検証に立ち会っていた。秀は、俊郎の死体を消防団の人たちが収容して家に担《かつ》いで帰ったので、一しょに従った。

良吉は、馬の足跡、人間の足跡、橇の跡を仔細《しさい》に眺めた。なるほど、人間の足跡と橇の筋の上をあとから馬の深い足跡が崩している。完全に医師の乗った馬が人間の歩いたあとから来たことは、これで判った。

馬の足跡が遭難現場で跡絶えているのは当り前だが、一方、人間の足跡、つまり杉山博一の足跡と橇の跡とは、この現場まで三回付いている。

一回は、片壁部落から出てそのまま田代部落に行った往路の跡であり、二回目は、田代部落からこの現場まで来たもので、三回目は、現場ではじめて事故を察して、駐在所のある桐畑に引き返したときの跡だ。

さらに、巡査や消防団と一しょに来たときの足跡が、事故の現場の近くまで付いている。

勿論、これは劃然《かくぜん》としたものでなく、それに、桐畑から現場までは巡査や消防団、秀や良吉の足跡も入り乱れてついている。ただ、博一のそれは、彼の言葉と一致しているわけだ。

ところが、馬の足跡の付いている最後の箇所から手前約半メートルばかりは、人間の足跡も橇の跡もない。これは巡査たちの意見によると、馬が崖下に墜落するとき道に積もった雪を蹴散らしたため、橇の跡と人間の足跡とを消してしまったのだろうと観測したのである。

なるほど、そう云われてみると、墜落した場所の雪は崖の下まで落下している。

だが、良吉には、この人間の足跡も、橇の跡も、馬の足跡も付いていない短い雪の空間が、頭の隅にこびり付いた。

説明は、巡査の云う通りで判るのだ。馬が墜落するとき、あがき蹴散らしたために、雪が往路の博一の足跡と橇の跡まで埋めたものであろう。さらに、馬と人間が崖下に転落するときに起った衝撃で、約四十センチ積もった雪が崖下にこぼれ落ちているのも当然である。

だが、その説明だけでは、まだすっきりしないところが良吉の頭のどこかにあった。

良吉は、巡査に従《つ》いて博一の家にも行った。

その家は、板塀だけの、バラック同然の見すぼらしい小屋だった。桐畑部落で見るような、本格的な農家の構えではない。屋根も瓦は置いてなく、檜皮《ひわだ》の上に、風を防ぐ石が載っていた。恰度、北陸や木曾路《きそじ》あたりの民家にあるような体裁だった。

家の中も極めて貧しい。タンスも古いのが一つあるだけで、ささくれた古畳の上に、蜜柑《みかん》の箱が積まれてある。それがこの家の整理戸棚だった。

博一の家は、その辺の狭い土地を開墾して、わずかな農作物を作って暮らしている。これは主として女房の仕事で、博一はその裏山で炭を焼いていた。その貧乏ぶりは、女房ミサ子の着ている着物に如実に現われていた。うすい着物を何枚も重ね合わせて着ているが、その着物にしてさえ、垢の滲《にじ》んだ、色のさめた袷《あわせ》だった。帯も縁《ふち》が擦り切れている。

良吉は、自分と血続きになる博一の顔を眺めた。昨夜、炎の明りで見たときも窶《やつ》れた顔だと思ったが、明るい陽の下で見ると、それがもっと酷かった。眼は落ち窪《くぼ》み、頬はそげ、髭が黒い顔に一ぱい伸びている。博一自身の着ている物も、古い軍服のようなものだった。それもところどころ継ぎはぎがしてある。

良吉は、杉山一族というと、この辺の地主や山林の主もいることだし、いわば「名門」なのに、どうして博一だけがこんな貧乏をしているのかと不審に思った。

良吉は思い切って、一しょに来た消防団の一人を木蔭《こかげ》に呼んで、事情を訊いてみた。

すると、その男は気の毒そうな顔をして云った。

「ヒロさんはね、もともと、ここにいれば、何とかなるのでしたが、若いときに血気にはやって、戦争前、満州に飛び出して行ったんですよ。今の奥さんも向うで貰《もら》った人です。一時は景気が好く、この村の評判者でしたが、終戦になって帰って来たときは、まるで乞食《こじき》同様の姿で、見る影もありませんでした」

彼はつづけた。

「なにしろ、満州に行くとき、土地田畑を全部売って行ったもんですから、帰って来ても、わが家もなく、田も畑もありません。そこで、仕方がなく、この痩せた土地に移り、自分で開墾したのです。この近所の他の三軒も、同じように満州から引き揚げて来た開拓組ですよ。ところが……」

消防団員はいよいよ気の毒そうな顔をした。

「こういう土地ですから、そんなことをやっていては、いつまでもウダツが上りません。もともと、ヒロさんは利《き》かぬ気の男で、何とか本家や分家を見返してやりたいと、一生懸命でしたがね。これればかりはどうにもなりません。ヒロさんは、冬になると炭焼きをし、夏になると、松江や広島あたりに出稼ぎに行っていました。ほんとに気の毒ですよ。ほかの親戚はみんな立派なのにね」

良吉はそれを聞いて、昨夜、秀に、ご主人がこんなに遅くなっては、従弟さんの家にお泊りになるかもしれませんね、と云ったとき、彼女が強く頭《かぶり》を振って答えなかったのを思い出した。

6

秀が博一の家に夫が泊る予想をあたまから否定したのは、博一の家の眼を蔽うような貧乏だけではなさそうである。博一と従兄の俊郎とは、普段からあまりしっくり行っていなかったのではあるまいか。

良吉はどうもそんな気がした。

俊郎が博一の妻を往診したのは、医者としての役目だから止むを得なかったのだろう。それに、同じ片壁部落には、もう一軒、大槻正吾という往診患者がある。このほうは肺を患って、大槻の女房が医師を迎えに来たとき、いま喀血《かっけつ》したからと往診を頼んだそうだから、俊郎としても放って置けなかったのであろう。だから、カンぐって考えれば、大槻から迎えに来なかったら、あるいは俊郎は博一の女房のところに行かなかったかもしれない。たまたま、大槻が喀血したので、ついでに回ったということもあり得る。

ここで、良吉は博一の話を思い出す。俊郎は、道順ならば博一の家が近いのだ。だが、そこには行かず少し離れた大槻の家に先に行っている。

普通なら、親戚の家にまず往診に行くべきではなかろうか。大槻が喀血したので、そっちのほうを先に回ったということも考えられるが、この場合、博一の家をあと回しにしたということが、何か日ごろの俊郎と博一の冷たい関係を暗示しているように思われる。

良吉は、博一の家に巡査と来たついでに、その家のぐるりを歩いてみた。

雪を被《かぶ》っているので、さっぱり区別がつかないが、地形からして、なるほど、耕作地はないように思われる。平らな場所はほんの僅かで、あとは急な斜面の山がせり上っていた。

家の周囲も汚なかった。また置いてある物を見ても、どれも貧しい道具ばかりだった。

そのうち、良吉は、雪の中に少しこぼれている黒い滓《かす》のようなものを見つけた。

何だろう?

拾って見ると、それは、櫨《はじ》の実の殻の小さく砕けた細片だった。

この辺には櫨の樹があるらしい。

良吉は山を見上げた。どの樹も枝に雪が載っている。だが、松、杉、檜《ひのき》、樅《もみ》などの樹の間から、櫨の樹を見つけるのに苦労はいらなかった。ひどく大きい櫨の樹が一本だけ高く聳《そび》えているのである。

良吉は、掌から黒い殻の砕片を落した。それは白い雪の上に黒い砂粉を撒《ま》いたようにこぼれた。

良吉は、東京の社宛《あて》に電報を打って三日間の休暇を頼んだ。

俊郎の葬式までは、彼は遂にここを出発できなくなったのである。亡父の故郷に来て、父と血の繋がる一人の男の急死に出遇ったのも、何かの因縁であろうと思った。

「ほんとうに御迷惑でしたね。すみません」

秀は良吉に謝った。それまでも、どうぞ構わないで帰ってくれ、あなたも東京に用事があるだろうから、と云ってくれたが、わざわざ遭難現場まで行った因縁もあって、良吉としては、葬式の済む前にここを出立することに気がひけた。

告別式は盛大だった。杉山俊郎はこの山村で唯一の医者として、村人から信頼と尊敬とを受けていた。医師の不幸な死は、誰からも惜しまれたのである。

俊郎の遺児二人も、電報の通知であわてて帰省して来た。どちらもりっぱな青年だった。

告別式は村の寺の本堂で行われた。会葬者も、村長や村会議員など村の有力者をはじめ、村人のほとんどが参集した。参会者は、近来、このような盛大な葬式を見たことがない、と云い合った。

良吉も縁戚の一人として親族席の末端に坐らせられた。

まず、焼香は遺児二人と妻の秀からはじめられた。そのあとは親戚の焼香となったが、良吉が見ていると、いずれも裕福そうな人間ばかりだった。親戚は、この村に限らず、隣村や近接村から集ってきた。親戚だけでも総勢男女合わせて二十人を超えていた。

その中で最も見すぼらしいのは、やはり杉山博一だった。彼の妻ミサ子も夫と一しょに同席した。

博一は、それが唯一の晴着であろう色の褪《さ》めた古い洋服を着ていた。ネクタイは無く、洗いざらしのワイシャツが上衣《うわぎ》の前に皺だらけとなってハミ出ていた。

妻のミサ子は、さすがに誰かから借着したらしい、さっぱりした着物だったが、やはり裄《ゆき》が合わなかった。それも喪服ではなく、この儀式にはそぐわない色のついた着物だった。

だが、この二十人を超す親戚の中で、仏前にぬかずいて一番歎《なげ》いたのは博一夫婦だった。

これは見ている人に奇異な思いをさせたのかもしれない。良吉はそっと会葬者の表情を観察したが、みんな眼を凝らして仏前で泣き崩れている博一夫婦を見つめていた。それは感動した顔と云うよりも、呆然《ぼうぜん》とした表情に近かった。

もっと、人びとのそのときの感情を分析すれば、日ごろ、俊郎と仲の悪かった博一夫婦が、俊郎の霊に案外な悲歎《ひたん》を見せた意外な出来事におどろいたように思われる。

7

良吉は、告別式が済むと、秀に別れを告げた。

帰りは、宍道方面に出て、山陰線回りで東京に行くコースをとることにした。

彼は木次線を北に向った。ふたたび昏れなずむ山峡の間を汽車が走るのを知った。出雲三成《みなり》、下久野《しもくの》、木次などという名が過ぎて行く。

山は白い雪の部分だけが昏れ残っていた。

良吉は、あの崖路《がけみち》に半メートルぐらいの間隔で残っている白い地帯をまた眼に泛べた。その部分だけが、馬の足跡も、人間の足跡も、橇の跡もないのである。

また、博一の家の裏で見た櫨の実の殻も眼に映った。雪の上にこぼれた黒い砂のような五、六粒だった。

次に、その博一夫婦が故人の霊前に泣き伏している姿も思い泛べた。

寒い山は窓にゆっくりと動いて行く。乗客も少かった。汽車も貧しそうだった。

博一はあの櫨の実を砕いて何に使ったのだろうか。櫨の実からは日本蠟燭《ろうそく》の原料が取れるのだが。

蠟。――博一は蠟をどうしたのだろうか。

しばらくすると、山の間に狭い田圃《たんぼ》が見えた。畔道《あぜみち》を農夫が馬の手綱を引いて歩いている。黒い馬は裸馬だった。

良吉は、医者があの雪の崖路を馬に乗って歩いているのを想像した。

このとき、良吉ははっと思って窓からのぞいた。裸の馬は、もう、ずっとうしろのほうに過ぎ去っていた。

そうだ、馬はひとりでも歩ける。人間を乗せなくても歩ける。

あの馬の足跡を見たとき誰しも、その馬の背に医者が乗っているものと思い込んでいた。だが、医者が馬に乗って帰りの道を歩いているところを目撃した者は一人もいないのだ。足跡だけがその証拠のように残っているが、馬が人を乗せて歩いたということは足跡だけでは証明できない。

すると、良吉にはまた半メートル間隔の白い地帯が泛ぶ。そこだけはどの足跡も付いていないきれいな雪の地帯だ。

博一をはじめ、駐在巡査も、所轄署《しょかつしょ》の警官も、それは俊郎の乗った馬が崖下に転落するとき、雪を蹴散《けち》らしたため、人、馬、橇の跡を散った雪が埋めたものと考えていた。

しかし、果たしてそうだろうか。

あの足跡の付いていない半メートル幅は、実は、誰か人間が工作した跡ではあるまいか。

工作。——

蠟。

良吉は思わず息を呑《の》んだ。思考がつづいた。

あの足跡のない雪の部分を想像でここで復原してみよう。

崖路の幅は二メートル足らずである。もちろん、人も馬も歩けるように道は平らにはなっている。だが、そこに一部分だけ道に斜面を作ったらどうだろうか。つまり、山側に高く、川に面した崖縁のほうを低くするのだ。それは雪をかき集めて出来る。すると、その斜面を歩く者は甚《はなは》だ不安定な姿勢になる。山際のほうが高いので、彼の身体は谷側に重心が傾くだろう。

しかし、それだけではまだ充分でない。なぜなら、雪は凍っていないから、脚が雪の中に深くめり込むわけである。

それでは、そこをより完全な滑り台として工作するには板を置けばいい。傾斜した雪の上に板を並べるのだ。板も傾斜している。その板にはあらかじめ櫨の実を撒いて、人間が脚で踏み砕く。すると、板一面は蠟で一ぱいに塗りたくられ、極めて辷《すべ》りやすいものになる。

工作者は、その板を自宅から炭と共に橇で現場まで運び、雪を路に盛り、その上に置く。

だが、これだけでは、馬がひとりで歩いて来たとき、路上の黒い板を発見して立ち停る惧《おそ》れがあるから、板の上には雪を撒いて蔽っておくのだ。

裸の馬はひとりでそこまで歩いて来る。そして、知らずに雪を撒いた板の上に乗る。すると、すべり台の役目をした板は馬の脚を辷らせ、身体を傾かせ、谷底に転落させる。このとき板も一しょに渓流の中に落ち、この証拠品は川下のほうへ流れて行く。完全に人の目にふれなくて済む。――

そうだ、あれはこのような順序で工作が運ばれたのではなかろうか。

警察で検証したように、博一が引いた橇は馬よりも先に現場を通っている。博一の女房の証言によると、医者は博一から三十分遅れて出発したというが、恐らく、その通りに違いない。だが、このとき、馬には医者は乗っていなかった。

すでに博一が出発するとき、医者の俊郎は博一の手にかかって殺されていたのだ。

馬は、医者が家の中に入っている間、その辺の樹か柱に括《くく》られていたのであろう。だが、博一の出発後、彼の女房は馬の手綱を解く。すると、馬の習性として、しばらくその辺を低徊《ていかい》したのち、ぽくぽくと崖路を桐畑部落のわが家へ戻って行く。

この馬の足跡が、誰にも主人を背に乗せて行ったように思えたのだ。

では、俊郎の死体はどうなのか。彼の死体は馬と一しょに現場の崖下の渓流で発見されたではないか。頭は岩角で割られていた。

しかし、頭を割ったのは岩角ではあるまい。恐らく、博一が自宅で丸太棒か何かで殴りつけたものであろう。そして、即死した医者の死体を炭や例の板と一しょに橇に載せ、上から莚《むしろ》か何かを被せて、あの崖路を通ったのだ。

博一は、まず、医者の死体を崖下に投げ、それから雪の傾斜面を作り、幅の広い板を並べ、その上に雪を撒く。

これが終って、博一は、予定通り、田代部落の倉田という家に炭を届けに行く。馬はひとりでそのあとから来る。博一のもくろみ通り、馬は傾斜した板に脚を辷らせ、崖下に墜落する。

この場合、その崖路を一人の通行人もなかったのが犯人にとって幸いだった。いや、幸いというよりも、通行人の途絶していることを計算に入れての犯行であろう。雪の昏れ方のその時刻になると、交通の途絶することを十分に熟知している土地の人間だ。

犯人は田代部落に予定の時間に炭を届けた。この予定の時間というのが犯人にとって大事だった。なぜなら、先方に遅く着くと、途中で時間がかかったことが分り、医者を谷に落す工作をしたのではないかと怪しまれるからである。その帰り、犯人は自分の計画が成功したのを知った。彼は道の斜面の雪を元通りに直す。その部分だけ、どの足跡も無いのは当然である。恰《あたか》も人間と馬が転落するとき雪がこぼれたようになる。

そうだ、それに違いあるまい。

良吉は窓の景色を見ていたが、眼には入らなかった。

ただ、俊郎の霊前に泪《なみだ》を流している博一夫婦の姿が大きく泛ぶだけだった。この姿が、半メートル幅の白地帯と櫨の実とを結ぶ頂点だった。

博一は、なぜ、俊郎を殺したか。

村人から聞いた話によると、博一は満州で相当な生活をしていたが、終戦となって、乞食《こじき》同様の身で帰って来た。彼は開拓民のような恰好《かっこう》で、あの土地の痩せた片壁部落に入り、貧困と重労働と闘った。長い間の闘いだったが、彼の身体に堆積《たいせき》したのは、貧困と疲労と老《おい》だけであった。

しかし、一方、昔の親類はみんな相変らず繁栄している。彼らは大地主であり、山持ちであり、また、近在の尊敬を集めている裕福な医者でもあった。

俊郎と博一の間がどのように険悪であったか、今は知る由《よし》もない。だが、想像するに、博一は従弟であり、幼友達である俊郎に対して快からぬ感情があったに違いない。それは敗北者の僻《ひが》みであり、嫉《ねた》みであり、遺恨であった。

彼が殺人を犯す直接の動機は判らないが、例えば、医療代も充分に払えなかったことや、医者がそのため彼に冷淡にしていた、現に、あのとき、道順として博一の家に先に俊郎が往診すべきところを、わざわざ、他人である大槻の家に先に行ったことなど、博一の激情を駆り立てたに違いない。不遇な博一は些細《ささい》なことにも怒りやすくなっていたと思う。

良吉は、暮色のなかに動く暗鬱《あんうつ》な山々を窓に見ながら、何ともいえぬ暗い気持になった。

自分のこの想像が正しいかどうか判らない。この空想を組み立てている材料は、櫨の実と、足跡の残っていない道の白い地帯だけなのだ。

　だが、この二つの材料は、恐ろしく重量感をもって良吉に迫っていた。真実という重量感である。

　良吉は、父の不遇だった境遇を思わずにはいられない。父は他国で貧乏しながら、一生、故郷に帰ることがなかった。博一も、終戦後にその故郷に帰らなかったら、彼の悲劇は起らなかったであろう。

　少くとも、今度のような医者の転落死事件が起っても、良吉にこの不吉な想像を起させるものはなかったに違いない。

　良吉が東京に帰ってから二カ月近くになって、秀から礼の手紙が来た。それは四十九日の法要を無事に済ませたという通知でもあった。

　報らせはもう一つあった。末尾に、博一夫婦が家をたたんで村を出て行った、という追伸である。この短い文字は、良吉をいつまでも憂鬱な気持にさせた。

北村薫

イチ押し！

上申書

証人尋問調書

東京都世田谷区××町××番地
職業　××生命保険株式会社　××支店員
時《とき》村《むら》牟《む》田《た》夫《お》（当年二十九歳）

（殺人強盗事件につき、昭和十×年二月十八日Q署において司法警察官警部補馬《ま》寄《より》重《しげ》竜《たつ》は右証人に対し尋問すること左のごとし）

（問）昨日、二月十七日、そこもとが帰宅して妻句《く》里《り》子《こ》が絞殺されていることを発見した状態を詳細に申し述べよ。

（答）私は、昨日、平常どおり出勤し、得意先回りをしましたが、何だか早く帰りたいような気持がしましたので、午後四時二十分ごろに会社を出て、午後四時四十分ごろに歩いて帰宅して、門をあけて、さらに玄関の格子戸《こうしど》をあけましたところ、いつも出迎える妻が出迎えませせぬから、私は気持を悪くして座敷に上り、四畳半の茶の間を見ましたが、姿が見えませんから、ふしぎに思って奥の六畳間にはいってみますと、左隅の本箱と机の方を頭にして、句里子が仰向《あおむ》けに倒れておりました。私は句里子の傍にまいり、句里子、句里子と呼びながら、胴体を手で動かしたら、句里子の手が冷たくなっていたので、びっくりして、そのまま、どこへも触れずに、すぐにN病院に駆けつけたのであります。

（問）そこもとは句里子の手が冷たくなっていたとき、どう考えたか。

（答）私は句里子は、まだ死んでいるとは思わなかったのであります。

（問）句里子は、なにゆえにかような状態で倒れていたと思ったか。

（答）私は、物盗《と》りにやられたのではないかと直感したのであります。

（問）そのとき、屋内は取り乱してあったか。

（答）取り乱した様子はありません。

（問）そこもとはN病院に駆けつけてどうしたか。

（答）私はN病院にかけつけて、受付の人に、「妻が冷たくなっているからすぐに来てください」と云《い》いますと、「先生は手術中だから終るまで待ってください」と受付の人に云われました。私はそれを待つ間にN病院の電話を借りて、義兄に当る神田の稲木四郎方に電話をかけましたら、姉の、さく子が出たので、私は「いま帰ったら、句里子が冷たくなっているからすぐに来てくれ」と云ったら、姉は、すぐ行くと申しました。私はいったん自宅に戻りまして玄関まではいりましたが、格子戸を閉めて表に出て、稲木夫婦の来るのを待っておりました。すると、約二十分ぐらいで、稲木四郎夫婦が自動車で来ました。稲木は医者を迎えに行き、私が一人で交番へ届けにまいりました。巡査は自転車を持って私といっしょに駆けつけてくれました。そこで、姉のさく子、巡査、私と三人で家の中にはいり、姉が、句里子の顔や首の方に掛けてあった私の寝巻をとって、「あれ、首を絞められている」と叫びましたので、私もそばに行ってみましたら、句里子はタオルと古手拭《てぬぐい》で首を絞められておりました。そこへ稲木とN病院の医者が来ました。医者は句里子の脈を見て、「もう助からない」と云ったのであります。

(問) 家の中で、何か被害品があるか。

(答) 句里子がいつも懐《ふところ》に持っている蟇口《がまぐち》一個、在中二、三円のものと、句里子がいつも六畳の間の机の上に置いている銀側の腕時計一個が見当りませんので、被害にかかっていると思います。

(問) 句里子の首を絞めたタオルおよび古手拭はこれに相違ないか。(このとき証拠品として押収したタオル、古手拭を示す)

(答) そうです。それは、いつも、自宅勝手の手拭掛けにかけてあるものです。

殺人事件に関する被害品発見報告

昭和十×年二月十七日Q警察署管内の殺人事件に関し、被害者時村句里子所有の茶色布製裏皮蟇口一個および銀側腕時計一個（夫の時村牟田夫の強奪されたりと称するもの）十八日午後一時十分ごろ、自宅六畳間の箪笥《たんす》と壁の間より発見いたし候条この段報告に及び候也

殺人事件に関する注意報告（Q署勤務M巡査）

時村牟田夫は、妻句里子が殺害せられている現場にあって、平然としており、かつ、警察官と対談中、寂しそうな笑顔を作っていた。

時村は、現場で本職の尋問に対し、被害者句里子の体に全然、手を触れないのに、句里子が平素帯の間にはさんでいた蟇口が取られているらしいと申告した。

稲木四郎夫婦は、現場において、署長並びに本職に対し、被害者句里子はまだ温いから人工呼吸を行わせてくれと再三嘆願したにもかかわらず、時村はその場にあって、無言のまま佇立《ちょりつ》していた。

第三回聴取書（被疑者　時村牟田夫）

私の妻句里子が殺された時の顚末《てんまつ》は、これまで申しあげたとおりに相違ありません。

（このとき、被害者居宅の壁に隠匿《いんとく》してあった銀側腕時計及び茶色布製裏皮蟇口を示し、被害品かどうかを確かめたところ、被疑者は一見した瞬間、顔面蒼白《そうはく》となり、しばらく

黙っていたが、さらに返答を促《うなが》すと、ようやく左のとおり供述した）

なんだか皆さんは私が句里子を殺しでもしたように疑いのように見うけますが、私は前にも申しましたように、当日、午前も午後も得意先を回っておりまして、妻を殺しに家に帰った覚えはありません。それに、夫の私がどうして妻を殺したりするものですか。私が妻を殺すような男かどうか、私の親戚なり近所の人たちについてお調べになればわかると思います。

第五回聴取書（被疑者　時村牟田夫）

今回、句里子が何者かに殺されたことについて、私の行動に不審の点があるようでありますから、本日はその点について申しあげます。

私が会社から帰って、句里子が冷たくなっているのを知り、大変なことになっていると直感しながら、顔にかぶせてあった私の寝巻を剝《は》いで句里子の様子を見ることなく、お医者さんに駆けつけたのは、気が動顚《どうてん》して、とにかく、医者に行かなければ、と思ったからです。

稲木夫婦が来たとき、句里子の体温があったので、臨場中の警官に向ってしきりに「人工呼吸をさせてください」と頼んでいるのに、私が何とも云わずに、それを傍から見ていたのは、不人情に思われるかもしれませんが、医者が来て、「もう駄目だ」と云ったのに、そんなことをしても無駄だろうと思ったからです。

それから、私が盗難にかかったように申しあげた蟇口と時計が、簞笥の裏から発見され、私が隠していたようにお疑いですが、決してそんなことはありません。実際、私も蟇口と腕時計とがそんな場所に隠してあったということがふしぎでなりません。私が、そうしたわけではないので、ただただ、ふしぎと申し上げるよりほかはありません。

第七回聴取書（被疑者　時村牟田夫）

今日まで私は妻を殺した犯人は他にあるように申しあげましたが、何もかも、よくお調べがすんでいるようでありますから、本日は偽《いつわ》りのないところを申しあげることにいたします。実は、句里子を殺したのは私でありますから、ただいまからその事実を申し上げます。

私は二月十七日の朝、妻と掃除のことで口争いをしましたので非常に不快な気持で会社へ出勤しました。すると午前十時ごろ、神田の姉の稲木さく子から電話があり、今度の日曜日に同人と句里子といっしょに熱海《あたみ》に遊びに行くことになっており、その日は午前九時までに遅れないように東京駅に来るよう姉から念を押してきたのです。

私は、この姉の云いつけを幸い、早くこのことを句里子に知らせて、気まずくした朝の気分を取り戻そうとして、午前中の得意先回りを済ませてから、会社で昼食をして、すぐに家に戻ることにしました。私は京王電車で××駅に行き、それから歩いて家に帰りました。それは午後一時ごろでありました。

私が帰ると、句里子はいつも玄関まですぐ出迎えるのに、このときは、出迎えもいたしませんから、私は少し変に思って、茶の間の方を見ますと、句里子はいつも服装をきちんとしているのに、伊達巻《だてまき》のまま、だらしない恰好《かっこう》をしてすわっていて、私の顔を見ても挨拶《あいさつ》もせずに無言のまま六畳の方へ立って行きました。私は、姉からの電話のことを話して、仲直りしようと思って帰りましたが、私は句里子のこの態度や動作で全く自分の気持が裏切られたように思い、一時に、むかむかして句里子のあとを追いかけますと、句里子は羽織でも取りに行くつもりであったか、衣桁《いこう》の方に向って小走りに行きます。私は早足でその前に回り、腹立ちまぎれに句里子の胸の中央辺目がけて右手の拳固《げんこ》で力まかせに二度ほど突いたのであります。

するど、句里子は、うんと呻《うな》りながら、前かがみによろよろしましたから、そこで私は右手で句里子の左肩を押しますと、机の方を頭にして仰向けに倒れました。

そのとき、句里子は両脚をややひろげたまま倒れたので、着物の前がひろがって股のところがあらわれました。その乱れた姿を見た私は、急に変な気持になって劣情が起りましたので、いきなり句里子の上にまたがって性行為をいたしました。そのとき私は動作中、両手で句里子の首をそろそろ絞めはじめますと、句里子はこれに対して少しも反抗をせず、そのままいつのまにか体がぐったりとしてしまいました。

全く句里子を殺す気なんかなかった私は、いまさらびっくりして、これは大変なことになってしまったが、このままにしては自分が殺人犯人になると思いましたから、外から物盗りがはいって句里子に暴行して絞め殺して、金品を盗って行ったようにしようと考えつき、台所からタオルと古手拭を持ってきて、句里子の首を絞めました。それから今度は、押入れから私の寝巻を出して句里子の顔にかけました。それは別に意味はありませんが、句里子を見るのが恐ろしかったからであります。

次に物盗りと思わせるため、句里子が帯の間にはさんで持っていた茶色の財布と、腕時計を六畳の洋服ダンスの上に投げ上げ、すぐに家を出て、午後の集金に出かけたのであります。

私は自宅に出入りする途中、誰にも知った人に出会いませんでしたから、これを幸い、午後、会社が退けてから初めて妻が殺されたようにして医者に駆けつけたり、親戚に知らせたり、交番に届けたりしたのであります。

このため、私の行動に不自然なことが起りましたのも、やむを得ないことで、これを見破りなされたことについては、実際、恐れ入っております。

第八回聴取書（被疑者　時村牟田夫）

先に申しました句里子を殺した事実について、申し上げ足らなかった点がありますから、本日はその点について申しあげます。

首を絞めたとき、タオルと古手拭の使い方の順序に思い違いはないかとのお尋ねですが、間違いはありません。

句里子がぐったりとなって死んだようになったとき、まだ実際に死んでいるかどうかわからぬのに、何とか手当をして蘇生させるように努めることもせず、死んだものと決めて、タオルや手拭で句里子の首を絞めたのは、最初から殺意がなかったものの行為としては、変ではないかとのお尋ねですが、実は私が拳固で強く胸を突いたとき、句里子は変な呻り声を出しましたので、このときすでに駄目になったと思いましたが、そのとき句里子が脚をひろげて倒れましたので、つい、ふらふらと情が起って、手当するよりも行為したくなったのであります。

　そのあとぐったりとなっている姿を見たときは、とても生き返るものとは思いませんでしたから、そんな無駄な手当をするよりも、いっそのこと、こんな恐ろしい場所は一刻も早く立ち去ろうと思いました。そうするには、外部から物盗りがはいったようにせねばなりませんので、今まで申しあげたようなことをして、手当はしなかったのであります。

　うけたまわれば、蟇口と腕時計とは私が申しあげたところより違った場所にわざわざ隠してあったのを発見されたそうですが、私にはそれがふしぎでなりませんが、あるいは記憶違いかもわかりません。

　私が句里子を殺した直接の原因は、前にも申しあげたように、その日は句里子の態度が気にくわなかったので、むかっ腹を立てたためでありますが、こうなるのも、句里子が日ごろから内気で、陰気な女でありましたから、私といっしょになってからも、ほがらかに打ちとけて話をするようなことがありませんので、ほがらかでない性質の私も、ますます陰鬱《いんうつ》になり、そのため家庭はいつも冷たかったのであります。こうしたことが、自然につもりつもって、ついにこんな結果になってしまったのではないかと思います。

第十回聴取書（被疑者　時村牟田夫）

実は、私が句里子を殺したというのは全く嘘であります。

それでは、なぜ、私が句里子を殺しもしないのに殺したと申しあげたかといいますと、お調べなさる方々から種々と私が殺したという証拠があるような口吻《くちぶり》をもらされましたので、これはどうも私も無事ではのがれることができないと思いましたから、いっそのこと私が殺したと申しあげて一刻も早くそれ相当の処分を受けようという気になりましたので、句里子が殺されていた現場を見て知っている範囲に想像を加えて作り話をしたのであります。実際は私がやったのではありませんから、蟇口や腕時計の隠し場所の相違を追及されますと、どうしても真実のことを申しあげられないばかりでなく、ほかのことも、ちぐはぐなことしか申しあげられなかったのであります。

さようなわけでありますから、私はその日は、先に申しあげましたように、予定どおり、午前中の集金をしてから、昼食のために、いったん会社に帰り、午後の集金に回りましたので、昼間は自宅に立ち寄った覚えはありません。

第十一回聴取書（被疑者　時村牟田夫）

私は、性的方面は体が弱いせいか、すこぶる弱い方であります。私が関係した女は、最初が先妻の、海掛蝕子《うみかけしょくこ》でありまして、五年前に別れまして以来、品川の娼妓《しょうぎ》を二回買いに行っただけであります。

句里子といっしょになってからも、一週間に二度ぐらい夫婦関係を結ぶのがせいぜいで、それ以上は翌日疲れて仕事ができません。友だちの話を聞くと、私よりはずっと精力的で、羨《うらやま》しく思っておりました。別に、性的に異常な行為をよろこぶような傾向はありません。

第十三回聴取書（被疑者　時村牟田夫）

私は、句里子を殺した犯人は他にあるように申しあげましたが、本当は、やはり私が、殺したのであります。本日は本当のところを申しあげます。

殺した事実については、先に申しあげたとおりでありますが、台所からタオルと古手拭を持ってきて、まずタオルで一重に句里子の首へ巻きつけて絞めてから、その両端を左側にぎゅっと絞めて一重結びにしましたが、なお不十分と思い、さらに古手拭で一重に絞め直したところが、手拭の端の方が切れてしまいました。その結び方は、手拭を貸してくだされば、実際に結んでお目にかけます。（この時、本職は一本の手拭を被疑者へ交付し、S刑事を被害者と見て絞頸《こうけい》の実演をさせたところ、時村は無造作に左結びと

して結びつけたので、そのまま写真に採取した）

それから物盗りと見せるため、句里子の伊達巻の間にはさんであった小銭入りの蟇口と、机の上にあった腕時計とを洋服ダンスの上に放りあげておきましたが、これはあとで簞笥と壁の間から出てきたそうですが、私は洋服ダンスの上に放り上げたつもりなのに、そんなところから出てきたのは、私の記憶違いかと思われます。

これだけしておけば、たいてい物盗りが来て、暴行したように見えるだろうと思いましたから、これでよし、と何気ないふうを装《よそお》い、家を出ましたが、幸いにこのときも帰るときも途中で顔見知りの人には出会いませんでした。

それから午後の集金に回り、午後三時十五分に社に帰りましたが、句里子や家の状況がどうなっているか気になったので、四時十七、八分ごろ、社の会計が終るのを待って急いで家に帰って見ました。それで、昼間殺害した句里子の死体をゆすぶってみて、様子を見ましたが、少しも変ったことはありませんから、私は予定どおり、会社から帰って、はじめて句里子が殺されたのを知ったようにして、ともかく、まだ手当をすれば、何とかなるだろうと思ったように見せかけるために、付近のN病院に駆けつけたのであります。

その後、警察では、私に句里子が殺された前後の事情を種々と尋ねられますので、警察というものは、かくまでもいろいろなことを細かく調べられるものかと内心おそろしくなりました。

それから、私がたびたび嘘を申しあげましたので、私が裁判所に行ってから事件を駄目にする目的でもあるように誤解されているかもしれませんが、私には決してそんな野心はありません。現在はただいさぎよく相当な刑をうけたいと願っているだけであります。それに、私は新聞などで人殺しなどの犯人が捕った記事を見るたびに、そういう人間はいっそ死刑にした方が却《かえ》ってその人のために幸福だろうといつも思っております。

それから前に申しましたように、私は性の方もごく弱い方で、句里子を満足させることができなかったと思っておりますが、それやこれやで、句里子も私が嫌になっていたと思います。私が句里子に対してこんな考えをもっており、句里子もまた私と別れたがっていて、互いに気持が合わず、夫婦仲が冷たくなったところに、今度の結果の真の原因があるように思われます。

次に、ちょっと私の感想を申しあげますが、私は今日まで警察の方々、ことに刑事さんなどは、ただ頑固そのもので、すこぶる冷酷な方であろうと想像していましたが、今度、実際に連日刑事さんたちに接してみますと、必ずしもそうではなく、一面強いところもありますが、一面に非常に親切で快活な明るい方々ばかりのように感じました。この点は非常に誤解しておりましたから、世間一般の人々も多分そうだろうと思いますから、私はこの機会に刑事さんたちに感謝しておきます。

二

意見書

会社員 時村牟田夫

当二十九年

〔犯罪事実〕被疑者時村牟田夫は、昭和×年×月、××二女句里子と結婚したるも、同女を愛するあたわず、家庭はきわめて冷たかりしところ、昭和十×年二月十七日午前八時ごろ起床の際、些細《ささい》なることで句里子と口論し、ために不快を感じたる被疑者は、匆々《そうそう》に食事を終えて会社に出勤せり。

しかるに午前十時ごろ、被疑者に対し、神田××番地姉稲木さく子より電話で、かねて句里子と共に熱海に行くはずなりし同月十九日の出発時間につき打合せありしを奇貨《きか》とし、被疑者はこれを句里子に告げて今朝の不快なりし気分を一掃すべく決意し、正午ごろ会社において昼食をすませたる後、××駅より京王電車にて××駅に至り、同所より徒歩にて帰宅したるに、折りから、不体裁なる伊達巻姿にて四畳半茶の間の鏡台前にすわりおりたる句里子は、被疑者の帰宅せるを知りながら、平常の慣習に従い、これを玄関まで出迎えることをせず、急遽《きゆうきよ》六畳間に立ち去りたり。

被疑者時村牟田夫二月十七日行動調査表

立回先	立回時間	次に至る歩行時間	目的	摘要
××生命保険××支店	午前八時四〇分ごろ		出勤	雑務
（中略）				
同	一二時四〇分ごろ		昼食	食事一五分
同	午後〇時五分ごろ		出発	
世田谷区××関沢勇夫	一時ごろ	会社より三分間位	集金	すぐに辞去
小崎元武	一時一〇分ごろ	関沢方より四分間位	集金	雑談二〇分間
上山敏雄	一時三〇分ごろ	小崎方より五分間位	集金	すぐに辞去
高橋芳子	一時四〇分ごろ	上山方より二分間位	集金	〃
水口克己	二時すぎ	高橋方より五分間位	集金	雑談一時間ぐらい
折原利夫	三時すぎ	水口方より三分間位	集金	すぐに辞去
××生命保険××支店	三時一五分ごろ	折原方より三分間位	帰社	雑務
自宅	四時四〇分ごろ	会社より二〇分間位	帰宅	

右ハ各証人ニヨリ実証シ得タルモノ

朝の気分を一掃せんと、　勤務中わざわざ帰宅したる被疑者は、　句里子のこの態度を見て自己の気持を裏切られたるを憤激し、直ちにこれを追ってその前にまわり、右手拳固をもってその胸部の中央部を二回強突したるに、句里子は異様なる呻り声を発して前かがみによろめきたるを、更《さら》に右手にてその左肩を突きたるところ、句里子は頭を机の方に、両脚をややひろげたる状態にて仰向けに倒れたり。

このとき被疑者は、句里子は絶命せるにあらずやと思慮したるも、その大腿部《だいたいぶ》を露《あら》わして倒れいる嬌態《きょうたい》を見てにわかに劣情を催《もよお》し、行為しつつ両手にて頸部《けいぶ》を徐々につかむがごとくにて絞めつけたり。

ほどなく、句里子の顔面に死相あらわれたるを見て驚きたる被疑者は、その左側に暫《ざん》時《じ》呆然《ぼうぜん》自失したるが、やがて自己の行為がいかに重大なる結果を招来したるものかを悟り、すみやかにその場を逃走せんとしたるも、その前に、まず外部より犯人侵入し、暴行絞殺の上、金品を強取逃走したるもののごとく仮装し、自己の犯罪を隠蔽《いんぺい》せんと企図し、とりあえず六畳間の箪笥内より塵紙《ちりがみ》七、八枚を取りいだし、（中略）しかして被疑者は台所より自分が使用しおりたる手拭を持参し、まずタオルにてその頸部を一重に巻き、これを一重に左結びして絞めつけたるのち、なお不十分と認めらるるをおもんぱかり、さらに手拭にて前同様の方法にて絞頸したるに、その際、手拭の左端一部は切断せり。

次に被疑者は、六畳間押入れ内より寝巻を取りいだし句里子の顔を覆《おお》いたるのち、物盗りを装わんがため、句里子の伊達巻の間にはさみおりたる小銭入り蟇口を取り、さらに句里子所有の銀側腕時計一個と共にどこかへ処分して同時に盗難にかかりたるがごとく装い、その場を逃走し、同日午後四時四十分ごろ、会社より帰宅して本件を知りたるごとく偽り届けいでたるものと推定せらる。

なお、被疑者が被害にかかりたるむね申告したる蟇口一個並びに腕時計一個は同月十八日午後一時十分、同家箪笥と壁の間に隠匿《いんとく》しありたるを発見したり。

〔証拠〕被疑者の証人尋問調書および聴取書（自白）検証調書

取調べに対する点

一、取調べに対する態度に少しも反抗なき点。

二、外部所見上認識不能なる胸部を拳固にて突きたると自供したる点。

三、手拭にて絞殺したる結癖一致する点。

四、時村は現場を熟知し、一重結びなることを認識しながら、ことさらに最初に二重に結びたりと申し立てたる点。

五、臨検に際し、時村の挙動に笑顔をもらしいる点。

〔犯罪の情状〕被疑者時村牟田夫は、一見柔弱にして女性的なるも、性質きわめて理性に富み、本件の犯罪明白なるにもかかわらず、極力犯行の一部を否定しおれるは、犯罪史上稀に見るところにて、改悛《かいしゅん》の情更に認めがたく、毫《ごう》も酌量《しゃくりょう》の余地なきものにつき極刑相成度

右意見上申に及び候也

司法警察官　警部　伯耆《ほうき》利《り》念《ねん》

時村牟田夫に対する殺人被疑事件につき、各種参考抜粋

〔鑑定〕本屍ノ死因ハ絞頸ニヨル窒息トス。

本屍ニ性交ノ証跡ヲ存ス。シカレドモ、ソノ生前・死後ノ別ハ不明ナリ。同女ノ体内ニ存在シタル精液ト、被告人時村牟田夫ノ精液トハ同一型ナリヤ否ヤ断定シ得ズ。本屍ノ死後経過ハ二十四時間内外ト推測ス（二月十七日午後一時内外）

〔証人関沢勇夫に対する尋問〕

（問）二月十七日、時村が証人方に来た時間は。

（答）そのとき時計を見たわけではありませんので、確然たることは申せませぬが、時村さんが来たのは、午後一時すぎであったと思います。

（問）その時間は間違いないか。

（答）食事にかかる時、ちらっと私方の柱時計を見ましたが、十二時半ごろでした。そして私の悪い癖で、新聞を見ながら食べますので食事は遅い方です。そして食事が終る前ごろ、時村さんが見えたので、午後一時少しすぎごろと申しあげるわけです。

（問）証人方の時計は正確であるか。

（答）私方の時計は進み勝ちで、ときどき、ラジオの時報によって合せますから、七、

八分以上も進んでいることはありませぬ。

（問）時村は、そのとき証人方に何分ぐらい居たか。

（答）時村さんは店の土間に立ったまま掛金を受け取り、証書に判をおしてすぐに帰りましたから、二、三分ぐらい居ただけでしょう。

（問）そのとき、時村は平常と変ったことはなかったか。

（答）私も食事をしながら、ちょっと時村さんを見ましたが、あとでこの事件が新聞に載った際、考えてみますと、二月十七日、時村さんが私方に来たときは、少し急いで来たような気がしました。母もそのとき、時村さんは急いでいたようだと申していました。

三

○昭和十×年十月、予審終結決定「被告人ヲ免訴ス」
○同月、検事抗告申立て。
○同年十二月東京控訴院第二刑事部は原決定を取り消し、本件を東京地方裁判所の公判に付す。
○昭和十×年十二月、東京地方裁判所第六部は「被告人ハ無罪」の判決をなす。
○同月、検事控訴申立て。
○昭和十×年十一月、東京控訴院第三刑事部において、裁判長は「被告人ヲ懲役十年ニ処ス」の判決をなす。

○　同月、被告人時村牟田夫は大審院長に対し上告申立て。

四

上　申　書

被告人　時村牟田夫

良心に問い、恥じざる真実を申し述べます。

私儀、本件すなわち昭和十×年二月十七日、私の妻句里子が不幸にも何者かのために残酷なる絞殺を受け、その後、意外にもその渦中《かちゅう》に巻きこまれ、ついに被告の身となり審理をうけること、その間約三年、予審免訴となり、××裁判長殿より幸いにも無罪の判決をうけたるに、検事の控訴により、去る昭和十×年×月、××裁判長殿は有罪の判決を私にくだしました。

しかし、故《ゆえ》なくして右判決に心服いたしかね、直ちに上告いたし、ここにつつしんで上申書を裁判長殿のお手元に提出いたすしだいでございます。承るところによりますと、このたびの裁判は書面審理にて、私は出廷を許されぬやに聞きおよび、しかして、これが最後の裁判であると思うとき、実に感慨無量であります。

さて、本件当日以後における私の行動および拘留中の模様を申しあげる前に妻句里子との結婚生活状況および両人の性質について記したいと存じます。

妻の性質は無口と申しましょうか、柔順と申すのでしょうか、あまり用談以外には言葉少く、私の方から常に話しかける機会がむしろ多く、私もどちらかと申せば、あまり口数の多い方ではありません。

しかし、喧嘩《けんか》したことは一度もなく、強《し》いて申せば九月か十月ごろでしたか、一度月給のことで、ちょっと注意をいたしたことがあるくらいなもので、妻に対して手を上げたことも、どなったりしたこともなく暮らしてきたのです。もちろん、私としては二度目の結婚でありますし、よく小説にあるような非常に感激的な生活ではありませんが、とにかく、まず平凡な、そして平和な家庭であったといっても別に過言ではないと思います。かくのごとくにして、爾来《じらい》、一年余を過したのであります。

さて、これから当日、二月十七日の行動を申しあげます。

当日、午前八時少し前に起床し、台所で洗面すべく来ますと、その辺の掃除ができておりませんので、私は掃除するように注意をしましたが、なぜか、その日に限り、返事をいたしませんでした。私は妻のいつにない異《い》なる態度に少し気を悪くしたのですが、時間があまりないので、食事もそこそこに外出の支度を妻の手助けをうけながらいたしました。句里子は玄関まで私を送ってくれましたが、今考えると、これが永久の別れになろうとは夢にだに思いませんでした。

さて、私は電車で会社に出勤したのが八時四十五分ごろであります。まだ早いのでストーブに当っていましたら、ちょうど九時すぎに神田の姉（稲木の妻）より電話がかかりました。その用件は十九日に旬里子と姉とが熱海に行くことになっていたので、その時間の打合せでありました。

私は十時前後、保険金の集金と募集をかねて会社を出ました。午前中の集金を五軒終り、会社に戻りましたのは、十二時すこし前かと存じます。私は手を洗い食堂にはいりました。そこで食事をし、すんで席に戻ったのが多分十二時四十分ごろであったと思います。それから集金カードを道順に整理して、やがて会社を出かけたのですが、多分、一時前後ではなかったかと思います。

さて、会社よりほど遠くない関沢勇夫さん方へ行き、そこで掛金をもらいましたが、バラ銭なので数えるのに非常に手間取り、十分ぐらいは優に過したのではないかと存じます。

私はあまりカバンが嵩《かさ》ばったので、会社に立ち戻り、両替しようかと思ったのですが、そのまま先に参りました。今、考えますれば、そのとき、会社に立ち戻っていたら、午後の出かけた時間の点がはっきりして、その間の説明がついたのではないかと思うと残念であります。

それから小崎さんという瀬戸物屋に行きましたが、それより五軒を回って会社に帰ったのが、多分、三時半は過ぎておりました。四時二十分ごろ、仕事をすませて帰宅しましたが、徒歩で約二十分ぐらいを要しました。

門より玄関をあけましたが、どうしたことか句里子はこの日に限って出てまいりません。変だとは思いましたが、仕事にとりまぎれてのことかと存じ、障子をあけて二畳に上りましたが、句里子は依然として出てきません。私は少し気を悪くしましたが、とにかく、四畳半にはいりました。

そこにも句里子の姿はなく、近所にでも遊びに行ったのかと思い、なんにしても不用心なことだと思い、ふと六畳の間に足を入れたのです。

この瞬間をどうぞご想像ください。不在とのみ思っていました妻は、そこの隅にあります本箱の方へ頭を向け、しかも頭部は私の寝巻がかけられ、大の字形に乱れた姿態で横臥《おうが》しているではありませぬか。

私は、妻の伊達巻姿でいるのをいまだかつて見たことはありませんでしたが、この光景を見ると、思わずその場に立ちすくんでしまい、そして全身に冷水をかけられたように、ぞっとし、全身はぶるぶる震え、どうしてよいやらわけがわからずにいました。そして次の瞬間に、これは泥棒か何かにやられたのではないかなと思うと、驚きと恐ろしさ、そして絶望的な気になり、頭がぼおうとなりました。

しかし、こうしてはおられぬと気を取り直し、句里子の傍に膝《ひざ》まずいて、句里子、句里子、と三、四回ゆすりながら呼んだのですが、さらに答えはありません。

私は絶望的な気持になりながら、いったい寝巻などを頭からかけられてどうしたことだろうと思い、おそるおそるその寝巻をとろうとしたとき、私の左手が妻の右手にふれ、云いようのない冷たさを感じ、その瞬間、これはやられてしまったのではないかと考えたのであります。

しかし自分にはいったいどうしたらよいやら昂奮《こうふん》して茫然《ぼうぜん》としてしまい、ただただ恐ろしさに支配されていたあの当時、そして私には何の応急策も浮ばず、医者にすがったならばとあわてて立ちあがりました。

表へ出ると小走りに走り、N病院に行きました。そして受付で、いま帰宅したところが、妻が冷たくなり、どうも物盗りか何かにやられたのではないかと思うのですが、先生にすぐ来てくださいと住所姓名を申したのです。受付では、先生が手術中で、もう終る時分だからと申され、すぐに来てもらえるものと思い、依頼をいたし、そして入口に電話のあるのに気づき、神田の稲木（姉）夫婦に電話したのであります。それから後のことは、調書に記載されているとおりであります。ただ、稲木の姉が、句里子の体の上にかかっている寝巻を取り去りましたところ、初めて首にタオルの巻かれてあるに驚き、思わず、顔をそらしました。医者は死後、二、三時間は経過している由を申し、手遅れであることを宣したのです。

やがて、私はその場から連れ出されたのですが、次室で多数の刑事に同じことを、何回となく繰り返し問われ、頭が痛み、なんだか、ぼおうとしてしまいました。やがて夜が明け、紛失品のことを問われたのですが、妻がいつも帯の間に入れて持っている小銭入りの蟇口が無いこと、および、机の引出しに入れている銀側腕時計が無いことを申し立てました。そのほか、簞笥の中を調べましたが、別段、異常はありませんでした。

やがて私は刑事に連行せられ、種々問われたのでありますが、何やら存じておりません。もちろん、食いもせず休息の暇もありませんでした。夜になりましたが帰されず、私はとうとう留置場に入れられたのです。

翌日は葬儀日でもあり、帰宅できると思えば、それもならず、悲哀その極に達しました。かくするうちに、いよいよ言語に絶する調べは始まりました。初めは比較的紳士的に尋問されましたが、刑事の意見と私の主張は全然相違し、私を犯人なりとして調べ出したので、事の意外に驚き、極力、その弁明につとめました。しかし、身に覚えのないことゆえ、誠意を披瀝《ひれき》したらわかっていただけると思い、誠意をこめて申し述べたのですが、そうすればするほど、ますます刑事たちは怒り、いわゆる拷問《ごうもん》責めをはじめたのです。

十七日以来一睡もせず、食もほとんどとっておらず、精神的にも肉体的にも非常に疲労いたしている際、そうしたことにはさらにおかまいなく、留置場より、昼となく、夜となく、私を連れ出して言語に絶する調べ方をしました。私は現在、記憶している程度において、その拷問の有様を事実のまま申し述べます。

ある時は、私をさかさまに吊《つる》し、鼻から土瓶《どびん》にて、おまえは酒が好きだそうだと注ぎこみ、また私のズボンを脱がせ、厳寒にて冷え切っている床板の上に木刀を置き、その上に私を座せしめ、上よりごりごり押しつける。足の骨が折れはせぬかと思うばかり何回となく繰り返す。また、ある時は、私を椅子《いす》に腰かけさせ、刑事が二人がかりにて、一人は寒竹《かんちく》の杖《つえ》にて私の股を流行歌を歌いながらピシピシと打ち続ける。他の一人は私のスネを木刀にて叩き、こうしておれば、おれは月給もらえれば、手当ももらえると、その月給袋を見せながら、こんなのんきな商売はない、おまえがそうしていつまでも頑張るなら、自白するまでこうして頑張りくらべをしようと連続的に叩き、当時、歩行に不自由を感じておりました。

また、私の手を縛《ばく》してテーブルにすわらせ、灰皿の中に南京豆の皮や新聞紙をくべ、その煙の中へ私の顔を無理に押し込み、むせるのを見て喜んでいる。実に非人間的な行為をする。また、木刀を両手に高くささえさせられ、疲れてしだいにその手を下げると、寒竹の杖にて、その手を叩く。かくのごとくして、私が事件について肯定するように云うまで、右のごとく種々なる方法で調べられたのであります。この苦痛をのがれんためには身に覚えなきでたらめでも申し述べねばならないわけです。

またある時、私の面前に白い布に包んだ物を持ち来たり、これはおまえの妻の骨壺《こつつぼ》であると云いながら、それで私の顔を叩きながら、おまえはこうまでされても否認するのかと、それで打ち続けました。また、わざわざ妻の戒名《かいみょう》を書いてきまして、それを私の内ふところに入れさせて寝かせたり、かくのごとく、あらゆることをして、私の誠意をくつがえさんと、毎夜毎夜、私を虐《しいた》げたのでありました。それがため、とうとう自暴自棄的な気持に支配され、前後のわきまえもなく、この殺人事件を引きうけてしまったのであります。

そして、叩かれ叩かれ、当時私が退社後、帰宅して現場を見知っている範囲に種々想像を加え、また、尾ヒレをつけて、なるたけ当局者の検証の結果と合うように合うように考え作りながら申し述べはじめたのであります。ゆえに、ちょうど、芝居の脚本のようなもので、事実でない、全然、覚えのない殺人の模様をそこへ叩かれながら並べ立てたのであります。

でたらめでありますから、事実と合いません。したがってなかなか調べは進行いたしません。尋問されてもすぐにつかえる。どうにも云いようがありませんから否認する。また、苦しさのあまり、いろいろ考えては肯定するというように、何回となく同じことを繰り返したのであります。

ある夜、突然、馬寄警部補から呼び出しがありまして、今夜は昼間のように打ちも蹴りもせぬから、真実のことを云えと云われました。おれはこのような職にあるが、宗教を非常に信仰していると云って、数珠《じゅず》を持ちながら、おまえが真実のことを云えば、決して悪いようにはせぬからと、いつにない変った口調で静かに話され、ああ、自分の真意を見抜いてくれたのかと地獄で仏に会ったような思いがし、泣きながらこれまで申し述べてきたことはでたらめで、事実は、決して私が殺したのではないということを申しましたところ、意外にも、馬寄警部補は目をいからし、おれは、そんなことを聞いておらぬ、やった事実を聞いているのだ、と云われ、喜んだのも束の間、ついにふたたび留置場へ入れられました。こうしたことが刑事たちに翌日知れ、より以上責められたこともありました。

かくのごときことを種々、繰り返しながら、ついにお手元にあるような分厚な殺人調書が綴り作られたのであります。

以下、その調べ方の一例を解明したいと存じます。

私は、前述いたしましたように、当日は午後一時ごろ会社を出て、××方面とは反対の方面、すなわち××方面で職務を遂行中であったのですが、それでは、当局者の検証の結果と時間的に合致しませぬためか、まず正午過ぎごろに会社を出ていたというような漠然《ばくぜん》とした時間に、叩かれ叩かれ訂止を余儀なくされました。そうしますと、午前中に立ち寄りました諸岡煎餅店《せんべいてん》や、上田八郎方と順次に切りつめて行かねば、どうしても午前十一時四十分ごろに帰社し、昼食をなすことができなくなるわけです。それで諸岡煎餅店に行き要した二十分ばかりの時間を「すぐ」立ちいでたごとくにし、上田八郎方での所要時間、事実は四十分ぐらいを「十五分以上も」訂正するようにさせられ、順次、次の店も「しばらく」というように、時間的には表示せず、結局午前十一時四十分帰社、正午すぎごろに会社を出たとされたのです。もちろん、この間も叩かれました。

そこで、次に帰宅の動機を無理につくらねばならなくなりました。しかし、私には何らそうした事実がありません。

しかし、申さねば叩かれると考えた末、ちょうど、当日出勤の朝、台所の掃除の一件を思い出し、それをいかにもその折りに私が感情を害し、気まずい思いにて会社に出勤せるかのごとく誇張し、また当日午前十時ごろに神田の姉からかかってきた電話の件を、これまた何もわざわざ忙《なぐさ》しい勤務時間を割《さ》いて妻に話す必要もないものを、無理に結びつけ、それにより妻を慰めんとしたと申し述《いつわ》べ、妻はどうしていたかと尋ねられ、帰宅したところが出迎えず、鏡台の前に居たと偽り、当日現場の模様で、伊達巻姿であったのを思い出し、そのとき鏡台の前に居た妻の姿が、いかにもだらしなきように感じ、その瞬間、私が非常に憤慨したかのごとく申し述べ、次に、急いで妻は六畳の間にはいりました、とでたらめを申しました。

それから、同間《どうま》に追いかけて行ったまではどうにか無理に作りあげましたが、次にどういう所為《しょい》の後、殺したかと責められ、ここで私はいかに述べてよいことやら、身に覚えのないことで答申のいたしようがなく、非常に苦しい目にあったのであります。

では、胸は打ちはしないか、と云われ、何も私は云うことがありませんので、いいかげんに拳固で二、三回ついたと申し、突けば何とか声でも出すと思ったので、想像の結果、「うん」と妻が倒れたと云い、そして現場の状況では、どうも暴行されたようでしたから、実は脚をひろげて倒れていたので劣情を起し関係したと申しました。それから、どうして殺したかと責められ、何でもよい、その場をつくろわねば叩かれるので、首にタオルなどが巻いてありましたのを、稲木の姉が私の寝巻を取り除いたとき、私が現場で見て知っていましたから、右の物は平常台所にあるので、それを持ってきて絞めたのであると申しました。しからば、どのように結んだのかと問われ、私はそこでまた苦しまねばなりませんでした。結び方まで、詳しく見ていたわけではなく、どんな結び方になっていたか、どうしてもわかりません。

ふたたび、否認する、叩かれる、いいかげんに駒結びだろうと想像し、駒結びにしたと申し述べましたが、二、三回やりなおしをさせられ、結局、一重結びにさせられてしまい、検証の結果の現場の状況よりして尋問をうけ、箪笥裏から出ました蟇口などの処置を、ここで説明せねばならなくなりました。

右のごとく尋ねられる一つ一つが、すべて全然私の関知しないことゆえ、非常に表現に苦しみ、その間、何回となく否認もし、またやむなく肯定するかのごとく前述詳細に記しました種々なる拷問をうけながら、現場の部分的な状況を刑事に問い責められ、やや、それがまとまると、再び初めから復習的に午後の集金に出かけた時間より反復させられ、これを調整、綴り合せたものなのであります。

右は、ほんの一例にしかすぎません。

なお、紛失の蟇口と時計の隠し場所を云えと云われましたが、私にはさっぱりわからぬことゆえ、返事のしようもないでいると、部屋の壁と、何かの間ではないかと謎をかけました。当時拷問のため、自暴自棄になっていました私は、どうでもなれと思い、刑事の気に入るように、洋服ダンスの上に投げたが、それが、多分、向う側の壁に落ちたのでしょう、と云うと、この野郎、とぼけるな、洋服ダンスではない、もっとほかだろう、よく考えろ、と何度も云われました。あとで箪笥のうしろから出てきたと聞き、びっくりしました。どうしてそんなところに蟇口と腕時計が落ちていたかふしぎでなりません。

また、ある時、私に手記せよと迫り、その折り、かつて殺人犯人として渡辺某なる者が馬寄警部補にあてた手紙を見せられ、その文句に非常に刑事を称《たた》えた文面を私に見せ、悦《えつ》に入っておりましたので、私もこのようにでも書けば、現在、この苦しい雰囲気から一刻も早く脱し得られるのではないかと思い、実に男子として卑劣《ひれつ》きわまる気持ではありましたが、当時、このように考える余裕はなく、「刑事さんは思ったよりも親切な人ばかりだ」と書き立て、また、このたびは社会を騒がせて申し訳がない、といろいろ手記いたし、その結びとして、ことさらに、句里子殺人犯時村牟田夫と署名したことがあります。

その後、私は警視庁に連行され、いつでありましたか記憶はありませんが、ある夜、突然呼び出しをうけ、これまでのすべての調書を馬寄警部補が読みあげました。聞いておりまして、なんだか答申したことがないような点も多くありましたが、当時の私は、自棄的な気持でおりましたし、また、読みあげているすべてのことがすでにでたらめの自白でありますので、別に気にも止めず、また、異議も申さず、差し出されるがままに、すべてに拇印《ぼいん》をおしてしまいました。

現在考えますると、実に乱暴なことであり、また、現在それが非常にわざわいの種になっていると思うと、実に残念でなりません。

そして、いよいよ裁判所に送られたのであります。ある刑事が別れぎわに、おまえは公判廷において馬寄警部補に煮湯《にえゆ》を飲ますようなことを云うのではないかと云われ、また、裁判所で否認すれば、二、三年は調べがなく、そのまま、おっぽり放しにされるぞというようなことを云われました。

すべてを諦《あきら》め、投げやりな気持になっているとは申しながら、調べる人の変るごとに、もしやこの人に願い出たらばと、予審廷でも口の先まで出てはおりましたが、ついに自棄的な気持に、そうした正しい気も打ち消され、これまでQ署や検事に、すげなく自分の主張をはねつけられたことを思い出し、ここで願い出たところで同様な結果だろうとあさはかな考えから、ついに予審第一回は良心に逆らった陳述をしてしまいました。

しかし、判事どのに、何ごとも尋問に対して真実を述べよと云われ、なんだか私の気持を見抜いてくれたるような気がいたし、今後、いかなることを云われようとも、誠意を披瀝せんとかたい決心のもとに再調べを願い出たのであります。そして予審終了いたしまして、十月ごろかと存じますが、夜分、突然、係の者に起され、予審免訴の決定書を受けました。そのときのうれしさ、天は至知至明なり、ということを痛感いたしました。それから約一年、××裁判長によって再び私の誠意は認められ、昭和十×年に無罪の判決をうけました。

しかるに、またもや検事の控訴により、昭和十×年東京控訴院××裁判長殿は有罪の判決を私にくだしました。しかして、右判決に心服いたし得ず、直ちに上告いたし、ここに謹《つつし》んで上申書を裁判長殿のお手元に提出いたすしだいでございます。

なお、Q署並びに検事、および、東京控訴院××裁判長殿は、私の犯行時が午後一時ごろ会社を出て、午後の第一の立回り先である関沢勇夫方に到着した前後と認定されておりますが、むろん私に覚えのないことながら、時間的にみても、これは不可能であります。そのことは××弁護人の左の弁論趣意書の内容について、十分にご留意のほどを願います。

――被告が午後より外出したる時刻は、午後一時近くなることは明瞭《めいりょう》なる事実なり。しかして被告人が午後の第一の立回り先なる関沢勇夫方に至りたるは午後一時すぎなることは争いの余地なきところにして、本件犯罪を敢行し得る時刻の余地を存せざること明白なり。何となれば、被告が会社より出て、自宅に至る時間は少くとも十二分三十九秒を要すること明確なる事実にして、自宅より関沢勇夫方に至る時間は京王電車を利用しても十分三十七秒を要する。もし、徒歩なりとせば、十七分余を要す。今、被告が自宅より関沢方に至るに電車を利用したりとするも、その往復に二十三分十四秒を要することは明白なる事実なり。しかして、本件犯罪を実行する時間を証人たる、しかも犯罪捜査官にして事件を担当したる馬寄重竜の証言による、犯罪実行に要する時間を、その最小限度においての認定による二十分間を加算すれば、四十三分十四秒を要したることとなり、勇夫方に到着するは、少くとも午後一時四十分ごろ以後ならざるべからず。

しかるに関沢勇夫方に至りたるは、午後一時少しすぎなりとせば、被告の体をもって、本件犯罪行為を実行すべき間隙《かんげき》なきことあきらかにして、被告をもって真犯人なりと主張するは、あまりにも無理なることを発見するに躊躇《ちゆうちよ》せざるものなり。被害者の死亡したりと推定せらるる時間は証人××（N病院医師）が二月十七日午後五時ごろ診断したる時に死後二、三時間と診断し、鑑定人及び解剖者たる××の証言によれば、解剖は昭和十×年二月十八日午後一時十分に始めたる時に死後二十四時間とするときは、被害者の死亡転帰を見たるは午後一時より午後二時までの間の行為なりと見て大差なきと推定せられ、しかしてその間、被告人が被害者を殺害すべき時間の間隙なきをもって、被告の行為にあらざること明白なりとす。――

このゆえをもちまして、ここに謹んで上申書を提出するしだいでございます。ご多忙中、はなはだ恐縮でございますが、なにとぞ、裁判長殿、ならびに陪席判事殿の公平なるご裁判のほど、切に願いあげます。

大審院裁判長殿

有栖川有栖
イチ押し!

天城越え

1

私が、はじめて天城《あまぎ》を越えたのは三十数年昔になる。

「私は二十歳、高等学校の制帽をかぶり、紺飛白《こんがすり》の着物に袴《はかま》をはき、学生カバンを肩にかけていた。一人伊豆《いず》の旅に出てから四日目のことだった。修善寺《しゅぜんじ》温泉に一夜泊まり、湯《ゆ》ケ島《がしま》温泉に二夜泊まり、そして朴歯《ほおば》の高下駄《たかげた》で天城を登ってきたのだった」というのは川端康成《かわばたやすなり》氏の名作『伊豆《いず》の踊子《おどりこ》』の一節だが、これは大正十五年に書かれたそうで、ちょうど、このころ私も天城を越えた。

違うのは、私が高等学校の学生でなく、十六歳の鍛冶屋《かじや》の伜《せがれ》であり、この小説とは逆に下田《しもだ》街道《かいどう》から天城峠を歩いて、湯ヶ島、修善寺に出たのであった。そして朴歯の高下駄ではなく、裸足《はだし》であった。なぜ、裸足で歩いたか、というのはあとで説明する。むろん、袴はつけていないが、私も紺飛白を着ていた。

私の家は下田の鍛冶屋であった。両親と兄弟六人で、私は三男だった。長男は鍛冶屋を嫌って静岡《しずおか》の印刷屋の見習工をしていた。一家七人、食うのには困らなかったが、父母とも酒飲みなので、生活はそれほど楽ではなかった。

私は、かねてから鍛冶屋という職が嫌いであった。それに下田という町に飽々《あきあき》して、なんとかしてよその土地に出て行きたいと思っていた。それで、静岡にいる兄が羨《うらや》ましくてならず、自分も兄を頼って静岡に行きたいと思っていた。

一つは、母がひどく口やかましかったからである。鍛冶屋というのは朝が早いが、私は朝寝をするといって、よく母から叱《しか》られた。その小言《こごと》を食うたびに静岡に行きたいと考えていた。

それは六月の終わりだったが、朝の五時半ごろ、母に起こされた。けれど、私はいつものように眠くてならず、いつまでも頭が枕から離れなかったので、母からひどく叱られた。

そこで、かねての希望を決行する気になり、紺飛白の着物を着て、麻裏草履《あさうらぞうり》をはき、十六銭の金を帯に巻きつけて、そのまま家を出た。私の考えでは、静岡まで野宿して歩いて行けば、十六銭で途中の飲食費は足りると思ったのである。

雨が降りそうなぐらい黒い雲の重なった日で蒸暑《むしあつ》かった。私は、下田からいつも頂上を眺めている天城の山を自分の足で越えるのかと思うとうれしくなった。この山を向こうに越えたら、自分の自由な天地がひろびろと広がっているように思えた。出発した最初のころの私の足は軽かった。

しかし、天城のトンネルまでの道は長かった。曲がりくねった登り坂がいつまでも続いている。湯ヶ野《ゆがの》あたりまでは藁屋根《わらやね》の部落があったが、それから先は家がなく、両方から迫っている山は杉の密林で、層々と打ち重なって果てしなくひろがっている。めったに人に行き会うこともなく、私はしだいに心細くなった。峠のトンネルの入口に立って振り返ると、下田は、なだれ落ちている原生林のはるか下の方の端に、砂粒を集めたように僅《わず》かに見えるだけであった。

トンネルを通り抜けると、別な景色がひろがっていた。密林におおわれた山なみの重なりに、変わりはなかったが、風景の様相はまるっきり私になじみないものだった。はるか下の山の間にのぼっている白い湯気も、山ひだの裾《すそ》にとりついている小さな人家の集まりも、私には見たこともない厳しさで映った。私は、「他国」を感じた。空気まで違っているのだ。十六歳の私は、はじめて他国に足を踏み入れる恐怖を覚えた。

それでも、私はトンネルから一里くらい湯ヶ島の方へ向かっておりてゆくと、後ろから大きな四角い風呂敷《ふろしき》包みを背中に負った人に追いつかれた。

「兄ちゃん、どこまで行くのか?」

ときくので、私は静岡まで行くといったら、彼は目をまるくしていた。その人は菓子屋であった。私は腹が減ったので、彼の背中の荷の中にあるパンを五銭ほど買って食べた。私の帯にはさんだ金は十一銭になった。

その菓子屋とは三本松《さんぼんまつ》というところまでいっしょに行ったが、菓子屋はそこに用事があるからといって別れた。

私は、また一人になって歩いた。だんだん心細くなり、私は無断で家を飛びだしたことを後悔しはじめた。知らない土地と、知らない人間ばかりの中に、ひとりで突入してゆくことが空恐ろしくなった。こんなことでは、とても静岡まで行く勇気はなかった。

すると、後ろから、また背中に大きな荷物を背負った男に追いつかれた。その人は呉服屋であった。

「兄ちゃん、どこまで行くか？」

と、やはり問うので、静岡とは言わずに、修善寺までと言った。呉服屋は、そんなら、途中までいっしょに行こうと言った。

三十恰好《かっこう》の呉服屋とは、歩きながらいろいろ話した。私は、呉服屋がなんとなく頼みに思われたので、自分の本心を打ち明けた。すると呉服屋は、世間はいろいろと辛《つら》いものだということを話した。他人というものは恐ろしいから、十分に用心した方がいいと注意した。私は、世間を歩いて商売してゆく呉服屋のことだから、その言葉が間違いないように思われ、また、自分の思っていたことと一致したので、よけいに静岡に行く元気がなくなった。

たとえ、向こうに一人の兄がいても、まだ若いし、一人まえの職人でないので、頼りなく思われ、無断で家を出てきた自分を、兄が突っ放しそうな気がした。こわい他人ばかりの中に、ぽつんと立ちすくんでいる自分を想像して、足が前に進まなくなった。

湯ヶ島まで来たときには、もう夕方近くなって、初めて見る向こうの連山の上に陽が傾きかけていた。夕霞《ゆうがすみ》にぼやけた台地には、白い温泉の湯気が方々からあがっていた。

茶店があったので、呉服屋といっしょに私ははいって餅《もち》を食べた。長い道を歩いたので私は腹が減っていた。脚もくたびれていたし、麻裏草履の鼻緒でこすって、足指が痛かった。私は餅代に十銭を払った。呉服屋ともう少し道連れになりたいため、彼に餅をご馳走《ちそう》してやったのだった。私の帯の間には、一銭しか残らなくなった。

「兄ちゃん、すまんな」

と、呉服屋は言った。しかし、いっこうに、すまない顔はしていなかった。

私は、まだ引き返す決断もつかず、呉服屋といっしょに歩いた。そのくせ、心の中では帰る気持の方が強くなってきた。

そのとき、向こうから、一人の大男が歩いてきた。今まで、この道には近在の百姓だけを見かけたが、その大男は、一目で、他所者《よそもの》だと分かった。

その男は背が高く、薄い眉毛《まゆげ》と大きな鼻をもっていた。目がぎょろりと光り、皮膚は垢《あか》でよごれ、頬から顎《あご》にかけて無精髭《ぶしょうひげ》をはやしていた。襟《えり》に「岩崎《いわさき》」という染め抜きの法被《はっぴ》を着て、肩に、古トランクと風呂敷包みを振分けにして、かついでいた。

どういうものか、その男は、下をむいてゆっくりと歩いていた。彼はすれ違うとき、じろりと私たちの方を見て行き過ぎた。振り返ると、その男の着た法被の背には、㊓の印があり、振分けの荷物のない左肩には番傘《ばんがさ》を吊《つ》りさげていた。

「あれは、土方だね」

と、呉服屋も振り返ってから言った。

「ああいうのは流れ者だから、気をつけなければいけない。悪いことをするのは、あの手合いだ」

呉服屋は私を戒《いまし》めるように言った。私もそう思っていたからうなずいた。それから、いよいよ、これから行く先がこわくなった。道は山峡《やまかい》の間を曲がり、片側の少しひらけたところに狩野川《かのがわ》が流れていた。

「兄ちゃん、それでは、おれはここで別れるよ」

と、呉服屋は途中で立ちどまって言った。修善寺まで行かない、ずっと手前であった。私は、呉服屋が修善寺までいっしょの道連れだとばかり思っていたので、案に相違した。

「あばよ」

呉服屋は、背中の荷をゆすりあげながら、横の田圃《たんぼ》道にすたすたとそれて行った。その向こうには村があった。私は彼に餅をおごったのが損をした気がした。帯の間には一銭が残っているだけだった。

陽は山に落ちて、あたりは薄暗く暮れかかった。私はひとりになって、いよいよ下田に引き返す決心をした。が、振り返っても、この道には、人ひとり歩いていなかった。私はその場に、しばらく立ちどまった。

するとそのとき、修善寺の方角からひとりの女が歩いてくるのが目についた。その女が、近在の農家の女でないことは服装《みなり》ですぐに分かった。その女は頭から手拭《てぬぐ》いをだらりとかぶっていた。着物は派手な縞《しま》の銘仙《めいせん》で、それを端折《はしよ》って、下から赤い蹴出《けだ》しを出していた。その女はひどく急ぎ足だったが、妙なことに裸足《はだし》であった。

私は、その女がこれから天城を越えて、湯ヶ野か、下田の方へ行くのだと直感した。私の決心ははじめてついた。今までのひとりで引き返す心細さが救われた。

女は私の横を通りすぎた。そのとき見たのだが、女の顔は白く、あざやかな赤い口紅を塗っていた。白粉《おしろい》のよい匂《にお》いが、やわらかい風といっしょに私の鼻にただよった。

私は、その女が過ぎてから足の向きを変え、二三間あとを歩いた。後ろから見ると、女の赤い帯は、結び目のお太鼓が腰のあたりまでずりさがっていた。私は、子供ごころに、それがずいぶん、粋《いき》にみえた。着物は艶やかに光ってきれいだった。

私は、この女から二三間あとに離れて歩くだけでも、満足だったが、半町も行かないうちに、女は私をふり向いた。そして私の来るのを待つようなふうで立ちどまった。

「兄さん、兄さんはどこまで行くの？」

と、女はきいた。蒼然《そうぜん》と暮れなずむ中に、女のかぶった手拭いの中の顔は白かった。

「下田まで帰ります」

私は答えた。下田に帰るということで、私の声は元気であった。

「下田まで？」

女は、ちょっと私の顔を見つめるような目をした。黒瞳《くろめ》の張った、美しい顔だった。

「そいじゃ、ちょうどいいわ。下田までいっしょに行きましょうね」

と女は言った。私は自分でも顔のあかくなるのを覚えた。

私は、その女とならんで歩いた。白粉の匂いが絶えず私の鼻をうった。なぜか、女の脚は急いでいたので、私もそれに歩調を合わせねばならなかった。

「下田まで、ここから何里ぐらいあるかしら？」

女はきいた。声は少しかすれていたが、言葉の調子は柔らかかった。

「十里ぐらいあるずら」

と、私はおよその見当を言った。

「十里？」

女は、声を出したが、

「そいじゃ、今夜のうちには行き着かないわね」

と呟《つぶや》くように言った。困ったような言い方であった。

「兄さんは、今夜どこかに泊まるの？」

と、女はきいた。私は一銭しか持っていないので野宿するほかはなかったが、それを言うのが恥ずかしかったので、黙っていた。が、すぐに、湯ヶ野に父の得意先があるのを思いだし、

「湯ヶ野に泊まるかも知んねえです」

と、少し経《た》ってから答えた。

「そう、そんならいいわね」

女は私の返事を聞いて言ったが、自分の困っている解決にはならないので、あまり気の乗らない言い方であった。私は、この女も金を持たないで宿に泊まることができずに、困っているのだとすぐに感じた。しかし、こんないい着物をきていて、どうして金をもたないのかと妙な気がした。

が、この女といっしょに野宿するなら、少しもかまわないと思った。いや、その方が何倍かうれしいので、胸に動悸《どうき》がうった。しかし、むろん、口に出すことはできなかった。

女と私とは話したり、黙ったりして歩いた。女はときどき、後ろを振り返った。私は、女が子供の私だけでは心細いのかと思った。後ろには人の影がなく、道の両側の杉の密林は、闇に包まれかかっていた。道だけが、まだ、ほの白くのこっていた。

女はいろいろなことを話した。私の年齢を意識した話題で、とりとめのない内容だったが、その甘いような話し方は、私の耳にくすぐるような快さを与えた。それは、今までの私の環境にない声であった。

私は、湯ヶ島の向こうまで行って引き返してよかったと思った。そうでなかったら、この女と道連れになることはできなかったに違いない。暮れた天城の山道を、このきれいな女とふたりきりで歩くのかと思うと、私の胸の中には甘酸《あまずっ》ぱいものがいっぱいに詰まった。

　女は急いでいるので、私の足は、指を痛めていることもあって、とかく遅れがちになった。すると、女は私の足を見て、

「兄さん、草履を脱いで、裸足《はだし》になってごらん」

　と言った。

「裸足の方が足が疲れないよ。石ころのあるところだけ草履をはけば、草履も長もちしていいよ」

　女は、自分の草履は帯に入れているのだと言って、背中のお太鼓を叩《たた》いてみせた。なるほどいい考えだと、私は感心し、自分でも草履を脱いで、兵児帯《へこおび》の間に挟んだ。足の裏はひやりとして気持がよく、指の痛みを感じなくなった。が、それよりも、女と同じように裸足で歩いているという意識が、うれしかった。

　すると、しばらく行って、前方に一人の大男の姿を認めた。私には、すぐにそれが誰だか分かった。肩に振分けの古トランクが見え、一方の肩に雨傘を吊りさげていた。法被の背中には㊉の印があった。

　男はゆっくりと峠の坂をあがっていった。男の脚がおそいので、私たちが追いついた恰好《かっこう》であった。実は、私は、湯ヶ島で出会ったこの土工に追いつくかもしれないという不安が、さっきからしていたのだ。

「あの人はなんだろう？」

女は、ちょっと足をゆるめて、土工の後ろ姿を凝視《ぎょうし》した。女の声にも不安がこもっているように思えた。

「流れもんの土工ずら」

と、私は言った。呉服屋の言葉を思いだし、早く、彼の傍を通り抜けて先に女といっしょに走ろうと思った。万一、その土工が女に悪いことをしそうだったら、私は女を防ぐつもりだった。私には、その用意があった。それはトンネルの入口が遠くに見えるところだった。

ところが、女は、急に私に向かって、

「兄さん、悪いけれど、あんた、先に行って頂戴《ちょうだい》」

と言った。

私は、びっくりした。唖然《あぜん》としていると、

「わたし、あの人に用事があるからね。ひまがかかるかもしれないから、あんた先に行ってよ」

と、重ねて言った。

私は、この女が、あの土工にどんな用事があるのか、奇異に思うより、まず、呉服屋の「悪いことをする奴は、あの手合いだ」と吐いた言葉が先に頭にきた。が、危険だから、やめた方がよい、と止めることは子供の私にはできなかった。私は、胸をどきどきさせ、

「それでは、ここで待っている」

と言った。

すると女は、意外にも急に私を睨《にら》んだ。

「待ってなくともいいから、あんたは、さっさと先に行きなさい」

声は、今までになく荒く、叱るような調子であった。私はふたたび驚いた。

女はその私の顔をみて、少し声を柔らげ、

「あのひとにぜひ話があるんでね、先に行って頂戴。話がすんだら、また、兄さんに追いつくからね」

と、やさしい目つきをした。暗い中でも、手拭いをかぶった女の顔は夕顔のように白かった。

私はうなずいたけれど、急に、がっかりした。何か気持の中から大きな塊《かたまり》が脱けてゆくような気がした。私が十六歳の子供でなく、そして相手が二十二三歳の女でなかったら、私はきっと抗議したに違いない。私は、あとから追いつくからね、という女の言葉を当てにして、とぼとぼと暗い峠を登った。歩きだすとき、女は私の肩を後ろから軽く押しやるように叩いた。

私は、まもなく、振分け荷物をかついだ土工の横をすり抜けて先に出た。土工は、やっぱり下を向いて歩いていたが、私の方には一瞥《いちべつ》もくれなかった。それがよけいに薄気味悪かった。

こわいので、小走りに歩いて後ろをふりむくと、あの女が、土工と何か話しているのが見えた。白い手拭いと赤い帯とが、暗い木立ちを背景にして、はっきりと見えた。

私は、そのまま歩いて、トンネルの中にはいった。それから、やっと湯ヶ野あたりの灯が下の方に小さくちらちら見える片側に出た。川の音が聞こえていたが、それは狩野川でなく、私のいる下田の方へ流れる本谷川《ほんたにがわ》であった。

私は、女があとから追いついてくるという言葉に期待をかけて、なるべく、ゆっくりと歩いたが、ついに女はこなかった。

私は、そのあくる日に、下田の父母の家に帰った。母親は、私が一日一晩いなかったので心配し、私の顔を見るなり泣きだした。

2

それから三十数年経《た》った。私は、現在、静岡県の西側の中都市で、印刷業を営んでいる。この辺では、大きな印刷所といわれている。私が、なぜいまごろ、三十余年前のことを思いだしたかというと、最近、静岡県警察部のある課から「刑事捜査参考資料」という本の印刷を頼まれたからだ。

私は自分の所で印刷し、製本したこの本を、ある日、何気なく読んだのだが、四つか五つ集めた静岡県内の犯罪例の中に、思いがけなく、三十数年前、私が天城越えのときに遭遇した土工と、きれいな女とのことが書いてあった。そして、そこには、私自身も登場していた。

私はおどろいた。いまごろになって、あのときの淡《あわ》い経験が文書に印刷され、しかも犯罪例の中にはいっていようとは思わなかった。しかも、それを印刷したのは、私の印刷所なのである。私は因縁《いんねん》のふしぎを思わずにはいられなかった。

全文を出すと、それは、次のような文章であった。

天城山の土工殺し事件

事件発生当時の状況

大正十五年六月二十九日午前十時、上狩野村湯ヶ島《かみかのむらゆがしま》巡査駐在所より、次の報告があった。天城山御料地内天城《あまぎさんごりようちないあまぎ》トンネルの下にあたる本谷入り製氷所付近の本谷川にかかっている白橋《しらはし》の側に、本立野《もとたての》土谷良作《つちやりようさく》と記してある雨傘一本と、振分け荷物のように結びつけた古トランクと風呂敷包み、さらに背に㊗とし、襟に岩崎と白く染めぬいた法被《はっぴ》が脱ぎ捨ててあり、さらに付近は人が格闘した跡《あと》のように、茅《かや》などの葉がむしられていること、また、橋の下の川の中に、破れた褌《ふんどし》、シャツ、半ズボン、チョッキなどが投げ捨てられてあることなど、あたりには人影も見あたらなかったが、何か異変があったのではないかと、下田自動車株式会社の黒田《くろだ》運転手から届出があったという。

現場調査および捜査状況

この報告によって、江藤《えとう》署長は直ちに、山田《やまだ》警部補、田島《たじま》刑事を、現場調査および捜査のために出張させた。

現場は湯ヶ島から約三里ほど離れた山中であるため、彼らが現場に到着したのはその日の午後五時ごろであった。

到着と同時に調査をはじめたが、届出の状況と変わった点は少しも発見できず、あらためて遺留品の調査に移った。

古トランクの中には、瓦斯《がす》棒縞裏木綿《ぼうじまうらもめん》浅黄《あさぎ》袖口五日市《いつかいち》の綿入れ一枚、襟に大丸組《だいまるぐみ》と染め抜いた袖なし綿入れ一枚、白メリヤスの古いシャツ二枚、古い表は紺、裏浅黄《うらあさぎ》の腹掛け一枚、九文半ぐらいの紺足袋一足、木綿の表紺裏浅黄の手甲《てっこう》一個、の七品がはいっていた。

一方、木綿《もめん》万筋《まんすじ》の中古風呂敷は、片方の隅に正と、白糸で縫い取りがしてあったが、その包みの中身は、表万筋《まんすじ》裏浅黄の古い男袷《あわせ》一枚、襟に世話《せわ》六間堀《ろっけんぼり》、背に（綱）の印のある法被《はっぴ》一枚、襟に大丸組、背にⓈ印のある法被一枚、襟に橋本《はしもと》と染め抜き、背に（久蔵）と印のある法被一枚、襟に今村《いまむら》、背に（浅）と印のある法被一枚、白と浅黒の棒縞半ズボン一着、綿セル地のシャツの肩の破れた古もの一着、カーキ色綾織《あやおり》古鳥打帽一個、の八点であった。

どちらもきちんとたたんだままで、内容をしらべた様子もみえなかったが、川中に投げ捨ててあったチョッキ、半ズボン、褌《ふんどし》、ズボン下、などを拾いあげて詳細に調査したところ、チョッキの右隠しに、買い求めたばかりのものと認められる「サツキ」五匁《もんめ》の刻煙草《きざみたばこ》がはいっているのが発見された。

　さらに、左のポケットには、朱珍《しゅちん》、裏は新モスの白っぽい手製の財布があり、中には十銭札四枚、五十銭札一枚、五銭白銅貨一個、一銭銅貨三個、の合計九十八銭の金がはいっていた。着衣や所持品から判断して、それ以上の金員を持っていたものと推察されたが、強盗などの所為とも思われない。

　何か、所持品と認められるはずのもので、紛失している品はないかと調査してみた。煙草を持っているのであるから、煙草好きに違いない。それならキセルを所持しているはずと捜《さが》してみたが、どこからも出てこない。煙草といっしょにチョッキのポケットにはいっていたものとすれば、チョッキが川中に投げ捨てられた時に、ポケットから飛びださないともかぎらず、何者かに強奪されたとしても、キセル一本だけを奪っていったとは考えられない。

　投棄してある着衣を調べたところ、チョッキは前面最下部のボタン一つだけは掛かっており、背中の部分は、まん中ごろに、横に裂かれた個所がある。

　さらに妙なのは半ズボンで、これは両足共に下部のボタンが掛かったまま、逆に脱いだように裏返しとなっていた。その他、褌、シャツなども、四分五裂に引き裂いてあった。

　このことから見ると、これらの着衣は何者かが無理に脱がせたものと認められる。

このような状況でありながら、その付近には人影すら見えないということが、調べに当たった山田警部補と田島刑事の不審をますます深めた。

事件を知って、警察の援助をするために現場へ駆けつけた、上狩野村の消防組員十数名の応援を得て、該《がい》荷物の所有者が自殺したか、殺害されたかは後の問題として、とにかくどちらにしても、その死体が付近のどこかにあるはずだとして、その捜索を開始した。

同時に、現場にあった襟に岩崎、背に㊓とある法被を手掛かりとして、該当者が、天城山を通行したのを見た者を捜しだす調査も行なわれた。

目撃者は、まもなく現われた。それによると、該当者と思われる㊓の法被を着た、土工ふうの四十五六歳と認められる男が、古トランクと風呂敷包みとを振分けにして肩にかつぎ、ひどく疲れた様子で六月二十八日の午後六時ごろ、湯ヶ島新田《ゆがしましんでん》を天城山中に向かって行ったというのである。

さらに、この男と時を前後して、頭に手拭いをかぶり、銘仙の派手な縞柄《しまがら》を着て、裸足《はだし》のまま草履を帯に挟んだ、二十四五の女も、同様に天城山へ登り、さきの男と途中で何事か談話を交換している所を目撃したという者も出てきた。

捜査は続けられ、この女はそれ以前に、天城を越えてきたものであることが判明した。

ところが、翌六月二十九日午前七時ごろ、上河津村下佐ヶ野《かみかわづむらしもさがの》にある田山《たやま》下駄店の主人ら二三人が、天城山中の鍋矢橋《なべやばし》付近で、下田方面に向かう、二十四五くらい、一見娼婦《しょうふ》ふうの女と出会っており、さらに、同じく下田方面へ歩いていた十五六の少年とも出会った事実のあることを聞きおよんだ。

したがって、土工ふうの男、娼婦ふうの女、および少年が、二十八日の夕方、天城山へ登ったという事実が分かった。

なお、彼らについて、当時の状況を調査するために、さっそく、田山下駄店におもむいたが、主人を初め女を目撃した者たちは、鮎《あゆ》漁のため岐阜《ぎふ》県下に出かけて留守であったので、取調べをすることができなかった。

念のため、天城峠付近の空家、番小屋その他あらゆる場所の調査を行なった結果、凶行の場所と考えられる白橋付近にある氷倉（白橋より約二十間ほど離れた地点）の中に、裸足《はだし》ではいったらしく、オガ屑《くず》の上に新しい足跡がついているのを発見した。

その足跡は、僅か九文半ぐらいのものであったが、同氷倉には、まだ多少の氷が貯蔵してあったために、倉庫内の冷たさは、ここで一夜を明かすには耐えきれるものではないという意見を述べる者もいた。

氷倉内にはいる者は、かならず足袋《たび》をはくのが普通で、裸足ではいることはあり得ないというのである。しかしそれならば、オガ屑の上の九文半ほどの足跡は、誰のものか。九文半といえば婦人の足である。

いずれにしろ、この氷倉庫に関係のない他の者がはいったと推察するのが自然である。

しかも、銘仙の着物を着て天城山へ向かった女性は、裸足であったという。この女が、白橋付近で土工ふうの男と争ったあげく男を殺害し、その氷倉で一夜を明かしたうえ、早朝人目を避けて峠を越したのではないのか。

かりに、その女の犯行ではないとしても、僅か二十間しか離れていないこの氷倉にいたのなら、その凶行の状況は知らなくとも、殺されるさいの悲鳴、あるいは救いの叫び声を聞かぬはずはない。

一方、白橋より約十五六町を大仁《おおひと》方面におりた山葵沢《わさびざわ》付近の、天城峠へ向かって右側の石垣に茂る細木や草は、下になびいて、人が格闘して転落したか、あるいはよじ登ったかと思われる形跡がある。地面にも、裸足で昇降したらしい足跡がついていた。

この状況からは、ここで格闘殺害して着衣を剝《は》ぎ、荷物を持ち運んで、白橋付近を凶行現場のごとく偽装するために、荷物をそこへ投げ捨て、川中に着衣を投じたのではあるまいかとも推考された。

よって同所の念入りな調査が行なわれた。なびいた草木の付近には足跡は認められたが、その時にはすでに午後十一時、あいにく降りだした雨は激しさを加え、調査は翌朝まで中止せねばならなくなった。

強雨は一晩じゅう降りつづき、河川の出水騒ぎまで引きおこしたが、山田警部補は、消防手三十名と共に翌早朝、ふたたび天城山へ登った。

一方、田島刑事は、行方不明になった土工ふうの男の身もと調査の手配を大仁署に依頼し、同時に、現場付近にあった下狩野村本立野土谷良作と印のある雨傘との関係を調べることにした。

雨傘の出所判明

調査の結果、雨傘は本立野土谷良作方で、六月二十七日、同村同字《あざ》後藤仁作《ごとうじんさく》という男に貸したものであった。

仁作は二十八日午前七時ごろ、土谷方を訪れ、下田街道に面した表口に傘を立て掛け、そのことを家人に告げて帰った。土谷方では多忙にまぎれて忘れていたが、二十九日午前八時ごろになって、傘の紛失に気づいた。その傘は、大仁方面から来た土工ふうの男が、窃取《せっしゅ》していったものと認められていた。

一方、湯ヶ島方面において、土工ふうの男を見たという目撃者の言では、その男は、背は五尺七八寸、色は浅黒く、五分刈りの頭で目と口がやや大きく、平たい大きな鼻、眉毛の薄いやせ形で、病身らしい。四十五六歳で、法被を着ていたという。この人相を唯一《ゆいいつ》の手掛かりとして、大仁付近一帯を捜査したところ、六月二十七日夜、その男らしい人物が、田方郡《たがたぐん》田中村宗光寺《なかむらそうこうじ》内田圃《たんぼ》の中の稲むらの中で野宿していたのを土地の青年たちが発見したことが分かった。

病身らしいので、万一の場合を考え、二十七日夜は同所、守木《もりき》木賃宿土谷《つちや》栄造《えいぞう》方にその男を連れてきて一泊させたところ、翌二十八日午前八時ごろ、下田方面に出発して行ったという。その男は、青年たちがとってやったソバを二はい食べただけで、本籍住所はもとより、宿泊人名簿に記入するため、再三その氏名をたずねても、知らぬの一点ばりで何も答えなかったのである。

その挙動も、常人と認めがたく、多少精神に異常をきたしているものと察せられていた折から、天城山中で行方不明となった男に相違なきものと確認された。

被害者捜査

天城山中において、強雨を侵《おか》して消防手多数の応援のもとに、念入りな大捜索が行なわれたが、ついにどこからも発見できなかった。

山葵沢《わさびざわ》下の、格闘があったと思われる個所を詳細に調査したが、前夜発見した足跡は、強雨のために洗い流されて、見ることもできなかった。

同所は、道路と川との間はおよそ三十間ばかりで、急勾配《こうばい》の個所となっており、二尺から三尺まわりの杉林が生い茂っている。

川岸に茂っている雑草は、何者かが川中に摺《ず》り落とされたのではないかと思われるように、その葉は下方になぎ倒されている。川岸から四間も登ったところに生えている、目通り太さ二尺五寸ほどの杉の木が二本、地上より三尺五寸くらいの所に、おのおの両手で擦《こす》りつけたように、土が付着しているのが認められた。

ここは急勾配であるうえに凶行当夜は雨後であったため、被害者か加害者いずれかが土のついた手を拭《ぬぐ》ったものと考えられた。(この日一日過ぎれば、これもまた足跡と同様に強雨に洗い流されてしまったであろうものを、強雨にもかかわらず詳細検分をした効果はあり、後に有力な証拠となる)

以上のごとく、土工ふうの男は、死んだのか生きているのか、その影すら発見できなかった。凶行の場所は、先に書いた山葵沢付近であり、ここから犯人が荷物を白橋付近まで運んで投げ捨てたものであろうという推察が強くなったが、男の死体はついに未発見に終わった。

死体発見・検視等の状況

その後引きつづき土工ふうの男の行方を捜索中のところ、大正十五年七月十日、山葵沢より約一里ばかり下流にある天城山中滑沢《なめりざわ》と称する川中に裸体のまま、死体となって土橋の橋杭《はしぐい》に掛かっているのが発見された。実に凶行後十二日目である。

署長江藤警部は、山田警部補、田島刑事を出張させ、湯ヶ島紺野《こんの》医師立会いのもとに検視を行なった。

死体は二十八日夜より行方不明となった土工ふうの男に相違ないことが確認された。夏期数日間水中に浸《ひた》っていたため、腐爛《ふらん》は甚《はなは》だしく、頭部面部などに数カ所の創傷があった。創傷の部位から自殺とは認めがたく、医師の申立てによると、鋭利な刃物で切傷したものであり、他殺の疑いが濃い。傷はいずれが致命傷であるかは判明しないということであった。

検視は一時中止され、直ちに検事に報告して死体は解剖にまわされた。その結果、他殺と断定されたのである。

捜査ならびに手配の状況

他殺と決定すると、杉原《すぎはら》部長は、神奈川《かながわ》県国府津《こうづ》方面、遊佐《ゆさ》部長は熱海《あたみ》トンネル工事の土工らについて、被害者の原籍調査を行なった。

一方、田島刑事と石川《いしかわ》巡査は、加害者捜査として、天城山中の橇引《そりひき》小屋に泊まり、応援にきた保安課詰金村《かなむら》刑事部長と天城山入口で会い、行動を開始した。

翌十二日、金村、田島両刑事と石川巡査の一行は、被害者といっしょだったと思われる、例の二十四五歳の女を、もっとも有力な嫌疑者として、その足取りについて、沿道一帯に精査を行なった。

なお、この両名と前後して天城を登った少年については、まもなく身もとが判明した。この少年は下田町の鍛冶屋の三男で、当日午後七時ごろ、前記の女と湯ヶ島付近で帰途いっしょになり、トンネル北入口付近で別れたという。そのさい、女が被害者らしき土工体《てい》の男と話していたのを見たと言った。ここにおいて捜査は、その女にしぼられた。

一方、前記木賃宿土谷方で、被害者に土地の青年がソバを食べさせたさい、五十銭銀貨一枚を恵んで与えたことも判明した。

犯人逮捕

前記の女が修善寺方面より天城にのぼったことから考えて、修善寺、大仁、長岡《ながおか》あたりに縁のある者との推定により、同方面を捜査したところ、修善寺警察署より次のような聞きこみ報告があった。

修善寺××町料理業西原庄三郎《にしはらしょうざぶろう》方抱《かか》え酌婦、本籍茨城《いばらき》県××郡××村、大塚《おおつか》ハナ当二十三年が六月二十八日午後一時ごろより西原方を出て行方をくらまし、西原方では大塚ハナが多額の借金を残したまま出奔《しゅっぽん》、いわゆる足抜き逃走したので、目下、人をもって行方を捜している事実が分かった。

その人相風采《ふうさい》を聞くに、被害者と共に天城を越えた女と一致したので、ここで容疑者は大塚ハナとの見込みがついた。

なお、大塚ハナは西原方を出るさい、懐中、ほとんど無一文で、いよいよ土工殺しの容疑が濃くなった。

そこで、捜査は大塚ハナの行方一本にしぼり、極力捜査を続行したところ、七月十五日、同女は大島《おおしま》の元町《もとまち》の飲食店某方に女中奉公していることが判明、直ちに刑事を派し、取りおさえて、下田警察署に護送した。

直ちに大塚ハナを取調べたところ、はじめ同人は極力犯行を否認し、被害者と天城付近で話を交わしたことは認めたが、その後、すぐに別れて一人で天城を越え、その夜は湯ヶ野の古池《ふるいけ》旅館に一泊したと言った。しかるに、同女は西原方を足抜き逃走したさい、無一文であるのに宿泊代が払えるはずがない、と問うたところ、一円ほど用意があったので宿泊代六十銭を支払ったと答えた。

そこで前記古池旅館について田島刑事が調べると、たしかに同女が六月二十八日晩に偽名で宿泊した事実があり、そのさい、五十銭銀貨二枚をもって支払ったという。

田島刑事は五十銭銀貨二枚について疑問を起こし、その五十銭銀貨は、今も保存し、かつ、同女が支払ったものと識別し得るやとたずねたところ、同旅館でも、大塚ハナの風体《ふうてい》を怪《あや》しみ、もしや悪い病気の患者ではないかと思って、消毒し、今も別にして保存してあると答えた。勇躍《ゆうやく》した田島刑事は、直ちにその五十銭銀貨二枚を預かり受け、これを前記田方郡田中村の青年石森隆太《いしもりりゅうた》に見せたところ、たしかに二十七日夜、木賃宿土谷方に泊めた土工に与えた五十銭銀貨がその一枚であると証言し、かつ、該銀貨について、錆《さび》の具合や、疵《きず》の個所について、その間違いでないことを指摘した。

ここにおいて、大塚ハナが、被害者より五十銭銀貨一枚を奪ったことは間違いないことになり、さらに、もう一枚の銀貨も被害者より強奪した疑いが濃くなった。大塚ハナの性行を西原方について聞くに、同女はきわめて粗暴な行為が多く、時としては客の奪いあいから朋輩《ほうばい》の女と喧嘩《けんか》し、鋏《はさみ》などを持ちだして相手を傷つけようとしたこともあったという。これから考えると、大塚ハナは、被害者と天城峠付近で道連れになったのを幸い、無一文であるところから、被害者を殺害して所持金を強奪したと推定されるに至った。

ここに至って、大塚ハナを厳重に取調べたるところ、五十銭銀貨二枚を被害者より奪ったことは認めたが、それは話しあいのうえで貰《もら》ったのだと言い張った。しかし、流れ者の土工が、ただで一円を見ず知らずの女に与えるわけがないので、さらにこの点について追及したところ、同女は、天城峠付近の藪《やぶ》の中で、被害者と媾合《こうごう》し、その代償として一円を貰ったのだと自供を変えた。

しかるに、そのほかにも不審の点が多いので、さらに厳重に取調べを続行したところ、七月十七日夜に至って犯行を自白した。

大塚ハナの自供によれば、天城峠付近で被害者と出会い、金を得る目的からハナの方から持ちかけて被害者と媾合したが、約束どおり被害者が金を払わないので、それを請求しながらトンネルを通り抜けたが、被害者がさらに金を出そうとしないのでかっとなり、かねてふところの中に所持していた匕首《あいくち》を出して、斬りつけ、杉林の中に転がり落としたところ、本人は絶命していた。そこで金はないかと思って、滅茶滅茶《めちゃめちゃ》に衣類を脱がせたところ、五十銭銀貨が二枚出てきたので、それを奪って逃走した。チョッキの左側隠しの中に九十八銭入りの手製の財布があったのは、暗いのと、夢中になっていたのとで気がつかなかった、と自供した。

捜査の反省

大塚ハナは検事局に送致後、警察署で述べた自供を全部ひるがえし、ただ被害者と媾合して一円を得たのみを認めて、殺害については身に覚えがないと言った。凶器の匕首については、本谷川に投棄したと言ったが、凶行のあった二十八日午後十一時ごろより二十九日にかけて同所付近は沛然《はいぜん》と大雨が降り、ために本谷川も増水し、いずれに流れたものか、極力捜査したが発見に至らなかった。

そのため、きめ手となるべき物的証拠がなく、かつ被告も自供をひるがえして否定したので、ついに大正十五年十二月五日、静岡県地方裁判所は、被告大塚ハナに対して、証拠不十分の理由をもって無罪の言い渡しをなした。検事もまたあえて控訴しなかった。

本事件は有名なる伊豆の険山天城山中、ことにしばしば強雨にあい人家まれにして宿泊または喫飯すべき個所さえなく、所轄大仁分署長ならびに下田署長以下各員の苦闘はよく筆紙に尽くしがたいが、直接証拠にとぼしいため、検挙したる被疑者が無罪となった実例である。これについて反省するに、増水時とはいえ、凶器を投棄した本谷川の捜索に、多少、杜撰《ずさん》なところはなかったかと思うのである。また、被害者が流れ者の土工であるため、最後まで身もとが知れなかったことも、珍しい事件である。

3

私は、これを読んで、三十数年の昔を回想せずにはいられなかった。子供心に、きれいな姐《ねえ》さんだと思って、天城越えの道連れに心をおどらせた女が、当時、酌婦という名で呼ばれた修善寺の売春婦とは知らなかった。これを読んで、はじめて分かったのである。

この本に出てくる〝少年〟とは、むろん、私のことである。いま考えると、帰宅したあくる日、下田署の刑事が、ふたりで訪ねてきて、私にいろいろ質問して行ったように記憶する。母が横で心配そうな顔つきをしていたのも思いだす。警察から刑事が来たというだけで、恐怖したものだった。

私は、自分のところで刷ったこの本を何気なく読んで、はからずも遠い少年時代の天城越えを思いだした。トンネルを向こうに越えた見知らぬ他国、湯ヶ島の途中まで連れになった菓子屋と呉服屋、とぼとぼ歩いてくる振分け荷物と番傘を肩にした大男の土工、きれいな着物をきた若い女、白粉の匂いと柔らかい声、蒼然と暮れゆく天城の山中、その中に小さく浮いた、夕顔のような女の顔。——

私は、これを読んで三四日は、仕事があまり手につかぬくらいぼんやりした。それだけ衝撃が大きかったのである。

それから五日目だった。この本の印刷を注文した警察部の人が来た。

「あの印刷はできましたか?」

と、その人はきいた。六十を越した老人だが、田島という人で、各署の司法主任や、戦後は刑事係長を歴任して、いまは、刑事部の嘱託《しょくたく》になっているのだった。

「できました」

私は、田島さんを事務所に入れた。そして、できあがりの冊子をさしだすと、老人は眼鏡をかけ、ぱらぱらとめくった。印刷の上がりは気に入ったようだった。

「どうですか、あなたも、これを読みましたか?」

田島老人は顔をあげて私にきいた。

「ちょっと拾い読みをしました。なかなかおもしろかったですよ」

私は答えた。

「どれを読みましたか？」

と、老人がきくので、

「天城の土工殺しです」

と、私は正直に言った。

すると、田島老人はにこにこして、

「実は、それは私も捜査に参加した事件でしてね。この原稿を書いたのも私ですよ」

と言う。

「あ、それじゃ、田島刑事、と、ここに出ているのは、あなたのことですか？」

私がきくと、老人はうなずいて、

「そうです、そうです。私が二十いくつかの若造のときの事件です」

と老人は言った。

「だから、これを書いていてなつかしくなりましたよ。実は、これは私の失敗談みたいなものです」

「失敗談？」

「いまから思うと、いちばんに凶器を捜せばよかったのです。本谷川は雨後の増水で、水嵩《みずかさ》も増しており、水勢も速かったのですが、もっと徹底的に捜索すればよかったと思います。はたして、その手抜かりがあったので、裁判で大塚ハナは証拠不十分で無罪になりましたよ。なにしろ、私たちははじめからあの女がホシだと思いこんでいましたから」

その言い方が、少し妙だったので、私はききかえした。

「大塚ハナは犯人ではないのですか？」

「今にして思うと、少々、こちらがはやまったという感じです」

田島元刑事は言った。

「どうやら、あの女の最初の自供、つまり、被害者から一円をとったのは、被害者の人夫と売春行為をした礼だという申立ての部分だけが本当だと思われるんです」

「ははあ、どういうわけですか？」

「天城峠付近にある製氷所の中についていた九文半の足あとです。私たちは、大塚ハナが、凶行後、氷倉の中で一晩泊まるつもりではいったが、寒いのと、オガ屑の上では寝られないので、そこを出て湯ヶ野の旅館に一泊したと考えていたのです。取調べのときに、大塚ハナにそのことをきいたのですが、ハナは製氷所の中にはいったことはないと否定していました。私は、そのときは彼女が嘘をついているのだと思っていましたが、いまは、それが事実で、氷倉の中では、別の人間が一晩、寝たと思うんです」

「氷倉の中で？」

私はきいた。

「だって、氷倉の中には、氷も残っているから寒くて寝られないでしょう。それにオガ屑も、湿っていたりしているから、とても身体を横たえることができないでしょう？」

「よく、察しがつきますね」

老人は私の顔を見て言った。

「それくらいは想像できますよ」

私は、すこしあわてて言った。

「いや、そのとおりですよ」

老刑事は、また、うなずいた。

「大塚ハナを調べてみると、足袋はまさに九文半で、裸足《はだし》で天城を歩いています。だから オガ屑の上の足跡は、どうしても彼女でなければならない。……それと、彼女が抱えられていた修善寺のアイマイ料理屋で聞くと、彼女はひどく冷え性で、冬は人一倍、厚着をしていたそうです。そんなわけだから、氷倉に一夜を明かすことは、とてもできません。やはり、初めの推定どおり、彼女は氷倉にいったんはいったが、寒いのですぐにそこから出てきた、と考える方がいいようですな」

田島老人は、そこで、茶をのんだあと、

「ところがですな、私のカンでは、誰かが、あの氷倉の中で、二十八日の晩、寝ていたと思うんですよ」

と、私の顔を見た。

「え？　しかし、湿っているオガ屑の上では寝られないでしょう？」

私は反問した。

「いや、最近になって、湿ったオガ屑の上でも、着物にオガ屑がつかないで、寝られる方法があることを知ったのです」

と、老人は、目をしょぼしょぼさせて答えた。

「それは信州《しんしゅう》の天然氷をやっているある人から聞いたのですが、夏の暑いときなんか、人夫が氷倉にはいって、よく昼寝をするんだそうです。そのときの方法というのは、梯《はし》子《ご》を横に置いて、その上に板をならべ、その板の上に身を横たえれば、濡《ぬ》れたオガ屑が身体に付着しないのだそうです。……そう聞くと、三十何年も前のあのときも、たしかその氷倉の隅に梯子が立てかけてあったような気がするんです。それさえ早く気がついていれば、あの事件も別な解決になったかも分かりませんね」

「別な解決といいますと？」

「つまり、誰かが、二十八日の晩に氷倉に寝ていた。凶行はその付近で行なわれたのですから、かならず被害者の悲鳴や騒動の音を耳にしたに違いありません。だから、その氷倉内で一夜を明かした人間を探しだせばよかったと思います」

「しかし、氷倉内のオガ屑の上には、女の足跡がついていたのでしょう？」

私は、低い声になってきいた。

「九文半の足跡ですね。大塚ハナの足がそうでした。九文半の足跡は、いちおう、婦人のものと考えられるんですが、しかし男にだってありますよ」

「男？」

「つまり、子供です」

老人は答えた。

「十五六歳の男の子だったら、それくらいですよ」

「……」

「この報告文の中にもありますよ。あのとき、大塚ハナと天城峠の途中まで同行した少年がありますね。彼は下田の鍛冶屋の息子ですが、母親に叱られて家出し、湯ヶ島までいったん行ったのですが、途中から引き返しています。そのとき、大塚ハナと偶然同行したのでしょう。刑事が少年をたずねて行ったとき、少年は天城峠でその女と別れて先に峠をくだったといっていますが、その少年が下田の家に帰ったのは、二十九日の午後です。彼は二十八日の晩、どこに泊まっていたのでしょう」

「……」

「刑事がそれを深くきかなかったのは、十六歳の少年だから、事件に無関係だと思って、はじめから問題にしなかったのです。……私は今から想像するに、氷倉に泊まったのは、その少年だと思いますよ」

私は身体を少しずらせたので、掛けている椅子《いす》がきしって音を立てた。

「その少年は十六歳、氷倉の寒さぐらいは平気なはずです。急に家出したので、金も持っていなかったのでしょう。氷倉内で野宿したに違いありません。それに十六歳といえば、九文半くらいの足の大きさです。ねえ、そう思いませんか?」

と、老人は私の目をのぞきこんだ。

「そうですな」

と、私は相槌《あいづち》を弱く打った。

「その少年について、もっと突っこんできけばよかったのです。少年は、かならず、何か、何か知っているはずです。私が、事件の解決は別なところにある、と言ったのは、そのことです」

田島老刑事は茶を啜《すす》った。私も、咽喉《のど》が乾いたので茶を飲んだ。二人は茶の音を立てただけで、しばらく黙っていた。

「しかし、なんといっても」

老人は、ややあって言った。

「三十数年の昔です。たとえ、犯人が今ごろ分かっても、とっくに時効にかかっているから、どうすることもできません。殺人の時効は十五年ですから、その倍以上の年月が経っているわけです」

「あなたは、この原稿を書かれるとき、下田に調べに行かれたのですか」

私は唾《つば》をのみこんできいた。

「行きました。これを書きかけて、ひょいと今の疑問が頭に浮かびましたからね。三十余年ぶりです、私が下田に今度行ったのは。……何もかも変わったようで、あんがい昔と変わっていませんでした。ただ、すっかり観光地になっていることと、住んでいる人がすっかり変わりました」

「少年の家は?」

と、私はきいた。

「昔は鍛冶屋でしたが、今は観光バスの車庫に建て変わっていました。むろん、少年は土地を三十年も前に離れていました」

田島老人は、そう言って、いかにも長話をしたというように立ちあがり、注文品はすぐに届けてくれと言った。

「毎度、ありがとうございます」

私は白くなった唇で言い、頭をさげた。

老人は行きかけたが、ふいと足をとめて言った。

「そうそう、私にはどうしても分からんことが一つありますよ。それは動機です。もし、その氷倉に泊まった少年が土工殺しの犯人だとすると、なぜ殺したのでしょう。もの盗《と》りではない、土工の死体はちゃんと手製の財布の中に九十八銭もっていたのですからね。……この動機の疑問がどうしても解けませんよ」

私が答えることはなかった。

田島老刑事は、いくぶん前かがみの姿勢になり、私の店を出ると、のろのろ歩いて去った。

私は、店の内に戻らず、二階の自分の部屋にはいった。縁側に籐椅子《とういす》がある。私はそこにすわって、秋の明るい陽が溜まっている屋根を見つめた。

あの時、私は天城峠のトンネルの入口まで来て、また湯ヶ島の方へ引き返したのだった。

私は、あのきれいな女と土工とが気にかかった。大男の土工に話しかけている女が不安になった。それは、トンネルの真暗い穴を覗《のぞ》きこむように私に危惧《きぐ》を起こさせた。女が急に私から離れて、土工に近づいて行ったことも、十六歳の私には不満であった。私の心の中には空洞ができていた。私が、もとの道へ引き返したのは、ふたたび女を得て、心の空虚をうずめたいためであった。

私は暗い前方を見つめながら道を歩いた。このとき、私の顔に、ポツポツと雨滴が落ちかかった。空も、山も真黒だった。

もとの道へかなり歩いたけれど、土工の姿も、女の姿もなかった。私は、すこしあてた。この道は一本道で、ほかに小さな径《みち》があるが、それは、山葵沢におりるか、山の頂上に登るかするだけの道であった。

女が土工に話しかけて、私を突き放した地点は、とっくに過ぎた。私は、あるいは、ふたりが湯ヶ島の方へ引き返したのではないか、と思ったが、そんなことはあるまいと思いなおした。暗いので、私の目が見のがしたかもしれないと考え、ふたたびトンネルの方へ足をかえして、目を大きく張り、耳をすましてゆっくりと歩いた。

すると、そこから五六間ばかり来たころ、傍の藪《やぶ》が音を立てているのを聞いた。雨もよいの晩だが、風はない。風がふいているにしても、そこだけに音があるのはふしぎだった。

私は立ちどまって耳を傾けた。すると女のうめき声が聞こえた。私は、はっとした。暗くて分からないが、その声はあの女以外に考えられないし、場所が藪の中だけに、女が土工に苛《いじ》められていると直観した。私の神経はふるえた。女のうめき声が、また起こった。首を締められているような声だった。

私はよほど大きな声を出そうかと思った。が、夜の山中には、ほかに人影もないし、もし、土工が怒って私に飛びかかってきたときの恐ろしさが先に立った。私は、とにかく、様子を見とどけるために、笹《ささ》の鳴っている近くへ、音を立てないように近づいた。

音はすぐそこでしていた。闇にいくらか慣れた目には、藪の中で黒い人間の影が二つ、いっしょに横たわっていることが分かった。その身体が動くたびに、灌木《かんぼく》の葉や笹が鳴っているのであった。

私は固唾《かたず》をのんだ。女の断末魔《だんまつま》のようなうめき声がもう一度聞こえたら、私は自分を忘れてとびだして行ったかもしれない。が、意外なことに、今度は女の含み笑いが聞こえた。ク、ク、クと咽喉《のど》から笑うような声だった。男の声は聞こえなかった。

私があっけにとられていると、二つの影は身体を起こした。私が身体をちぢめて見まもっていると、女は自分の着物を、ばたばたとたたいて、身づくろいをした。それから二人は、笹藪をわけて、道路におりていった。

「五十銭では安いね」

女が道で土工に言った。

「もう、五十銭出しなさいよ。あんた、持っているんだろう？」

いままで、うめき声を出していたとは考えられぬ、まったく違った女の声であった。

「持ってねえ」

男は、初めて声を出したが、どこかゆっくりしただみ声だった。

「嘘いいなさい。さあ、もう五十銭出して頂戴。出さないと、私が貰うよ」

女は土工の身体に手をかけたようだった。土工は少し抵抗したようだったが、動作が緩慢《かんまん》なので、結局、ポケットの中から五十銭をとられたようだった。

女は男に向かって、

「ほれ、持ってるじゃあないか。ケチな男だねえ。わたしだって、あんたの臭《くさ》い身体を我慢して、なにしたんだからね。これくらい貰わないと、あわないよ」

と言うなり、さよならともなんとも言わないで、さっさとひとりで先に歩いて行った。土工は、低い声でぶつぶつ何か言っていたが、女のあとを追うでもなく、のろのろと一人で歩きだした。

私は、この土工をトンネル下の山葵沢近くで殺した。土工が振分けの荷を肩に代える恰好で道ばたにしゃがんだところを、ふところにもっていた切出しで、彼の頭や顔などに斬りつけたのだ。その切出しは、自分が鍛冶をして打ったものである。

土工は、右側の石垣のところから杉林の中に転がり落ちた。私は彼のところへ行き、どこかに金があると思って、彼の着ているものを滅茶滅茶に破りとったが、そのときは夢中で、どう脱がせたか記憶がない。金は分からなかった。しかし、金をとるのが私の目的ではなかった。

私は、自分のしたことが知れるといけないと思って、また、土工の背中を突き刺し、川の方へ引きずりおろした。それから、手製の切出しは川の中に捨てた。

私は、その晩、氷倉の中にはいり、梯子をオガ屑の上に横たえて板を置き、その上で一夜を明かした。家に帰ってから、刑事が来たが、私は女と天城峠で別れたことだけを言った。刑事は疑わずに帰った。

私は、なぜ、土工を殺す気になったのか。十六歳の私にも、土工が女と何をしていたかおぼろに察しがついていた。実は私がもっと小さいころ、母親が父でない他の男と、同じような行為をしていたのを見たことがある。私は、そのとき、それを思いだし、自分の女が土工に奪われたような気になったのだ。それと、いまから思えば、大男の流しの土工に、他国の恐ろしさを象徴して感じていたのであった。

田島老刑事は、あの時の〝少年〟が私であることを知っている。三十数年前の私の行為は時効にかかっているが、私のいまの衝撃は死ぬまで時効にかかることはあるまい。

対談

有栖川有栖×北村薫

「宝の森」清張短編の世界を味わう

本対談は、作品の内容や結末に
触れていますので、最後にお読みください。

北村　今回は私と有栖川さんが持ち寄った、それぞれのベスト5を中心に、非常に豊かな宝の森、松本清張の短編について語り合いたいと思います。清張先生の短編は質量共にさすがで、アンソロジーも多数編まれています。それらの収録回数ベスト3の作品では、すでに語り尽くされている「張込み」と「顔」が同率トップという結果になりました。

有栖川　両方とも、「或る『小倉日記』伝」などで歴史小説的な作風を見せていた松本清張が、推理作家としての存在感を示し始めた初期の作品ですね。

北村　多彩な清張短編だからこそ、何を選ぶかに編者の個性が出ますね。佐野洋・五木寛之選のアンソロジー（『短編で読む推理傑作選50』）には「共犯者」が採られている。これは佐野先生のセレクト。「共犯者」が一押しの清張短編だったそうです。なるほど、最後のオチのつけ方などいかにも佐野洋好みで納得いきます。さて、お互いが選んだベスト短編の話に移りましょうか。

有栖川　従来のアンソロジーに紹介されているかなどは気にせず虚心に好きなものを選びました。

北「理外の理」1972年

北村　日常を超越した世界を創作した点で、非常にお見事。ミステリーには〝見立て殺人〟という趣向があって『僧正殺人事件』（ヴァン・ダイン）や『悪魔の手毬唄』（横溝正史）などが有名ですね。童謡とか伝承を殺人という残酷なものと結び付けて不思議な味わいを出す。それを清張先生がやるとこうなる。

有栖川　まさに変格探偵小説ですね。江戸時代の巷説が絡むせいもあって、戦前の怪しい話を読むような雰囲気なのに、雑誌リニューアルで古い作家が切られる、といった七〇年代の〝現代の風潮〟が描かれているのも面白かった。

北村　背景や人物像の方は、非常にリアルですよね。「そういえば最近、『オール讀物』から電話もメールも来ないな」みたいな（笑）。巷説の舞台は喰違御門《くいちがいごもん》で、まさにこの対談をやっている紀尾井町の辺りです。具体的地名を通して江戸の巷説と現代の殺人事件が地続きになる。下手な人が書いたら単なるお笑いになるところを、ひたひたと怖さが迫る。妻に逃げられ仕事も無い小男の老境を淡々と綴《つづ》った後に、奇怪な死に方をぽんと持ってくるから怖い。円熟の域に達した短編だと思います。

松本清張短編
傑作選・アンソロジー収録回数
（「オール讀物」編集部調べ）17種28冊より集計

順位	回数	作品
1位	8回	「張込み」「顔」
2位	6回	「声」「一年半待て」「黒地の絵」
3位	5回	「白い闇」「装飾評伝」「鬼畜」「捜査圏外の条件」「空白の意匠」「西郷札」「真贋の森」「共犯者」

※2023年6月時点

有「佐渡流人行」1957年

有栖川　清張さんは歴史・時代物も面白いですよね。骨太で迫力があって。推理作家としてより歴史作家・松本清張のほうが好きな読者もいらっしゃるでしょう。「佐渡流人行」はその両者が合体して、極みに達したような作品です。

北村　『無宿人別帳』なんかも粒揃いの時代短編集ですね。

有栖川　私、この短編の最後の一行が死ぬほど好きなんです。妻も不貞相手も昏《くら》い穴に落ちて死に、呆然と泣く主人公の後に、

――月光は、いつのまにか、この廃坑の入口まで歩いてきているのだった。

清張作品で一番好きなエンディング。呆然としている間の時間経過を月光が〝歩く〟という言葉を効かせて表現する。小説ってこんな風に文章で魅了してくれるんだ、と、この一文を賞賛したいがために選んだとも言えます。取材に基づく佐渡の描写や、鉱山で水替え作業に従事させられた流人の過酷さとか、作品そのものがすごく高水準なのはもちろんですが。

北村　時代小説にも大変な業績を残しているので、本来はもっと紙幅を割きたいところですが、「最後の一行」ときたら私も「月」の話に進むしかないですね。

北「月」1967年

北村　長年地道な学問を続けてきた伊豆という学者が、かつての教え子・綾子の家に疎開している。戦争が終わり、彼の研究がようやく日の目を見るかもしれない。若い編集者が訪ねてくる。そして最後の一文、

――月の晩、伊豆は便所の窓の桟に綾子の腰紐をかけ、中腰で縊《くび》れた。

有栖川　ひどくて凄い。こんな怖い小説があるか、という。どんでん返しとかではなく吃驚《びっくり》しました。

北村　「便所の窓の桟に」とわざわざ書く切れ味、非情さ。これで題が「月」という

のがまた凄い。

有栖川　思いを寄せる女性が書く〝月〟の字が傾いていたり、悲しい末路を迎えるだろう不吉さが全編に漂っていて、それでもどうにかこのまま終わるかと安心したところに最後の一文。こんなショックの与え方があるんですね。

北村　最初に題があったのか、書き進めて最後に付けたのか……。出来上がってみれば題も結びもこれしかないという唯一の形になっているのは、天性の小説家のなせる技でしょう。

有栖川　漢字一文字タイトルって清張作品にはいくつもありますよね。「雨」「影」「紐」とか。いつか「月」で行こう、とは狙っていたのかもしれませんね。

北村　〝人間が書けている〟というのは嫌な言葉ですけど、主人公の心理がまことに切れ味鋭く迫ってくる。最後の容赦なさも含め、一読忘れ難い名品です。

有「白い闇」1957年

有栖川　人間観察や心理を抉《えぐ》る文章もさりながら、本作一番の魅力は推理小説としての洗練。興味を引く発端、旅につれ浮かび上がる事実、意外な結末。当時の推理小説のひとつの完成形です。

北村　水もたまらぬ切れ味の、ミステリーのお手本のような短編。

有栖川　当時の清張さんは専業作家になりたて。九州で不本意な仕事もしつつ小説を書いて東京に出て、依頼が増えて新聞社を辞めて……からの十和田湖取材旅行ですよ。どれだけ楽しかったことか。自分があるべき場所に立てた歓び、清々しさが作品に横溢していいます。瑞々《みずみず》しくもある。

北村　北海道へ行くと告げて失踪する夫。霧に包まれた十和田湖でのクライマックス。取材で得たものを余すところなく入れ込んで、その舞台に登場人物たちが見事にはまって動いている。

有栖川　どんな作家も、アイデアがするする浮かんで楽しく書ける時期って実は僅かですよ。「白い闇」はそんな、作家にとっての短くも幸せな時期に書かれた気配を感じて好きなんです。

北村　清張先生も後年は、多少急いで書かれたかなという作品があったり、この一か所だけ手を入れたら傑作なのにと思うものもあるんですが、これは本当に文句のつけようがないですね。

㊗「詩と電話」１９５６年

北村　いかがです、この短編はノーマークだったんじゃないですか。全集にも入っておらず、なかなか読むことのできなかった作品です。新聞社とか、同人誌とか、松本清張らしい日常的な要素がありながら、不可思議感を生み出すのがとてもうまい。

有栖川　どうしてあの男は誰よりも早く特ダネを手に入れられるのだろう、という謎が面白いですね。ある記者が警察より早く現場に着くことまでやってのけてしまうのは不可解でした。

北村　いかにも作り話的ではあるんだけど、そこが非常に面白い。そして、詩を愛する女性が登場します。われわれのようなガリ版世代にとって、活字には、現代の人が想像もつかないような魅力がありますよね。

有栖川　私もガリ版世代の末尾にいたので、自分の書いたものが活字になるのは特別なことだという感覚はわかります。彼女からしたら自分の詩が小冊子とはいえ、本になるのですから。

北村　結果的に男たちに利用されてしまったわけだけど、活字の小冊子は手元にずっと残る。それを見ることで満たされるのではないかと考えると、そんなに後味は悪くない。

有栖川　今回、初めて知った作品だったのですが、北村さんがあげてくださったおかげで、いかにも清張らしい短編を新作という格好で読むことができました。

有「装飾評伝」1958年

有栖川　北村さんが学者もの（「月」「断碑」）を選ばれたので、芸術家ものも入れたいなと思って選びました。「装飾評伝」は架空の画家の評伝を中心に置き、そこから次第に画家と評伝作者の間にある秘密が見えてくる。ぱっと謎を解くというより、こつこつ調べて真相に迫る、清張ミステリーらしさが凝縮されています。

北村　評伝的系譜の傑作も清張作品には多いですね。

有栖川　この架空評伝が何ともまことしやかな嘘のつき方なんです。名和《なわ》薛治《せつじ》という画家が実在したと勘違いする読者がいるのもむべなるかな。推理小説のにおいが濃厚、かつ芸術に対する関心もよく表れている。ひいては「隠されたものを見たい」という古代史や考古学に対する清張さんのアプローチの姿勢に通じるところもあり、作家性が見えるような気がします。

北「断碑」1954年

北村　評伝的系譜に連なる学者ものの名品です。清張先生の中に根強くある、世にときめくものに対する憎悪、屈折、不快感が見事に小説に昇華されている。報われぬ天才を描く作品群の代表格と言えるでしょう。

有栖川　ひとりの考古学者の姿を通して「なぜ自分はあるべき場所に行けないのか」という苦悩や焦燥を、読んでいてつらくなるほど切実に書きますよね。「白い闇」以前の時期の作者自身の記憶が強く残っているからだと思うんです。大流行作家・松本清張となってもなお、不遇の頃の渇望を抱えている。一連の〝報われぬ天才〟ものにはそんな凄みを感じます。

北村　あたかも事実の羅列のごとくリアルに書いていきながら、傲慢無礼な主人公がある瞬間にスーッと流す涙も描いてみせる。評伝から小説的な貌《かお》がぱっとのぞくところが印象に残ります。

有「田舎医師」1961年

北村　意外な一作を選ばれましたね。

有栖川　世間的に特別評価が高いわけでなく、北村さんから見ても地味な作品かとは思いますが、傑作ですよ。

北村　これまた清張作品のひとつの系譜といえる〝ルーツ探し〟ですね。

有栖川　清張先生は、お父さんが育った中国地方の山や島根と広島の県境あたりを、自分のルーツとして度々訪ねて小説に描いています。中でも「田舎医師」で一番感心するのは、これ、めちゃくちゃ本格ミステリーなんですよ！

北村　確かに仕掛けはあるけど……。

有栖川　間違いなく傑作です。父親の故郷に行ってみたら、この辺りでは医者がいまだに馬で往診するという。驚きはするでしょうけど、そんなの普通はエッセイ一本書いたら終わりじゃないですか。しかし松本清張は推理小説を作るんですよ。雪上の人や馬の足跡を巡る推論は実に論理的だし、村の人間関係と往診の順番にはチェスタトン風味もある。後半は伏線回収の嵐。もっと読まれるべき作品として、強く推します。

㊗「上申書」１９５９年

北村　これは私自身がまだ初心な学生時代に読んで、官憲の取調べの恐怖が惻々と迫り、心に食い入っている短編です。

有栖川　恐怖一色でしたか？

北村　戦時中に妻殺しの疑いをかけられた男の聴取書が並ぶ形式ですが、取調べを重ねるごとに証言が二転三転する。権力に強制されて〝真相〟がコロコロ変わる様がとにかく恐ろしい。ここから『日本の黒い霧』の帝銀事件や松川事件につながっていくわけですが。

有栖川　権力が誤った時の恐ろしさについてはまったく同感です。ただ、私は恐怖と同時に引き攣《つ》った笑いも誘われて、例えばジョージ・オーウェルの『１９８４』のようなディストピア社会のブラックユーモアを感じたんです。もちろん清張先生には笑わせる意図はないのでしょうが、十数回分も調書を並べて執拗《しつよう》に事件をひっくり返すのを読んでいると「いくらなんでも、ここまで態度が変わるかいな」とアイロニーを感じてしまう。

北村　私なんか、締め上げられたら一発で転んじゃいますけどね（笑）。初読の恐怖は何十年経っても色褪せません。

有「**天城越え**」1959年

北村　五〇年代末の清張先生がいかに充実していたかが分かりますね。

有栖川　映画も評判になりましたし、ファンの多い短編かと思います。特筆すべきは二点で、まずこれは〝アンチ『伊豆の踊子』〟小説である。『踊子』とは反対のコースで天城越えをしようとした少年が恐ろしい運命と遭遇する物語。なんとも巧みな反転で、暗い、黒光りする小説になっています。

北村　現代の読者は『伊豆の踊子』になじみが薄くなっているのが、残念ですね。「天城越え」発表当時は子どもでも知っていましたから。やはりここは『踊子』を知った上で読んでほしい。

有栖川　そしてもう一点、本格ミステリーとしては、犯人が分かった時に「あ、これ『●●●●』じゃないか」とアメリカの某古典本格が思い浮かぶ興奮。

北村　『●●●●』はもちろん、子どもの頃からモーリス・ルブラン『女王の首飾り』を愛読する有栖川さんが、この一作を選んだことに意味がありますね。

有栖川　印刷所経営者である主人公の少年

時代の天城越えの回想がまずあり、次いで彼の元に持ち込まれた昔の捜査資料で三十数年前の殺人事件が綴られる。そして主人公を訪ねてきた老刑事との対話で終わる。いわば「私が犯人」という語り落としをしている小説なんですが、これ以上に自然な、語り落としによる記述者＝犯人の作例ってないんじゃないかと思います。誰かに向けた告白でも手記でもないのに、少年時代のほんの短い時間に起きた出来事を主人公が一生引きずっているのが伝わってくる。読者を驚かせるとか、意外な犯人とかとは違う次元で推理小説が出来上がっています。

唯一無二の宝の森〝清張短編〟

北村　駆け足ながら互いの傑作選五作を語り終えましたけれど、単純に好きというだけで選ぶならば枚挙にいとまがない。「二冊の同じ本」なんて大好きな一編ですが、どうにも納得できないところがあるから今回は選ばなかった。アンソロジー収録回数ベスト3の作品はもちろん、「遭難」「紙の牙」「二階」なんかもいいですねぇ……。

有栖川　少し違う系統では、古代史が関連すると清張さんは夢が膨らむところがあるみたいで、普段と一味違った顔を見せてくれるんです。「東経139度線」と卑弥呼とか「巨人の磯」と巨人伝説とか、翔んだ発想の作品群も私は好きです。多少無理筋と感じたとしても、何やらすごく面白い話を読んだ、という感覚が強烈なんですよね。

北村　二〇二二年に中央公論新社から『任務』という松本清張未収録短編集が刊行されました。収録作のうち「電筆」は私と宮部みゆきさんで編んだ『とっておき名短篇』（ちくま文庫）に入れた作品ですが、『任務』

の解説ではそのことに触れられていて嬉しかったですね。それにしてもこれまで何百と読んできたのにまだ未収録短編があるとは、果てしない、豊かな森だと改めて思います。

有栖川　全集に入っていないものもありますしね。今回のベストには挙げませんでしたが、連作短編集まで考えたら、『絢爛たる流離』も外せません。人の手から手へと渡っていくダイヤモンドを主人公にして時代背景と共に様々な事件を描く。朝鮮での兵役体験が活かされた作品も入っています。画期的とまでは言わずとも凝ったアイデアだし、技巧的にも高水準で、結構無茶なトリックも出てくる、見逃せない一冊です。所収の「雨の二階」では、大真面目に奇妙なトリックを使っています。読者がどういう顔をしていいか分からなくなるようなトリックだけど、そこが良い。

北村　ミステリーとして括ると、はみ出す部分がある。やはり〝清張短編〟としか呼びようがない特異な作品群なんです。巷説や古代史の博識に加えて、普通の人なら見逃してしまうような日常の中の要素を様々にストックしておいて、余人には不可能な結び付け方で小説を作ってしまう。そういう不思議な大作家の魅力が多様に花開いたのが、清張短編の世界であろうと思います。

初出一覧

理外の理　「小説新潮」一九七二年九月号
佐渡流人行　「オール讀物」一九五七年一月号
月　「別冊文藝春秋」一九六七年六月号
白い闇　「小説新潮」一九五七年八月号
詩と電話　「オール小説」一九五六年八月号
装飾評伝　「文藝春秋」一九五八年六月号
断碑　「別冊文藝春秋」一九五四年十二月号（初出タイトル「風雪断碑」）
田舎医師　「婦人公論」一九六一年六月号
上申書　「文藝春秋」一九五九年二月号
天城越え　「サンデー毎日」特別号（一九五九年十一月、初出タイトル「天城こえ」）

底本には『松本清張全集』（文藝春秋刊）、『巨人の磯』（新潮文庫、「理外の理」）、『黒い画集』（新潮文庫、「天城越え」）、『或る「小倉日記」伝』（角川文庫、「断碑」）、『顔・白い闇』（角川文庫、「白い闇」）、『松本清張初文庫化作品集1　失踪』（双葉文庫、「詩と電話」）を使用しました。また適宜ルビを振り、明らかな誤記では訂正した箇所もあります。

「巻末対談」は「オール讀物」二〇二三年六月号に掲載された「清張の〈傑作短編〉ベスト12」をもとに再編集しました。

本書中には今日の社会的規範に照らせば差別的表現ととられかねない箇所がありますが、作品の書かれた時代、また著者が故人であることに鑑み、原文のままとしました。

本書は文春文庫のオリジナルです。

ＤＴＰ制作　エヴリ・シンク

文春文庫

清《せい》張《ちょう》の迷宮《ラビリンス》
松本清張傑作短編《まつもとせいちょうけっさくたんぺん》セレクション

定価はカバーに表示してあります

2024年7月10日　第1刷
2024年8月5日　第2刷

著　者　松《まつ》本《もと》清張《せいちょう》
編　者　有栖川有栖《ありすがわありす》　北《きた》村《むら》　薫《かおる》
発行者　大沼貴之
発行所　株式会社 文藝春秋

東京都千代田区紀尾井町3-23　〒102-8008
TEL 03・3265・1211㈹
文藝春秋ホームページ　http://www.bunshun.co.jp

落丁、乱丁本は、お手数ですが小社製作部宛お送り下さい。送料小社負担でお取替致します。

印刷・TOPPANクロレ　製本・加藤製本
Printed in Japan
ISBN978-4-16-792244-3

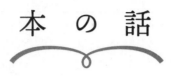